李全军 —— 著

爱在
比什凯克

山东文艺出版社

作者题记

比什凯克，我人生的一多半时间，是在这里度过的，这里已经成为我的第二故乡。我深深地热爱这片土地，热爱这里的一草一木，热爱这里的人们。有时候，这里的风会让我彻骨寒心，但更多的时候，我都沐浴在爱的阳光里。因为，这里有我患难与共的好兄弟库尔曼别克、伊利达尔，有我人生中难以忘记的好朋友阿曼、维克多、阿道夫、古丽米拉、哈米萨……还有我的爱人。

第一章

北京时间 1997 年 2 月 23 日下午 5 时 30 分，新疆乌鲁木齐地窝堡国际机场。农历新年已经过去 16 天了，机场周边仍然是白雪皑皑，放眼望去，远处的茫茫雪山尽收眼底。机场上排列着几十架执行国内国际航线的大型客运飞机。在一架架飞机降落起飞的呼啸声中，机场大屏幕滚动出"1997年 2 月 23 日"的字样，穿着厚厚冬装的机场地勤人员忙碌着。郑州至乌鲁木齐的航班准时落地，此时的机场到达厅人头攒动，熙熙攘攘的旅客推着行李车鱼贯走出机场，到达厅播放着深情的歌曲："我走过多少地方，最美的还是我们新疆……"

机场女播音员在提醒旅客："尊敬的旅客朋友们，欢迎来到美丽的西域城市乌鲁木齐，现在室外温度是零下 17 摄氏度……"

"哥，这是个啥地方，都过了正月十五了，还这么冷！咱河南的柳树都发芽了。"岳立汉和发小杨艺（小名狗子）推着载满大旅行箱和提包的行李车正准备出机场。

岳立汉身着黑色皮夹克、高领厚毛衣、皮裤和防寒靴，显然是有所准备。一米八几的个头，显得健硕干练，四四方方的国字脸和端端正正的五官看起来十分俊朗。圆头圆脸的狗子衣着单薄，他从机场的落地玻璃看向窗外，尽管看到人人穿着厚厚的冬装，口里喷着"白汽"，却仍然固执地不肯添衣，推着行李车走出航站楼，刚来到室外马上又缩了回来："我的天，像冷库一样。"

"哥，等等我，我得穿上羽绒服，要不冻死我了！"狗子冲着岳立汉的背影喊道。

"你小子，动身前，我天天查乌鲁木齐的天气，一连五天都是零下十几度，还提醒你穿厚点，怎么样？现在乖了吧？"

狗子蹲在地上飞快地打开皮箱，取出一件深灰色羽绒服套在了身上，头上还戴上了一个鲜艳的毛线帽，脸上露出得意的表情说："我给女朋友左丽讲我要出国了，她哭得跟个泪人似的，整整跟了我一礼拜，整得像生死离别！这不，所有的行头都是她给置办的！我给她讲，等我在外边混好了，就回来接她。"

　　"也就她信你的鬼话！"岳立汉调侃道。

　　他们乘出租车前往乌鲁木齐市中心。街上车来车往，高楼林立，立交桥纵横交错，路边写着"各民族大团结万岁""中国共产党万岁""大美新疆，人间天堂"的标语，城市呈现出一片繁华景象。

　　"喂！妈，我和岳哥到乌鲁木齐啦，晚上我就去找我二舅，看他去。"狗子用河南话打电话。

　　"小兄弟，恁是河南的？"开出租车的大叔冷不丁问道。

　　"河南的。"狗子答道。

　　"噢，俺是河南商丘的，俺爹娘是五几年跑来新疆的。俺是疆二代，在石河子、喀什，咱河南人可多了。"

　　"真不赖，你河南话还没忘。"

　　"那咋能忘咧！石河子很多维吾尔族人都会讲河南话，有的还会唱河南豫剧呢。"

　　"噢，哈哈！"

　　岳立汉听着狗子和开出租车的大叔兴奋地聊着天，开始闭目养神。

＊＊＊

　　晚上七点，华灯初上，整个乌鲁木齐灯火辉煌，夜市上传来叫卖声、嘈杂声，空气中弥漫着烤羊肉串的香味。

　　新疆饭店前台大厅沙发座上，一群人围着一个穿皮衣、戴大皮帽的傲慢十足的中年人在说着什么，岳立汉也在其中。狗子手拎河南特产——铁棍山药、武陟油茶和杜康酒下楼道："哥，我去我二舅家啦，晚饭你自己吃吧。"

"好。"岳立汉回应。

有操着江浙口音普通话的人问中年人："大哥，我在宾馆等了快一个礼拜了，吉尔吉斯斯坦那边的飞机到底啥时候能飞过来？"

"我哪知道啥时候能过来？人家那边啥时候通知我，我就马上通知你们，别着急呗。"中年人操着饶有特点的新疆普通话。随后又是一片急不可待的聒噪声。

那个时候，中国和吉尔吉斯斯坦间还没有开通直航，往来旅客只能选择由旅行社联络的不定期旅游购物包机，机型是苏联时期遗留下来的超期服役的中型运输机图－134，一架能容纳五六十人。包机主要为吉国商人赴乌鲁木齐购物，以及中国商人到吉尔吉斯斯坦进行商务考察提供方便。由于客源不稳定，所以只能等凑够人数才能飞。

"大哥，这是3000元，我们两个人的机票钱。"岳立汉将钱递给了中年人，中年人麻利地接过钱，蘸着口水飞快地数了一遍，随即从提包里拿出一本夹有复写纸的现金收据，用圆珠笔在收据上行云流水般地书写着："岳立汉，杨艺，到站：比什凯克……"顺手撕下一张收据递给岳立汉。

"拿好，别丢了。"

"大哥，机票呢？"

"这就是机票。"卖票大叔气壮如牛地回答。

岳立汉一脸惊愕，半信半疑。

"怎么？不相信？能上飞机就行了，要什么机票？走了，听到通知后两个小时内赶到机场。"

中年男人扬长而去。

"我的天，这也太牛了。"

"没办法，此道是人家开。"

人群中有不满的声音发出。

晚上狗子留宿他二舅家。次日早六点半，喜欢早起的岳立汉洗漱完到餐厅吃早餐，不料餐厅门口墙上贴着告示：早餐时间八点钟开始。饥肠辘辘的岳立汉跑到街上，试图找到像河南老家一样的早餐小吃摊位，结果空荡荡的街上除了偶尔驶过的一辆车，就是打着口哨割着脸的凛冽寒风。

大约下午两点，岳立汉来到闻名遐迩的乌鲁木齐西域宾馆。大门口人来人往，操着各种外语（俄语、英语、阿塞拜疆语、吉尔吉斯语、哈萨克语等）的中亚各国商人和身材高大肥硕、高鼻蓝目的斯拉夫人混在人群中流动。各个摊位旁能听到人们用汉语夹杂熟练或不熟练的俄语讨价还价，搬运工拉着装满了纸箱、包裹的平板推车来回穿梭着，装货卸货，大把大把的美元在交易成功的摊主手中数点着，男人女人脸上流露着不想遮掩的亢奋。岳立汉不停地察看各类商品，但总是被害怕刺探商业信息的摊主警告远离："哎，朋友，我们只对外商批发。不要看咧！"

据说，西域宾馆之所以成为经商旺地，是出自一个能人的创意，这个三流宾馆在几年内便名声大噪、一位难求。1990 年代的乌鲁木齐西域宾馆批发市场，是中国新疆对独联体、南亚、中亚边境贸易的一个缩影。

大约下午六点，返回新疆饭店的岳立汉在小超市买了一瓶新疆特色的伊力特曲白酒，而后径直来到宾馆后面的一条街上，顺着烤肉的香味，找到了一个烤馕坑肉的小饭店。这里客人不多，一个包着头巾的和蔼可亲的维吾尔大妈在忙碌着。

"哎，小伙子，吃馕坑肉咧，香香的，好吃得很。"

"好的大妈，先给我烤十串。"岳立汉说道。

"五串都够了小伙子，我的烤串块大。"

"我十串才够，大妈。"

"噢，你能吃得很嘛。"大妈善意地笑着。

"我可以喝酒吗？大妈。"

"你喝吧，我给你拿杯子，别喝多了。"大妈向岳立汉递过来盛白酒的小玻璃杯。

"给我拿个碗吧，大妈，这小杯，一会儿倒一次太麻烦。"

"噢哟，你别吓我。"

岳立汉将伊力特曲倒了一碗，正好半瓶，就着刚端上来的一大盘热气腾腾香喷喷的馕坑肉，开启了大嚼大喝的模式。烤肉大妈目瞪口呆地看着，旁边桌上两个吃烤肉的客人见状小声议论着："估计这人几天没吃东西，你看这吃相。"

街上的行人逐渐多起来，岳立汉碗干盘光，将剩下的半瓶酒倒入碗中。

"大妈，再给我烤十串肉，你的烤肉太香啦！"

"够了小伙子，吃得太多会不消化的！不给你了，吃坏了身体，麻达大了[1]！"

"不用担心，我还是想吃，没事的！"

餐桌上再次出现一托盘烤肉，维吾尔大妈瞪大眼睛紧盯着吃肉喝酒的岳立汉，表情复杂。少顷，一脸满足的岳立汉起身结账。

"小伙子没事？"维吾尔大妈小心地问道。

"没事，大妈，谢谢你的烤肉。"

结完账，岳立汉转身离去，一边走一边掏出手机接听电话，是狗子打来的。

"喂，哥，跑哪儿啦，吃晚饭了吗？"

"吃了，酒足饭饱啊。"

"我在宾馆二楼的卡拉 OK 舞厅等你，咱活动活动……"

"小伙子，赶紧多走走消消食啊！"远处飘来烤肉大妈的叮嘱声。

*　*　*

宾馆二楼卡拉 OK 歌舞厅，彩灯闪烁，低音炮震耳欲聋，节奏感超强的音乐砸向每个人的心头，身着盛装的男男女女随着音乐声拼命地摇晃着身躯，空气中弥漫着浓浓的荷尔蒙味道。

角落里，狗子忘情地听着歌声，眼睛盯着场内形态各异的美女。岳立汉点了一杯矿泉水在喝。

---

〔1〕意为：麻烦大了。

"哥，我点一首歌给咱壮壮行咋样？让那个漂亮女歌手演唱。"

身穿艳丽舞台表演服的年轻娇媚女歌手款款上台："各位来宾，各位朋友，有位嘉宾点唱一首歌，为他们即将到来的远行添点精气神。现在我给大家献唱一首歌《古丽》，希望大家喜欢。"

音乐响起，"有多少小姑娘都叫古丽，我不知道那个古丽就是你……"

歌手精湛的演唱使台上台下气氛瞬间热烈起来，全场形成了互动。狗子情不自禁地跑上舞池和一个美艳的维吾尔族姑娘对跳，并笨拙地学着维吾尔舞蹈的舞姿和手势，岳立汉面带微笑地看着，偶尔鼓着掌。

已临近午夜，电梯门开关声夹杂着人群三三两两进出电梯的声音持续着。

"哥，咱迟走几天吧，那个小姐姐太美了，飘着像香妃一样的香气，我被她迷住了。"狗子意犹未尽地说。

"别胡思乱想了，回屋里洗个澡赶紧睡，说不定明天该上飞机了。"

关门声，洗漱声，和着外面汽车断断续续的鸣笛声。

岳立汉给老家的外公打电话："外公，您睡了吗？我在乌鲁木齐，明天有可能上飞机出去了。"

"知道了孩儿，到了就给我打电话，把式[1]要天天练，不要偷懒。"

"知道了，外公，您休息。"

岳立汉关灯睡觉。

＊＊＊

凌晨五点半，宾馆大厅已是人声鼎沸。

"快点快点，通知去比什凯克的客人马上上车到机场。"旅行社的领队急匆匆走进宾馆大厅并吼叫着。

"咋这么扯呢？三更半夜的！"有乘客睡眼惺忪地抱怨道。

"不定期嘛，就是飞机啥时候到啥时候走全都不知道。"旅行社领队不

---

[1] 意为：武功。

耐烦地嚷嚷。

抱怨声、搬运货物的声音，和走来走去急促的脚步声混在一起。

咚咚咚！一阵阵急促的敲门声继续响起。

"19号，赶快起床了，收拾行李去机场啦！大巴门口等着呢。16号，起床了起床了……"

宾馆服务员小姐按楼层逐个通知计划前往吉尔吉斯斯坦的客人。

宾馆大门口，拎着大包小包的旅客在排队登车。黑夜中充斥着呼吸声、箱包的碰撞声，还有领队的喝斥声。

"哎，碰我头啦！"

"啥也看不见，将就将就吧哥们。"

一声女人的尖叫响起："往哪儿坐呢？坐我身上啦！"

"对不起！对不起大姐！"

咔，关车门的声音传来，大巴抖了一下身子开始向前行，雪亮的大灯刺破夜空。

大巴疾驶在通往机场的路上，途中行车很少。

"哎哎！谁在抽烟？我不耐烟味的。"

"我抽的，经常深更半夜去机场送人，不吸根烟提提神，走神了咋办？"开车司机瓮声瓮气的回答传来。

"您吸，您接着吸。"

"这时候，他是大爷。"有人小声地嘀咕。

地窝堡国际机场，天还没亮，天上下起了飘飘洒洒的小雪，室外温度至少零下17摄氏度。准备前往吉尔吉斯斯坦的旅客下了车，各自搬运行李进入机场排队安检。

"我说大哥，起这么早，还没吃早饭呢，你们旅行社不安排吃点东西？"狗子问领队。

"不安排，自己找吃的去！"领队斩钉截铁道。丝毫不理会狗子的情绪。

此时的机场候机厅，大多数登机口前空无一人，只有几名工作人员和巡警在转来转去。

"哥，饿了，我去转转买点吃的。"狗子仍不死心地说道。

"转啥转？没到点，哪有商店开门？"

"饱汉不知饿汉饥，我要有你那二十串馕坑肉顶着，三天不吃饭都没关系！"

岳立汉闻言哈哈大笑。

不一会儿，空手而归的狗子呆呆地坐在凳子上看着候机厅的其他旅客。岳立汉双目微闭，双手悬空，气定神凝地练功。

"朋友，你在练功夫吗？（俄语）"不知何时，两个膀大腰圆、满脸络腮胡子的俄罗斯人走到岳立汉跟前问，岳立汉则一脸茫然地看着他们。"噢，这个中国人不懂俄语。（俄语）"。

"哥，他们给你说啥？"

"我哪儿知道他们说啥？"

"走了，走了。"旅行社领队不知何时冒了出来。

"去哪儿？登机吗？没见飞机来啊……"

"登个啥机，上大巴回宾馆，飞机来不了啦！吉方来通知了，说飞机出故障正在检修。"

"我的[1]神啊，是啥飞机要飞啦还要检修故障！"操着陕西口音的旅客道。

"哥，我快崩溃了，这一惊一乍的！不过也好，正好回去找那位漂亮的小姐姐。"

"闭嘴，啥时候了还在想美事！"

大巴车上一片怨声载道……

***

次日，傍晚 6 点 40 分。

―――――――――

〔1〕 我的，音同"额滴"。后文涉及西北方言时同。

8

"去比什凯克的旅客快快登车去机场啦，飞机要过来了！"旅行社那个大嗓门领队又出现在宾馆大厅。

又是一阵忙碌，大家搬行李上车。狗子不见踪影，司机烦躁地催着岳立汉。

岳立汉掏出手机："你跑哪儿去啦？"

"我在二楼呢，哥。"话筒里传来狗子懒散的声音。

"赶紧滚下来去机场，车要开啦！"

"别价，哥，我马上到！"狗子气喘吁吁跑来，登上了徐徐开动的大巴。

又一次安检出关进入候机大厅，天气依旧寒冷，室外散落着小雪。

"来了，来了，吉尔吉斯斯坦的飞机降落了！"大家纷纷走到窗前，向外注目张望。只见远处跑道上，一架银色的飞机正缓缓滑行。

"拿好登机牌，准备登机了，只有一个小时。"旅行社领队嚷嚷着，大家拎着包排着队在登机口等候。

机场刺眼的灯光下，准备载客返回比什凯克的飞机依然静静地趴在停机坪上，候机大厅的大挂钟仍不知疲倦地转着。

"喂！领队，咋回事？这都快俩小时了还不让登机！"

人群中一阵阵骚动，领队站在不远的窗前，用手机急切地联系着，焦急的人们围过来质问领队怎么回事。

"这个鳖孙，要是在河南，我早耳巴子扇他啦！"狗子愤愤地说。

领队道："大家少安毋躁！算啦算啦，我也不怕丢人，告诉大家吧，是给机场的起降费没结清，咱们的机场不让起飞，大家再等等，旅行社凑钱去了。"

人群一片哗然。

"到底有没个哈数？"

"真奇葩啊，还会有这等事。"

"有啥哈数？没哈数，苏联都变独联体了。"

大家焦急地等待着，候机大厅内广播不断通知着国际、国内航班起飞登机的信息，隔着落地玻璃窗看到的是别的航班起飞、降落。

四个多小时过去了，远处徘徊的岳立汉和狗子突然发现登机口分散的人群开始排队，连忙赶过去，这下是真的登机了。不到半个小时，全体旅客便登机完毕，机组人员迅速关闭了飞机舱门。

　　岳立汉和狗子进机舱后，满是无奈的目光打量着机舱内部，破旧、压抑，每排四个座位，过道左右各两个，座位上的布罩污渍斑斑，有不少座位前后被烟头烫了一个又一个洞。十几排的座位都坐满了，大约有20名中国旅客，其余的大多是来乌鲁木齐旅游购物的吉尔吉斯斯坦人，还有中亚其他国家的商人。

　　登上了回国的航班，这些商人兴奋不已，他们大声地用俄语或吉尔吉斯语交流着。各种味道的混合气体在机舱狭小的空间弥漫。驾驶室与客舱之间没有门，只挂了半截子有不少油污的白色的确良布，有点像1980年代小县城百姓家厨房门挂着的那半截布，旅客坐在座位上稍微弯下腰就能看到驾驶舱内部灯光闪烁的仪表盘。

　　"这是二战时候的飞机吧？估计岁数比我都大。"

　　"这种飞机还能飞吗？"

　　"闭上你的乌鸦嘴！人家飞了一年多啦！"

　　后排座位的中国人小声议论着，岳立汉安静地坐在座位上。

　　"好着呢，忍忍吧，不到两个小时就到了。"一对中年夫妻双手合十在默默祈祷着。狗子也赶紧学着人家双手合十，嘴里还念念有词。

　　岳立汉说："狗子，给家里发个短信报个平安吧，一会儿关机，到人家那边，就打不通电话了。"

　　飞机开始振动并缓缓移动，一位身材肥硕的俄罗斯大妈（估计是唯一的空嫂）对着大家叽里呱啦讲了一通俄语，没有一个中国旅客听得懂人家讲的是什么，只看见前面的外国人噼里啪啦地在系安全带，中国人也跟着系。

　　"哥，这个安全带坏了，脱钩了。"

　　"没事，咱俩换换座位。"

　　飞机快速滑行，岳立汉看了一下手表，北京时间23时15分。舷窗外地面指示灯飞速掠过，一分多钟以后，机头上扬直插夜空。

这个升空过程中全体乘客几乎是后仰45度瞬间升至飞行高度。

"我的神，这厮是开米格战斗机出身的吧，开客机也是这个弄法！"一位陕西旅客发出由衷的感叹。是的，这位陕西大哥说对了，在后面的飞行和降落过程中，飞行员充分地证明了这一点。

飞机平稳地在夜空中飞行，舷窗外一片漆黑，只有轰隆的马达声传来，机舱隔音效果非常不好。飞机开启自动飞行模式，驾驶舱门帘一动，走出两个英俊的俄罗斯小伙子，看样子是驾驶员。他们分别靠在门框两边，聊着天，手里拿着易拉罐装青岛啤酒，俩人一拉一碰就喝上了。

"我天！老毛子喝上了！"

"边开着客机边喝酒，这啥情况？"

"人家老毛子干啥都离不开酒。"

"中国的民航飞行员借十个胆，也不敢这样。"

客舱后排几个操着各地口音的中国人小声地议论着。狗子惊恐地看着听着，扭头看了看岳立汉，只见岳立汉微闭双目、气沉丹田，进入了静休状态。狗子想学，怎奈心神不定，一会儿睁眼一会儿闭眼的。

飞机继续在夜空的云里穿行。

饥肠辘辘的狗子抱怨道："哥，我饿了，这个飞机咋不管饭啊？"

岳立汉答："估计快给了吧，国内航班起飞后半小时到一小时就开始供应餐食了。"

狗子说："这都过去一个小时了，还没动静。"

正好胖空嫂从身边经过，狗子连忙叫住，连说带比画，搞得胖空嫂一脸惊呆不知所云。最后胖空嫂似乎从狗子的手势中明白了什么，转身到前面拉开了一个壁柜，从中拿出来一个像是装有矿泉水的塑料瓶，给狗子倒了一杯，还温柔体贴地看了狗子一眼，转身离去。

"哎，哥，你喝一下这是啥东西，没有饭吗？"

"你知足吧，这时候哪里还有饭，整个飞机就你要了一瓶苏打水。"

飞机在茫茫夜空中开始下降，隐隐约约能看到下面的灯光，乘客们感觉飞机一下子向左倾斜 45 度，这应该是在准备降落的机场上空盘旋，但这种盘旋完全采用军用飞机的盘旋模式。惊恐的狗子紧紧抱着前排座椅靠背，还没回过神来，飞机就开始降落。不，应该是俯冲，就像是轰炸机在俯冲轰炸，身体前倾超过 50 度。呼啸的飞机对准灯光闪耀的跑道冲了下去，屁股一震着陆了，大家悬着的心终于落了地。似乎是飞行员漂亮的着陆动作赢得了全体乘客的热烈掌声。几年过后，岳立汉才明白飞机着陆那一刻乘客们鼓掌的真正含义是什么。

就这样几经周折，岳立汉和他的发小狗子终于踏上了吉尔吉斯斯坦的土地，但前方的路在哪里？怎么走？对岳立汉和狗子来说都是未知数。

第二章

比什凯克时间凌晨两点，吉尔吉斯斯坦玛纳斯国际机场海关大厅冷冷清清，由于已是后半夜，只有乌鲁木齐飞比什凯克这一个航班入港。排在前面的几十个吉尔吉斯斯坦乘客早已熟练地办理完入关手续并走出航站楼，二十几个中国人仍在边检的小窗口外排队。身穿吉国边检制服的人在仔细翻看着中国人递过来的护照，不时地用俄语询问着什么，听不懂外语的中国人纷纷摇着头，吉国边检也无奈地摇着头，咔嚓一声在护照上盖上准许进关的章子就放行了。习惯多话的狗子也面带迷茫，默默地随着队伍向前移动。

此时的机场外依然下着雪，寒风凛冽，远处的建筑物闪烁着各色的灯光，门口的停车场充斥着口哨声、叫喊声和汽车的发动声。有灯光斜射天空，映照出大片的雪花从天飘落而下。从航站楼走出来的大部分中国人都有人前来迎接，接机人手里举着各式牌子，上面写着"接陕西杜文涛""接五哥"等字样。

只有手提大包小包的岳立汉和狗子二人站在雪地里来回张望，不知所措。狗子说："哥，兄弟真服了你，没人送，没人接，你就敢出国！不懂语言，鼻子下面的嘴巴也没用啦。"说完，狗子掏出诺基亚手机想打电话，却显示没信号。

岳立汉看了一眼狗子："到人家国家了，哪还有信号通话？放心狗子，大活人丢不了。"

只见远处一辆车旁边有几个身影，传来讲汉语的声音。

"吴总，辛苦了，陈总一直在公司等您。"

"可不，为上这个飞机，快被折腾神经了，啥也不说了，让陈总给我弄点吃的，从昨天中午到现在啥也没吃上，饿坏了！"

岳立汉赶紧跑过去搭讪道："几位老兄，帮个忙好吗？我们和这位吴总一趟飞机过来的，没人接我们，也不知道去比什凯克怎么走。让我们跟着你们的车去市里，再帮我们找一个宾馆，可以吗？"

"可以啊，都是中国人。"一个戴着深度近视眼镜的中年人诚恳地说，"我姓张，我是哈宁驻吉尔吉斯斯坦办事处的俄语翻译，不行的话，今晚就住我们的招待所吧。"

岳立汉连忙道谢："谢谢老哥啦，麻烦您啦！"

"吴总，你们上车等几分钟，我过去帮他们打个出租车。"

"好的，没问题。"

"小伙子，我这两个朋友要到比什凯克……"张翻译刚用俄语给一个出租车司机介绍，谁知轰一下围上来了七八个司机。

"坐我的！坐我的！（俄语）"几个司机争先恐后，还有的直接上去拉着狗子的行李装到了自己的出租车上，现场一片混乱，几度出现要动手的迹象。

最后，岳立汉和狗子在张翻译的帮助下定下了一辆车，谁知出租车刚向前行驶了不到十米，就被一辆老式的苏制拉达轿车横着挡住了去路，司机猛按喇叭，但对方没有任何反应。司机一边骂着"Блин[1]"，一边下车察看，可那辆拉达车早已人去车空。气急败坏的司机口含食指打了一个刺耳的口哨，凄厉的哨声在寂静的午夜回荡，随即围上来三个蒙头盖脸的大汉。司机情绪激动地一顿比画和说道，这四位大汉便搭手抬起挡道的拉达小轿车，伴着一声俄语号子"Давай[2]"，车被抬出了五米开外。

坐在出租车上的岳立汉和狗子目光惊愕，狗子忍不住惊叹道："我的天，简直是神力啊！"

临了，出租车司机还不解气，抬脚朝着挡道拉达车的轮胎上狠狠地踹了两脚，然后上车、关门、扬长而去。

---

〔1〕 俄语脏话，表达不满时脱口而出的习惯用语。

〔2〕 俄语，此处意为：加油。

***

　　夜幕下，机场至比什凯克的公路上，依然下着小雪，少有车辆行驶。由于气温较低，公路上覆盖着一层厚厚的积雪，非常滑。从安全角度来讲，出租车应该减速慢行才对，但开车的这哥们在这种路况下根本无所顾忌，开着嘎吱乱响的莫斯科人牌老爷车，撒开鸭子一路狂奔。

　　车内散发着烟草和羊毛垫子的混合味。狗子一会儿看着司机，一会儿看着车窗外飞速划过的树，眼神有些惊恐。车灯前方，几只流浪狗在路上追逐戏耍，看到飞速而来的车，赶紧机警地跳到路的两边，而后冲着远去的车狂吠。不知啥时候，司机打开了车上的卡式收放机，随即飘出了女声演唱的歌曲，听旋律是二战时期的苏联经典歌曲《喀秋莎》：

　　Расцветали яблони и груши……（正当苹果花和梨花开遍了天涯……）

　　出租司机夸张地一边开着车一边随着音乐节奏扭动着身体，还扭过头冲着岳、杨二人微笑着，并用蹩脚的汉语问道："好？"

　　"好！好！"二人附和着，飞驶的车上传出一阵大笑。

　　出租车驶入比什凯克市区，在灯火通明的大街上辗转而行，最后在一个巷子口停下。前面停着的是哈宁办事处接人的牛头吉普，旁边有一个大院子，院子里还停有四辆车。已近凌晨四点，但哈宁办事处的大院里仍是人来人往。张翻译引导着岳、杨二人来到住宿登记处准备登记。

　　张翻译说道："孟经理，来了俩客人，麻烦给安排一下。"

　　孟经理说："老哥，今天邪了门了，不知从哪里来了一群人，一下子房间全满了。"

　　张翻译说："想想办法吧，孟经理，这么晚啦，三更半夜的，他们又不懂俄语，能去哪儿！"

　　岳立汉期待地望着他们，疲惫的狗子坐在行李箱上，房子里很热，粘在他们皮鞋上的雪在慢慢融化。

　　孟经理说："好吧，还有个储藏室，里边有两张床，但没收拾，这个点了，打扫卫生的早上九点才上班。"

张翻译说："只能这样了，岳先生，凑合到天亮吧。"

岳立汉说："好吧老哥，谢谢您啦！"

岳立汉和狗子二人跟随着孟经理去往储藏室，杂乱的脚步敲击着走廊里的木制地板，孟经理用钥匙快速打开房门的锁，咣当一声，门被推开。

孟经理说："不好意思啦，凑合凑合，明天有人退房，我一定给你们留一间。"

环视整个房间，到处布满灰尘，两张单人铁床上什么也没有，地上散落着塑料袋和几个烟头。房子里挺闷，还有一股子怪味，室内的暖气片热得烫手。

"这咋还有蜘蛛网？哥，咱这是到国外啦？"

"是啊，咋没有灯红酒绿花花世界让咱们狗子享受享受，真造孽啊。"

二人一边说话，一边用手撕着卫生纸，擦拭着铁床上的灰尘。又一阵脚步声传来，孟经理抱着两床薄薄的被子走进来："给你们两床被子，好歹垫在身下软乎。"

狗子迫不及待地打开被子，立刻掀到了一边。"我去，这什么味？这么冲！"

岳立汉默不作声地把两床被子抱放在墙角的桌子上，打开自己的箱子，取出一卷报纸，打开，平铺在两张床的床板上，又把两个小皮箱分别放在床头当枕头。而后回头招呼狗子道："兄弟，睡一会儿吧，这屋里反正也不冷，等天亮了咱们再想办法。"

又饿又累的狗子一会儿便枕着皮箱睡着了，岳立汉起身将滑落在地上的羽绒服捡起来重新给狗子盖上。而后，岳立汉合着双眼很快睡着了。

***

边境杂草丛林中，几个身着 1965 式解放军军服、头戴伪装草圈、手握56 式冲锋枪的解放军战士正潜伏在敌军特工经常出没的区域伺机捕俘。这

16

是解放军边防部队的某侦察分队正在执行侦察任务。身披伪装网、脸上涂着伪装油彩的岳立汉正像猎豹一样匍匐在那里，眼睛只盯着前方一条杂草丛生的小道。

"咕，咕咕……"几声蛙叫传来。"叽叽，啾啾……"这是他们约好的危险信号。

不远处传来叽里呱啦一阵外语，三个全副武装、头戴头盔的敌军特工正向岳立汉的潜伏区域走来。领头的是一个挂着手枪的小头目，看军衔标识是个中尉。

解放军侦察兵小组领队是岳立汉的排长吴雄杰，他聚精会神观察着，而后果断地向其他组员发出行动手势，让他们干掉两个敌军士兵，由岳立汉将敌军中尉抓俘。"干！"吴排长一声令下，几个我军侦察兵像弹簧刀一样瞬时弹出，分别扑向自己的目标，用匕首干净利落地解决了两名敌军士兵。另一边的岳立汉一拳将敌军中尉打晕在地，正准备捆绑，突然醒过来的敌军头目张口在岳立汉的手臂上咬了一口，气得岳立汉又是一拳将其彻底打晕，随即扛到肩上开始撤退。

哒哒哒哒哒，一阵密集的枪声袭来，杂草树枝纷纷断裂，又一队武装敌军一边开枪一边追击抓俘撤退的解放军侦察小组，岳立汉将俘虏交给吴排长。

岳立汉道："排长，你带弟兄们先撤，我来招呼他们。"话音刚落，岳立汉从其他战士身上拿下几颗手雷，便跳到小路旁边的草丛里卧倒隐藏。

六七个敌军特工朝着吴排长撤退的方向边射击边追击，埋伏在路旁有利地形的岳立汉一口气将四颗手雷全扔了出去。顿时，伴随爆炸声而来的是炸飞起来的硝烟尘土和越军的鬼哭狼嚎声。哒哒哒，岳立汉端起冲锋枪一口气将一个弹匣的子弹射向了敌军，正当他蹲下换弹匣时，一个从后面摸上来的敌军特工紧握短刀恶狠狠地向他刺来。机敏的岳立汉一个侧滚翻躲过敌军特工的利刃，倒提冲锋枪一枪托碰得敌军翻了几个跟头。敌军特工脸上流着血，紧握短刀不要命地冲过来。岳立汉一脚踢飞短刀，闪身将胳膊夹住越军的脖子并奋力拧断，敌军特工倒地抽搐几下不再动弹。

岳立汉共打死了四个敌军特工，其余几个沿小路狼狈而逃。岳立汉轻蔑地看着被干掉的敌军说："敢偷袭我！"说罢，趁机向我方控制的地区狂奔，只见他飞身跃过土坡，跳过小溪水沟，在一人高的草丛中疾跑。只听哎呀一声，岳立汉失脚摔倒……

***

"哎哎，哥醒醒，醒醒！"

被狗子摇醒的岳立汉翻身坐起，喘着粗气，抬手看了看手表，已经是上午九点钟。

"我咋啦，睡得这么沉，一觉整到半晌午啦！"

"啥半晌午，你那是北京时间，这里是比什凯克，要往回倒俩小时。现在是早上，才七点钟。你刚才做啥美梦啦？手舞足蹈的。"

"兄弟，你终于明白了一回。"

"其实咱只睡了不到三个小时，要不是太累，这鬼地方咋是人睡觉的地方，连个褥子也没有，硌得我浑身疼。哥，天快亮了，咱得赶紧想办法解决吃住问题，我去看看这招待所的餐厅有没有早餐。"

踏在木地板上的脚步声在哈宁办事处平房招待所的走廊里回荡，每个房客都在关门闭户睡觉。狗子转了一圈一无所获，直接跑到院子搜寻。突然从角落里窜出一条体形高大的凶猛的高加索犬，冲着狗子就跑了过去。

"哎呀，我的娘啊！"

"莫怕莫怕。"一个提着裤子从室外厕所跑出来的中年人赶紧将狗拦住。大狗一边汪汪叫着，一边兴奋地摇着尾巴。

"昨天刚来的吧？不要怕，你说中国话，这狗不咬你。"

狗子将信将疑道："这狗啥品种？长得跟牛犊子似的。"

"高加索犬，你这么早起来做啥？"

"饿了，看看餐厅开门了没。"

"早着呢，得九点以后。"中年人一边说一边转身回屋里。

无奈的狗子冲着大狗做了个鬼脸，赶紧进屋将门关上。

天已开始蒙蒙亮，雪后的比什凯克银装素裹。哈宁办事处旁边是一片面积不小的白桦林，一群群肥硕的白色鸽子和不远处在地上觅食的黑色乌鸦让宁静的早上有了勃勃生机，几个穿着背心、大裤衩的俄罗斯人在晨练跑步……

房子里，狗子在翻着行李，岳立汉拿过洗漱用具准备找水洗漱。

狗子大喜道："方便面！这下早餐有着落了！"

两盒桶装康师傅方便面如稀世珍宝一样被捧在狗子手上。"这一定是左丽给我放进去的，还是她知道疼我啊。我找开水泡一下，一会儿开饭，哥。"

***

上午 11 点，人们都起了床，用完早餐后来到院子里透气。三三两两的小汽车进出哈宁办事处的院子，人们三五成群地在一起抽烟、交流。一阵汽车引擎的轰鸣声传来，只见从一辆破旧的拉达车上下来一个矮胖的老头子，高鼻深目，嘴巴上还留有一抹花白的胡子，头戴一顶西伯利亚狐皮帽子，身穿一件厚实的欧款皮衣。老头子敞开着怀，挺出来个大肚皮，似乎不畏风寒，虽年过六旬，但精神矍铄，走起路来咚咚响，像极了苏联的朱可夫元帅。

"瓦洛佳，来得这么早啊？"

"老杨头，今天来拉谁了？"

"大冷的天，年轻的小嫂子舍得让你出被窝啊？"

人们七嘴八舌地向进到院子里的老杨头打着招呼、调侃着。

老杨头名叫杨延明，俄文名叫瓦洛佳，是个中俄混血儿，父亲是中国山东的，母亲原是苏联远东地区的。苏联解体后，有不少中国商人来到吉尔吉斯斯坦经商投资，语言障碍让老杨头这样的俄汉翻译成为稀缺资源。

老杨头共有三个孩子，都已成家立业，原来的老伴在两年前因病去世，早已退休在家的老杨头倍感孤单。一次偶遇，老杨头认识了小他35岁、被丈夫抛弃的俄罗斯族年轻女人娜佳，二人竟擦出了爱情的火花。老杨头仿佛又回到了充满激情的年轻时代，但喜欢穿衣打扮花钱的小夫人又让他捉襟见肘。迫于生计，这位没有什么特长、从格瓦斯饮料厂退休的老头子只好把自己快要报废的拉达小轿车拾掇拾掇，跑到哈宁办事处干起了又当翻译又当出租车司机的营生。他自己也没曾料想老爸教给他的汉语倒成了他养家糊口的工具。老杨头人比较憨厚，收费也比较合理，大家都喜欢他，有时候会多给他一点翻译费和出租车费。

岳立汉说："狗子，今天无论如何要给家里打个电话报个平安。待会儿，咱们出去找个房子租下来准备长住。"

狗子说："对头，哥，这地儿流动人口太多，也嘈杂得很，食堂里的饭菜实在不对我的胃口。不过，咱咋找房子？不会俄语，不知道地方。"

"喏，我们找他，他知道。"岳立汉用眼神示意狗子院子里的老杨头。

窗外，张翻译背着公文包正匆匆忙忙地向外走。

岳立汉问："张老哥，哈宁办事处里有没有打国际长途的地方？"

"有啊，拐角处孟经理的办公室就可以打，只收美元的。"张翻译匆匆离去，只留给岳立汉一个出大门口的背影。

"谢谢啦，老哥！"岳立汉大声地说。

孟经理办公室，一台老式拨号电话机。孟经理一边教狗子拨号，一边手持田径比赛计时秒表，随时准备在狗子接通电话后按下计时。

"你先拨中国的国际区号0086，再拨你城市的区号加你家的电话号码。"

拨号电话开始哗啦哗啦响……

"喂，妈，我是狗子，我和岳哥到比什凯克了。您放心，一切都好！告诉老爸一声，他一年的酒，我给他买齐了，都在储藏室呢。"

"你们俩要好好的，在外不容易，生意做不成就赶紧回来。等等，让左丽给你说两句，这孩子一大早就过来等你的电话了。"狗子妈叮嘱道。

"丽，谢谢你的方便面，救了大急，要不这20多小时还没落上吃的呢。

哥想你，哥混好了一定接你出来……"

孟经理手中的秒表一按："总共七分钟，每分钟五个美元，总共 35 美元。"

闻言，狗子脸上表情复杂。

岳立汉也打通了："外公，我到了。您老多保重，我妈我爸会经常去看您，我过年时回去看您……"

"两分钟零十秒，赶紧再说几句话凑够三分钟。"孟经理在一旁好心地建议着。

***

下午两点，天气晴朗，冬阳格外刺眼，老杨头开着破旧的拉达车载着岳立汉和狗子在比什凯克市穿行，兴致勃勃地向二人介绍着城市。车窗外一幢幢方方正正的赫鲁晓夫式楼房向后掠过，街上车辆并不多，日系和欧系车比较少见，苏联的伏尔加、莫斯科人、拉达和意大利的菲亚特小轿车居多。

老杨头饶有兴致地指着一幢高大的白色建筑说："这是白房子，就是'白宫'，总统就住在这里面。"

道路两旁行人三三两两朝着各自的方向行走着，一群顽童在街心花园里打雪仗。各式广告牌、各式建筑、各式雕像构成了这个中亚城市的独特元素。

老杨头继续讲道："这个城市在苏联时期叫伏龙芝，是为了纪念在吉尔吉斯斯坦出生的苏联军事家米哈伊尔·伏龙芝而命名的。这个伏龙芝元帅名气很大的，曾经是莫斯科伏龙芝军事学院的院长，中国的刘伯承元帅还在那儿上过学呢。吉尔吉斯斯坦好玩的地方很多，有时间我带你们慢慢玩……"

岳立汉问："杨师傅，我怎么看吉尔吉斯人和中国人、日本人、蒙古人、韩国人长得差不多呢？"

"吉尔吉斯人和新疆西部地区的柯尔克孜族人同族同信仰。中国的柯尔克孜族文字使用的是阿拉伯字母，在这里的吉尔吉斯族使用西里尔字母，和俄语很像。吉尔吉斯人的体形外貌都具有亚洲蒙古人特征。"

"那你呢？鼻子那么高，明明你是欧洲人种，怎么姓中国人的姓？"狗子眼神狡黠地问道。

"我是中俄混血，我老娘是俄罗斯人，我老爸是山东烟台的。一八几几年我老爸和山东半岛的不少老少爷们被人骗到俄罗斯远东地区修铁路，说是工钱给得高。那时候还是大清朝呢，老爸他们还都留着辫子出的国，护照就是写着个人信息的一张宣纸，上面盖着朝廷的戳。谁知出来了就回不去了，辛亥革命爆发后，军阀混战，不知谁是当家的，我老爸他们几次到满洲里想回国，都被挡回去了。真回不去了，没办法，得继续活着吧。后来，他遇见了我老妈，再后来就有了我，哈哈哈！"

岳立汉说："那还真不容易，高傲的俄罗斯姑娘能嫁给中国来的劳工。那批人都留下结婚了吗？"

老杨头说："听我老爸说过，只要还活下来的大都找俄罗斯女子一起生活了，俄罗斯本来就女多男少，再加上他们年年打仗，男人就更少了。中国来的老少爷们，老实、勤劳、不喝酒、不打女人，是抢手货，没几个月就被瓜分完了，哈哈哈……"

狗子问："你老爸他们不懂语言，和人家女人咋在一起生活？"

老杨头答："比画呗，时间长了就整明白了，啥也不耽误。哈哈！"

出租车缓慢地行驶，在一个拐弯处突然斜蹿出一辆车，差点撞到老杨头的车，吓得老杨头一激灵，忍不住骂道："Пошел на хуй！"[1] 他摇下车窗准备教训一下乱开车的人，谁知人家根本不理会，绝尘而去。

老杨头说："不再多说话啦，太分神。"

街道、小树林、高低错落的灰色楼房映入眼帘，一栋楼的侧面用俄语写着"六小区"，另外几个侧面画满漫画、字母涂鸦。几个衣着厚实的女人

---

[1] 俄语脏话。

牵着宠物狗在遛弯。

　　已搬到出租房的岳立汉和狗子正通过窗户向外眺望。环顾屋内，倒也干净，两居室，墙上挂着花花绿绿的壁毯，地上铺着民族风格浓郁的化纤地毯。有厨房，有客厅，有餐桌，但是没有床。

　　"哥，找房东要张床吧，就这样打地铺啊？"

　　"打地铺好啊，接地气。我在部队野营拉练都是地铺，日本人也喜欢地铺，听说吉尔吉斯民族的毡房里也全是地铺。"

　　"你拉倒吧！日本人喜欢的是榻榻米，你睡在第六层接啥地气？"

　　早上，岳立汉和狗子二人在街上行走，天气转暖，地上的积雪在消融，远处的山丘依然白茫茫一片。街上行人渐多，他们身着五颜六色的服装，神情各异。迎面走过来一对青年男女，礼貌地问候："Здравствуйте！〔1〕"岳立汉和狗子故作听懂地微笑点头示意。而后又有一个中年人迎面问候："Дорбый день！〔2〕"

　　"哥，这说的是啥？两句还不一样。"

　　"不知道，反正不是坏话。看来在这里做生意，不懂语言啥也干不成。"

　　"没事，哥，我有办法。临走的时候，我二舅给我了一本俄汉注解小册子，想说啥，照着念就行了。"

　　"那你找人家姑娘说说呗。"岳立汉说着，顺势指着迎面走来学生模样的两个姑娘。

　　狗子马上迎上去："嗨！"

　　两个姑娘回应："嗨！Здравствуйте！Что вы хотели？〔3〕"

　　狗子照着小册子上面用汉语标注的俄语单词费劲地逐字读着，可两个姑娘茫然地盯着狗子，摇着头，表示不懂他在说什么。几经折腾，最后失去耐心的姑娘对狗子说了句他能听懂的英语"Bye Bye"，便匆匆离去。

---

〔1〕 俄语，意为：您好！

〔2〕 俄语，意为：日安，您好！

〔3〕 俄语，意为：您好！有什么事吗？

"哥，我照着书上读的啊，她们咋就听不懂呢？"

　　"估计今后，你这种十万个为什么会很多。不要担心，会好的，一切都会好的。"

　　就这样，连续几天的奔波，让岳立汉深切感觉到不懂语言的困惑，他下定决心必须用最短的时间解决掉这个问题，才能在这个陌生的国度安身立命。

第三章

夜幕下的比什凯克到处流光溢彩，几家著名的大酒店门口车水马龙、人来人往，门童彬彬有礼地迎接着客人。市中心阿拉套广场建筑物上装点的各色霓虹灯闪烁着，显得十分热闹。大人小孩闲适地散着步，卖各种小食品、气球和玩具的小贩在人群中穿梭吆喝着。在国家总工会一楼拐角处，一个灯箱广告牌上映出俄汉两种文字书写的"天朝饭店"，名号很是霸气。不断有衣冠楚楚的男男女女进进出出。

进入酒店大厅，岳立汉正在设宴招待张翻译、老杨头、孟经理等这几天在比什凯克认识的中国人，餐桌上摆着河南地方名酒"杜康酒"。

岳立汉手举酒杯："各位老哥，咱是初来乍到，这几天跑到外面四处碰壁啥也听不懂，真感受到是出国了。多亏了几位哥哥伸手相助，今天请大家出来坐坐，表表心意，我带过来俺们家乡河南的酒，请你们尝尝家的味道。来，敬大家，干！"

狗子忙不迭地转着圈给大家斟酒，川式风味的菜肴一道一道陆续端上了桌，大家尽情享用着。

"好酒，"孟经理称赞道，"这应该是中国最古老的酒，何以解忧，唯有杜康啊！"

岳立汉说："想不到在遥远的吉尔吉斯斯坦还能吃上这么正宗的川菜，原以为只有面包和土豆炖牛肉呢。"

孟经理说："中吉两国可能快直航了，到时候中国人往返可能会很频繁了，中餐厅可能会多起来，今后吃中餐会更方便了。"

整个餐厅几乎座无虚席，衣着讲究的男女老少推杯把盏，品尝着美食，长相俊俏的服务员来回走动忙于服务。

这家中餐厅在这个城市一家独大，所以菜品价格也是相当不菲，一般收入的家庭是消费不起的。

岳立汉问："狗子，看啥呢？给老哥们倒酒。"

狗子答："哥，我看那个丫头怎么这么像我的表妹？"

张翻译调侃道："看花眼了吧，小老弟，自古中亚多美女，小伙多孔武。长住这里，怕你眼睛忙不过来啊。"

这话惹得大家哈哈大笑。

欢快的音乐骤然响起，大厅里充满了跳动的音符。不知何时，大厅的音乐演奏台上冒出来一支管弦电声混合乐队，演奏者们卖力地表演着。架子鼓手敲击出来的节奏似乎散发出迷人的诱惑，让在场的人们忍不住一起跳跃。老头老太太们也不例外，他们像年轻人一样大大方方地扭动着肢体。一个浓妆艳抹、衣着暴露的年轻女歌手手拿麦克风唱着令人激情澎湃的劲歌，舞池中间灯光暧昧，忽明忽暗地挑逗着每个人身上的荷尔蒙。狗子和张翻译禁不起诱惑，也投身跳跃的人群中蹦跶去了。

一曲终了，张翻译意犹未尽。他说道："这里可以点歌，一首歌100索姆[1]，想听什么歌都可以，除了中国歌。"

狗子说："点啥歌呢！那还不如让我哥唱一首《三套车》呢！"

借着酒兴大家一起起哄："对，对，岳总唱一个！"大家纷纷鼓掌。

岳立汉谦虚道："老哥们喊我小岳就行了，咱就一个兄弟，还不是总。"大厅里短暂的安静后响起了俄罗斯民歌《三套车》的音乐前奏……

"冰雪遮盖着伏尔加河，冰河上跑着三套车……"岳立汉忘情地用美声唱法演唱这首歌，看得出他唱得非常投入。唱毕，大厅里响起热烈的掌声和口哨声。座位上的孟经理赞叹地说："很专业，如果他能用俄语唱就更好了。"

岳立汉刚要离开舞台，被先前唱歌的女歌手拦住。《三套车》音乐前奏再次响起，女歌手开始用俄语深情演唱这首歌，在唱到最后一句时，她会意地望着岳立汉，心领神会的岳立汉用汉语与女歌手非常默契地唱完了

---

〔1〕 吉尔吉斯斯坦货币。

最后一句。掌声雷动，现场一片沸腾，女歌手激动地拥抱岳立汉，并在他脸颊吻了一下。岳立汉面露羞涩，赶快离开了舞台。

岳立汉与几位朋友一一碰杯。此时，一个个子不高、面容清瘦、头戴鸭舌帽的青年男子端着酒杯来到岳立汉等人就座的桌前。

"这位大哥刚到比什凯克吧？刚才您唱得真好。我叫陈宝，西北人，1993年过来的，到国立民族大学学俄语，本科毕业了，正在读研。"

急着找翻译的岳立汉立即问道："你读研每天都要到学校去吗？愿不愿意找份工作？"

陈宝说："我们读研的时间比较自由，可以工作的，主要看待遇如何，先前给国内来的老板干过几天，老板太抠门，我就辞职了。"

"你每个月想要多少工资？你原先干的那家公司是做什么的？"张翻译故意用流利的俄语问陈宝，陈宝也用俄语流利对答。

众人离席后，不少人在饭店门口拥抱、贴脸、握手告别，一阵阵汽车启动的轰鸣声传来。

张翻译对岳立汉说："这小子俄语还行，不知人咋样，你们自己检验吧。"

岳立汉和狗子步行回居所，二人沿着街边人行道边走边聊，不断地有行人和他们打招呼，他们两个也不断地用"兹德拉斯维杰[1]"来回应，好歹这几天已经学会这句问候语。

"哎，哥，你左脸上咋回事？有一块红的。"狗子凑近一看，"嗨！想起来啦，那是唱歌的姑娘亲你的时候留下的口红印子，哈哈哈……"

岳立汉说："你高兴个锤子！赶紧拿纸帮我擦掉！"

狗子嬉笑着，突然严肃地问道："哥，你真要用那个叫陈宝的年轻人做翻译吗？看那小子眉眼绝非善辈啊！"

岳立汉说："不用咋知道？先用一段时间试试再说吧。"

夜里，返回六小区的途中，大部分营业场所都已关门闭户，只有距二人租住那幢楼约500米处的一个小卖部还亮着灯。一个吉尔吉斯姑娘坐在

---

〔1〕 俄语"您好"的中文谐音。

27

橱窗内向外张望。

"狗子，走，去买几盒火柴，点煤气灶用。"

两人买了火柴刚准备走，突然被两个酒气熏天的男人拦住了去路。

俩酒鬼用俄语问道："哎，中国人还是韩国人？"

岳立汉摇摇头表示听不懂，拉着狗子想尽快离开。"狗子，这俩人喝得不少，别理他们，赶紧走。"

但这俩酒鬼死死拦住他们纠缠不休，嘴里还叽里呱啦讲了一堆他们听不懂的话。岳立汉终于明白他们是要烟抽，便比画示意自己和狗子都不抽烟，但这俩醉鬼仍不依不饶做数钱状要钱。岳立汉非常明白，如果再这样耗下去，恐怕一小时他们都不能脱身，最后他果断地对狗子说："给我留 50 索姆，你马上离开，我来解决。"

狗子闪身离开了，醉鬼甲喊叫着想追，被岳立汉拦住，另一边的醉鬼乙抬手想动粗，又被岳立汉闪身扣住了命门动弹不得。岳立汉将其拖到小卖部斜对面的木质连椅上，按坐下，抬手示意不要动，对方惊愕地张着嘴巴。随后，岳立汉将准备扑过来的醉鬼甲制服并拖到小卖部窗口，将 50 索姆递给看热闹的姑娘，比画出抽烟状，示意给两个醉鬼买包烟。姑娘点头明白，拿出一包烟递给了醉鬼甲。后者似乎也明白了，伸出脏乎乎的手想与岳立汉握手示好，但被岳立汉摇手拒绝。岳立汉迅速离开了现场，身后传来小卖部吉族姑娘呵斥俩醉鬼的声音：（俄语）"你们丢不丢人，强迫人家外国人给你们买烟……"

***

三月初，清晨六点，岳立汉新搬入的住宅楼后面的小树林里晨光初现，春天的气息拂绿了树梢，道路两边的草坪开始泛绿，街上行人、车辆稀少，偌大的小区里一片寂静。俯瞰小树林中间的一片空地，中间有一个移动的白点逐渐清晰。岳立汉身着白色练功服打着陈式太极拳，刚柔并济，行云流水，一招一式拳脚带风。

1970 年代河南毗邻山西的崇山峻岭中，在太行山余脉上的一处小山村内，用石头砌起来的平房随着地势错落有致地排列着。也是初春的早上，早起的村妇开始烧锅做饭，准备早餐。屋顶上炊烟袅袅，公鸡还在不停地鸣叫，不时传来狗吠声，空气中充满了烟火气息。晨光毫不吝惜地撒满村东头的打麦场，这里堆着像大馒头一样的麦秸草垛，只见一片空地上，一个身着朴素、留着寸头、面目刚毅的中年男人和一个十一二岁光头圆脸的少年练太极拳。这是岳立汉的二叔在带着少年岳立汉练习太极武功。岳立汉的二叔从小师从温县陈家沟太极名家，是远近闻名的练家。虽已是阳春三月，但山里清晨的气温还是很低。二人一会儿单练，一会儿对练太极推手，严厉的二叔不停地拍打小岳立汉的肢体。

"孩儿[1]肚子饿吗？出招软绵绵的……"

岳立汉出生的地区，古称怀庆府，先祖明洪武年间从山西洪洞县大槐树移民至此。为了适应恶劣的地理环境、抵御强盗悍匪，该地区尚武成风，村村练武，其中以焦作温县陈家沟的陈式太极拳最为著称。

天色已大亮，岳立汉正在做太极收势，凝神片刻，突然打出一套至刚至勇的拳术，其势如猛虎下山、蛟龙出海，几乎全是进攻的招数，且招招凶猛。这就是八极拳。岳立汉凝心聚神地练功，耳边仿佛听到了外公的吼声：这是铁山靠，这是双拳敲钟……

小区逐渐有了人声，行人多了起来，手提牛奶面包的老太太好奇地打量着岳立汉："功夫？"岳立汉回以微笑，收势回房洗漱。

岳立汉和狗子身着正装行走在市区林荫道上，上班路上的人群匆匆行走，十字路口红绿灯交替变换，身穿深灰色制服的交警在指挥交通……

岳立汉租用的办公室在一处公寓式写字楼内，岳立汉正在办公室与新组建的公司团队见面，召开例会。长条形的小会议桌边分别坐着岳立汉、狗子、翻译陈宝，还有漂亮的吉尔吉斯姑娘纳兹古丽。姑娘 20 来岁，大二在读学生，汉语专业，是哈宁办事处张翻译介绍来实习的，汉语讲得结结巴巴，

---

〔1〕 河南方言对晚辈的昵称。

在岳立汉的公司里做文秘工作。陈宝在给大家介绍吉国当地的一些基本情况，岳立汉认真聆听，并询问有关法律、民俗、税务、经贸方面的一些信息。

岳立汉说："我们目前的首要工作是注册公司，全面考察市场需求。对城市里的大中型超市、批发市场、物流渠道等等，都必须进行详细调研，利用我们的国内供货优势把外贸工作做好。"

尽管已是 1990 年代末，但比什凯克城市风景和人们的衣着打扮，仍如同中国改革开放初期水平。岳立汉、陈宝、狗子匆忙地行走在市区的大街小巷。

比什凯克标志性商业建筑促姆[1]商场内，顾客不少。岳立汉等三人环顾琳琅满目的商品，在各个柜台前仔细地察看各种商品和价格。

在一处小建材批发市场，各个摊位堆放着各种各样的建筑材料，有白水泥、油漆、瓷砖、壁纸……搬运工拉着装满建材的小推车来来回回忙碌着、吆喝着……

天气渐热，行色匆匆的三人头上冒着汗，将脱掉的外套搭在手臂上，在熙熙攘攘的人群中穿行。岳立汉在一处卖卫生洁具的摊位驻足，与吉尔吉斯族摊主交流。摊主是个年轻的小伙子，戴着具有吉尔吉斯民族特色的白毡帽，圆圆的脸上透着友善。他坦诚地介绍着自己所掌握的卫生洁具行情，表示愿意合作，并留下了联系电话。陈宝悄悄在本子上记录了吉尔吉斯族摊主的联系电话，却并没有翻译给岳立汉。这个不起眼的小细节被狗子捕捉到了，但向来话多的狗子这次没有作声，只是转了转眼睛。

三个人站在一个土炉子旁吃着香喷喷的民族美食烤包子——萨姆撒，一个头戴乌兹别克小花帽的小伙子在一旁忙碌着烤包子、卖包子。

中亚最大的批发市场——多尔多伊市场内，人头攒动，车水马龙。岳立汉等人奋力地在人群中簇拥着向前。从上空俯瞰，这座市场就像一座活动的城堡。多尔多伊巴扎[2]是 20 世纪 90 年代崛起的中亚地区最大的批发

---

〔1〕 俄语 ЦУМ 的音译，意为：中央百货商场。

〔2〕 意为：集市、农贸市场。

市场，务工人员和服务人员超过 5 万人。鼎盛时期，平均日成交额在 5000 万美元以上，市场内 85% 的各类商品来自中国，中国的批发商从业人员占市场总人数的 5% 左右。这个占地 100 公顷、可容纳 4 万个集装箱作店铺的超级大巴扎成全了多少人的财富梦想。

市场库房区，一辆辆大型厢式货车接连进入海关监管库房。从车牌可以看出，这些车辆来自中国新疆的运输公司。主路两边停靠着待检的货运卡车，卡车司机三三两两地凑在一起聊着天、抽着烟，市场保安在来回地巡视。岳立汉注意到一个卖皮鞋的摊主像是中国人，连忙走过去搭讪。

"朋友，从哪里来的呀？生意好吗？"

摊主是一个南方人，30 岁左右。见有人搭讪，他警觉地敷衍说："好什么好，养家糊口而已。"

一阵轻音乐手机铃声响起，摊主飞快地从口袋里抽出手机接听，用着一口半生不熟还带有中国南方口音的俄语与电话那头的买主交流："喂！你好！什么？你需要 5000 双皮鞋？有现货，我库房有 40000 双各类皮鞋，还有两个货柜的皮鞋一周内会到。没问题！明天上午十点到我库房提货，带现金哦！"

"还养家糊口！一单批发就能收进五六万美元，还真以为我听不懂他讲的鸟俄语！还使着那么贵的手机！"离开摊位，陈宝满脸嫉妒愤愤不平地说。

岳立汉说："在国外混不容易，这说明人家能干，有本事。我们如果选对商品，生意也会很好。"

人群中，一个身穿黑色运动服的年轻人（约十七八岁的样子）一路尾随着岳立汉三人，趁着人流拥挤，年轻人将手悄悄伸进岳立汉上衣口袋，企图行窃。不露声色的岳立汉反手将小偷的手夹住，力量大到小偷无力反抗。岳立汉扭头对年轻人微微笑了笑，将他拖行了几米远，再扭头对着他摇摇头。小偷赶紧会意地点点头，待岳立汉一松手，他脖子一缩便消失得无影无踪。而另一边的陈宝和狗子却对此浑然不知。

第四章

五月，上午九点多，比什凯克市邮电局门口，小广场上的喷泉欢乐地起舞，周边三三两两的人闲适地行走。进入邮政局大厅，挂在墙上的老式拨号电话机依次排列，弧形木板作为分机隔断。进门左拐处有一个挂号窗口，里边坐着一位衣着不俗、金发碧眼、涂着厚厚口红的年轻俄罗斯女人。来这里打国际长途的客人需要首先在挂号窗口拿一个她手写的带有阿拉伯数字的纸条，然后自觉地到休息区的木质连椅上等待她叫号。扩音器打开，传来女人的声音：（俄语）"14 号请到 3 号电话机打电话，24 号请到 7 号电话机打电话……"没有吵闹，没有喧哗，也没有人插队，人们井然有序地排队、打电话、结账。

岳立汉说："狗子，注意咱们是 28 号，听人家喊咱们。"

狗子说："得嘞，我早已会用俄语从 1 数到 100 了，没问题！"

这个打电话的地方是老杨头偷偷介绍的，在哈宁办事处往国内打电话太贵了，100 美元几下子就干光了。老杨头好心地告诉岳立汉，邮电局往中国打电话一分钟只要两个美元。

俄罗斯女人的声音传来：（俄语）"28 号请到 6 号电话机打电话。"

狗子说："哥，叫咱呢，咱到 6 号位打电话。"

岳立汉问："那女人讲了一串俄语，你能听懂吗？"

狗子说："别的我真听不懂，但 28 和 6 这俩数字错不了，嘿嘿！"

岳立汉打了两个电话："喂，妈，我到了，一切都好呢，生意快开始了……""喂，罗哥吗？我来这几个月专心在做市场调研，吉尔吉斯斯坦市场对中国的需求很大，利润空间也很不错，我打算从你那儿进两个货柜的食品加工设备，价格多多优惠呀，哥！"电话那头传来罗总肯定的声音。

"大哥好，我是刘民啊，能听到我的声音吗？给您汇报汇报工作……"

一个东北口音传来，这是一个大嗓门高个子的中国男人在打电话，旁边还站着一个身穿高档套裙、脚蹬高跟鞋的时髦漂亮女人。

岳立汉和狗子打完电话便出门，准备去办公室。为了尽快熟悉比什凯克这座城市，他们一般都是步行。

"哎，哥们，过来坐坐，聊会儿天。"东北男人刘民和媳妇坐在邮电局外面的木质连椅上，大大咧咧向岳立汉打招呼。"啥时候过来的？"

"二月份，你刚到吧？"

"哎呀，你们比我早来俩月呢，俺们四月份到的。"

"现在习惯不习惯这里？"

"哎呀妈呀，老不习惯了！咱国内手机早都数码了，这儿还模拟信号，咔咔咔半天都找不着人！出国时哥们送我一台摩托罗拉新机子，花五六千呢！哪成想到这块根本不好使！这不没招了跑这儿排队挂电话来了，一下子又回到旧社会了！这地方真……"

狗子说："可不，前几天两个当地客户到我们办公室，手里拎着大砖头（大哥大），挺稀罕的。"

刘民说："搁手机往国内挂电话老贵了！这不，我刚给深圳哥们挂个电话，让他们过来整个移动台，整好了手机费就能下来了。哎，留个电话，小老弟……我叫刘民，东北人。"

狗子说："好嘞，我叫杨艺，这是我岳哥，我们从河南来的。咱们常联系，刘哥。"

办公室内，一个吉尔吉斯族中年男人和一个俄罗斯族年轻人正通过翻译陈宝与岳立汉谈着一笔面粉机组加工设备的生意。俄罗斯族年轻人说："我叫维克多，这是我的合伙人帖木尔，我们有自己的农场，种了很多小麦，我们需要一套日加工量 25 吨的面粉机，你们能提供吗？多少钱？"

岳立汉说："我刚与中国的生产厂家通了电话，可以马上给你们供货，价格是 25000 美元，这个价格包括运费、安装费和海关税。"

陈宝貌似流利地翻译着，却生生地把岳立汉报的 25000 美元翻译成了 28000 美元。

维克多说："我们接受你的价格，也可以在签合同时一次性把钱付清。另外，我们了解过，我们买的设备是自己用的，不需要交关税。所以，我们可以自己接关。"

这句话被陈宝翻译为："假如客户一次性付清货款，还能优惠多少钱？"

岳立汉不加思索地回应："可以优惠2000美元，按23000美元成交。"

陈宝转向维克多："经理让你明天上年十点带28000美元过来，签订正式合同。"

狡猾的陈宝知道明天上午岳立汉与狗子要去中国驻吉尔吉斯斯坦大使馆经济商务参赞处拜会参赞，他正好有机会独自与维克多签合同、收货款，可以将从维克多处加价的3000美元和从岳立汉这边压下的2000美元据为己有。陈宝为自己瞒天过海轻松赚得5000美元而兴奋不已。

第二天，办公室内，陈宝给实习秘书200索姆，以买文具为名将纳兹古丽支走，飞快地在老式打字机上打出了价格不一的俄文和中文两份合同，俄文版合同里写着28,000USD，另一份中文版则是23,000USD。打字机传来一顿噼里啪啦的声音，维克多在合同上签字、付款，陈宝数着美钞露出贪婪的眼神。

维克多礼貌地告别。陈宝立即拿起电话：（俄语）"喂，奥丽娅，今晚七点我请你到Dasmia酒店[1]吃大餐，喝伏特加……等你，亲爱的。"陈宝心情好极了，眼里透着迫不及待和猥琐邪淫。

此时的岳立汉和狗子正在返回办公室途中，街上行走的女人们换上了五彩缤纷的各式裙装。车流照旧，远处列队走来二十几个吉尔吉斯斯坦军人，他们头戴船形软帽，衣着迷彩服，扎着宽宽的腰带，脚上穿着笨重的黑色靴子，咚咚咚地走着。

狗子问："哥，今天上午签合同、收钱这么重要的事，你放心让陈宝一个人操作啊？"

岳立汉说："他定在了这个时间段，就有他的目的，人不经过试探，

---

〔1〕 吉尔吉斯斯坦当时最豪华的餐厅。

如何辨得清好坏？放心吧，好人坏不了，坏人好不了，看着。"

***

周末上午十点，岳立汉居所客厅茶几上的老式话机猛然响起，是陈宝打来的。

陈宝住所内，一个女人顶着一头蓬松金发、穿着性感睡衣、口里吸着烟斜倚在客厅的沙发上。这是陈宝的新同居女友娜塔莎。

"喂，岳总，昨天忘了一个事，比什凯克国际大学今天下午两点有一个联欢会，校方邀请我带几个朋友参加，今天周末嘛，出去散散心、交交朋友。"

"好啊，今天没什么安排，可以去。"

"好的，一点钟我开车接你们，一定要穿正装啊！大学里漂亮姑娘很多哟！"

午后，天气晴朗，气温有些高，陈宝开着声称是借来的二手宝马轿车，载着一身西装革履的岳立汉和狗子。轿车在比什凯克的街道上行驶，街上人群熙攘，比什凯克标志性建筑慢慢掠过车窗：吉尔吉斯斯坦爱乐音乐厅门口矗立着横刀立马的玛纳斯[1]雕像；国家马戏团剧院圆形建筑在阳光下显得十分可爱；胜利广场上，两对西装革履、白纱披身的新人手捧鲜花，在亲友的簇拥下向长明火敬献。

陈宝开的车有些飘移不稳，狗子问道："小陈，开了几年车啦？"

"刚考驾照不到半年。"

"咋考的？麻不麻烦？"

"不麻烦，给280美元搞定，你和岳总如需要，我给你们搞出来。"

狗子说："我天，怪不得你开车跟开船似的。"

他们随着狗子的话音一起哈哈大笑。

轿车停在一个鲜花店门口，路边有明显的禁止停车标志。

---

〔1〕 吉尔吉斯（柯尔克孜）民族传说中的英雄，是力量、勇气和智慧的化身。

陈宝对狗子说:"杨总,咱们到店里买束鲜花去参加活动,人家兴这个。"

岳立汉说:"小陈,你没看标志吗?这里禁止停车。"

陈宝答:"我们一会儿就出来!"

坐在车内的岳立汉通过车窗观望外边的人流、街景。当当当!一个头戴大盖帽、身着制服的交警敲打着车窗,示意岳立汉下车。岳立汉下车后,交警礼貌地向他敬了一个礼,然后就是一通叽里呱啦的俄语。岳立汉知道发生了什么,但是真的一个字都听不懂,尴尬得很。陈宝见状飞快地赶过来交涉。

(俄语)"对不起!对不起!实在没看见这个标志牌,我们马上走……"

交警板着脸:(俄语)"这么近的距离,你说你没看到?你违反了交通规则,罚款!"说完做掏本开单状。

陈宝飞快地掏出100索姆做出与交警握手的样子,借机把钱塞到交警手里。交警瞬间和颜悦色,挥手示意放行。

岳立汉问:"这就让走了?"

陈宝说:"小意思!在比什凯克,没有钱解决不了的问题。"

狗子说:"参加个学校联欢活动,还送花,整得跟相亲似的。"

比什凯克国际大学门口装点得喜气洋洋,身材微胖的吉尔吉斯族女校长身穿艳丽的连衣裙在门口迎接着受邀嘉宾,看到陈宝三人走来,马上微笑着迎了上去。

(俄语)"噢,谢廖沙(陈宝的俄文名字),你带的中国老板吗?这花是送我的?"

(俄语)"当然是送您的,这两位是从中国来的投资商,专门过来与我合作的,我是他们的经理。"说完,顺手从狗子手中拿过花束递给了女校长。

女校长满眼羡慕:(俄语)"你真的太棒了!今后请多多支持我们学校。"

女校长恭敬地陪着陈宝走在前面,陈宝昂首挺胸,仿佛公司大老板似的,岳立汉和狗子不知所云地跟在后面步入了会场。

哗哗哗，响起一阵热烈的掌声，会场里站满了来自世界各地的年轻学生，他们来自独联体各国、印度、巴基斯坦、土耳其、日本、韩国等地，甚至还有来自南美洲及非洲的留学生。彩色的气球和多国国旗在会场上方飘扬，一张张朝气蓬勃的青春面孔、一身身绚丽多彩的民族服装[1]将会场衬托得五彩斑斓。女校长优雅地走向发言台，热情洋溢的致辞赢得学生们一阵阵掌声。

　　（俄语）"最后，我要向大家特别介绍我们邀请的尊贵客人谢廖沙和他的中国合伙人。谢廖沙大学毕业后，很快成了公司董事长，大家鼓掌祝贺他！"

　　师生们一边用羡慕和崇拜的目光看向陈宝，一边热情鼓掌，跟着鼓掌的岳立汉和狗子拍着拍着总觉得不对劲。此时的陈宝已然成了会场的热点人物，不断有学生找他交流、攀谈，陈宝用俄语一一回答，踌躇满志，还刻意对几个漂亮的姑娘说："本公司还在发展，欢迎你们毕业后到我公司工作。"

　　各国留学生文艺表演热热闹闹进行着，陈宝端着盛着可乐的高脚杯非常活跃地四处转悠。岳立汉悄然起身，并示意狗子离开会场。二人行走在路边人行道上，狗子忍不住说："哥，又被这陈宝涮了一把，怎么看着咱哥俩像是跟他混咧！"

　　岳立汉说："不懂语言就这样，碰到坏人，人家把咱卖了，咱还得帮人点票子。"

　　就这样，一晃来到比什凯克四个月了，不懂语言的岳立汉根本无法施展他在中国经济特区练就的商业本领，陈宝一次次在语言上的蒙骗让岳立汉忧心忡忡。

＊＊＊

　　市区，水泥质公交站涂着深蓝色的油漆，三五个乘车人或坐或站等候

---

　　〔1〕　学校要求留学生穿自己民族服装出席。

公交车。一个留着花白络腮胡子的俄罗斯老汉弹奏着苏制巴扬琴，曲调悠扬略显悲伤，他的面前铺了一张旧报纸，上面口朝上放了一顶礼帽，里边有小面额的索姆纸币和硬币。一个蹒跚学步的小男孩在妈妈的引导下摇摇晃晃地走过去，小手将 5 索姆硬币投进礼帽里。

心情欠佳的岳立汉和狗子慢慢走近拉琴的老汉，老琴师看到两个中国人走来，马上把忧伤的曲调转换为欢快的《喀秋莎》，因为这是一首耳熟能详的二战时期苏联经典歌曲，曾风靡全世界。岳立汉和狗子专注地欣赏老人娴熟的演奏，心中的郁结在一点点解开。岳立汉掏出一张 100 索姆纸币，非常恭敬地放入老人的礼帽中，正准备离开，被老人用俄语叫住。随后，老人专门为他们拉了一首《莫斯科郊外的晚上》，这首歌在中国家喻户晓。老人神情陶醉、手指灵活，岳立汉全心享受，狗子甚至眼含泪花。曲罢，二人离开，返回住所。

"怎么了狗子，想哭？想谁了？"

"老人们说，在家千日好，在外一日难。想老娘，也想左丽了。"

盛夏，正值酷热难耐的季节，郁郁葱葱的街边小树林，穿着花布拉吉[1]推着婴儿车纳凉散步的年轻母亲，主街两旁鲜花怒放的花坛，匆忙奔走的人们……都让人感到岁月不居，时节如流。

岳立汉、狗子和陈宝在办公室、在客户车间、在咖啡厅与各种各样的客户进行谈判，辛勤忙碌着。进入七月，岳立汉的外贸生意出乎意料地异常火爆，需要中国制造的食品生产机械、包装机械等各种物资的订单猛增，几乎每个礼拜都能收到从中国发出的铁路集装箱。

在比什凯克阿拉梅金铁路货运站，站台上堆了许多待卸集装箱，多轨道上停靠着鸣笛的火车……穿着制服的吉国海关人员正打开集装箱查验岳立汉公司的商品，旁边站着狗子和陈宝。海关人员手持海关报关单，不断地询问着什么，陈宝自信满满地一一作答。

在关税收缴负责人办公室门口，陈宝向狗子拿了一沓美元，揣进自己

---

〔1〕 俄语"连衣裙"的音译。

怀里，并让狗子在门口等着。陈宝推门进去，在第二道门的拐角处飞快地从怀里掏出那一沓美元，留下了一半，然后笑容满面地走进负责人办公室。

（俄语）"同志，我给你带来了你最喜欢的中国绿茶（暗指美元）！"

一脸兴奋的小头目说：（俄语）"太谢谢你了，谢廖沙！还是那个老牌子吗？（暗语，数额还是老规矩吗？）"小头目拉开办公桌抽屉，飞快地把美元塞了进去，迅速关上抽屉。

二人不约而同地说：（俄语）"合作愉快！哈哈哈哈哈……"

***

八月的一天，天气阴，楚河州莫斯科夫斯基区亚历山德罗夫卡（东干人聚集村），一个从岳立汉那里购买大型饼干机的东干小伙子纠马什[1]，正用手机气急败坏地与岳立汉通电话。

"瓦西里（吉国客户给岳起的俄语名字），麻达有了，两个达莫日尼啊（俄语：海关）的衙役（东干老话，警察），追过来要把我拿走。"

"为啥？"

"说我有坎特拉邦达（走私），还要去你的奥飞斯（办公室）呢，咋办呢？"

"我们集装箱里没有任何走私物品，一切合法合规，让他们来吧！"

在旁边听消息的陈宝说："这些人难缠得很，想找问题，怎么着都能找到，最好找他们头儿谈谈，只要用钱能解决的，不要找人帮忙，也不要把事闹大，这是人家的地盘！"

正当岳立汉还在拿不定主意时，怕事的纠马什又将电话打了过来。

"老板，我们来了。"

透过办公室的玻璃窗，岳立汉看到一辆海关缉私队的公用拉达车已经停在了门口停车位，两个穿着便装、身材魁梧的吉尔吉斯族男子带着纠马什走进了写字楼。传来敲门声，当当当！

---

〔1〕 东干人名，俄语为Дюмаш。

陈宝开门，两名海关缉私队工作人员一脸严肃地走进来，为首的工作人员甲掏出一个像是工作证的小红本翻开，举到岳立汉面前晃了一下说：（俄语）"我们是国家海关缉私队的，有人举报你们运送走私物品，请你跟我们走一趟配合调查。"

纠马什说："瓦西里，如果有麻达，这没有我的事，你要拿钱把麻达事关掉呢！"

公司实习秘书纳兹古丽躲在一边，惊恐地看着这一切。

岳立汉说："我们公司从成立到现在，一向遵纪守法，没有你们所说的运送走私物品现象。"

缉私队工作人员乙恶狠狠地说：（俄语）"你说了不算，跟我走吧！"

陈宝装模作样地用俄语说："他刚来吉尔吉斯斯坦工作不久，不懂俄语，我跟你们走。"

岳立汉和狗子透过办公室玻璃窗看着陈宝被带上海关缉私队的车，倒车、右转上主干道离去。

狗子说："哥，这次陈宝看着挺爷们、挺仗义！"

岳立汉若有所思……

岳立汉不甘心地拨着电话，向几个认识的中国人求助。

"喂，冯总，方便说话吗？是这样，最近我这不是一直来货柜接货吗，被人家盯上了。今天来了两个国家海关缉私队的人，非说我有走私行为，这不来办公室找事，把我翻译陈宝带走了。看冯总能不能找找关系、帮帮忙？"

此时的冯总正在高尔夫球场和朋友打球。绿茵茵的高尔夫球场，背着球杆的球童，远处场外几个遮阳伞下，三三两两的身着欧式高尔夫运动行头、戴着墨镜的男女一边喝着饮品，一边说笑。

冯总稍作思考说道："老弟啊，正常情况下，这事没有人点炮，他们盯不上你。你的海关手续再正规，他要找麻烦，谁也拦不住。咱们找他们的领导压他们、硬杠，带来的后果就是今后没完没了的纠缠，最后还得花钱解决。总之老弟啊，这个国家刚独立没几年，法治建设还需要漫长的时间啊……"

这位冯总是一家大型中国民营企业在吉国的项目负责人，是一位见解独到、看问题有高度的长者，与岳立汉很投缘。

当天晚上八点，岳立汉住所的电话铃声响起，是陈宝打来的。"喂，岳总，很麻烦，人家抓住咱们辫子啦！他们调查出咱们海关单上的价格不真实，少报了，他们要找国家估价局给我们重新估价，还要起诉我们，让我们补缴以前到的集装箱的海关税。怎么办？"

这个结果是岳立汉始料未及的，他顿时陷入深深的无助中。不懂语言，不了解当地法律，更不了解这个码头上的江湖套路，此时的岳立汉仿佛被一个高手掐住了命门，任人摆布。

狗子开车去送钱。他按照陈宝的要求，将30000美元现金送到了陈宝指定的地方，然后掉头回居所接岳立汉。

"哥，我送到了。我现在在楼下，你下楼，我带你去一家当地不错的餐厅吃点喝点，是和东干人开托运部的马奈老哥请咱们去的。今天又是周末，没什么事，出来散散心吧。"

第五章

九月份，上午，雨过天晴，白色的鸽群时而在胜利广场上空盘旋，时而又落地觅食。胜利广场始建于 1985 年，为了纪念伟大的卫国战争胜利而修建。广场上矗立着凯旋的士兵的雕塑，红军战士头戴船形帽，有的肩扛马克西姆水冷式重机枪，有的肩挑重机枪子弹盒，他们拥有亚洲人的面孔，目光坚毅地凝视远方。旁边还有欢呼的孩子的雕塑，栩栩如生。胜利纪念碑的建筑核心是三条弧线构成的巨大拱形门，弧线交汇处撑起一个金属花圈，造型与游牧民族的毡房相像。拱门内部是手里托着一只碗的母亲的雕像和长明火，借指是胜利的儿子回到祖国母亲的怀抱。纪念碑上面还刻有战争中英勇牺牲的英雄的名字，以及重要历史铭文。

比什凯克市苏维埃大街上一家不起眼的小咖啡厅里飘荡着悠扬的轻音乐，岳立群、狗子和两个女人围坐在咖啡厅角落的一张桌子交流。俄罗斯族相貌的中年女人叫伊莉娜，具有吉尔吉斯族和俄罗斯族血统，是哈宁办事处孟经理给岳立汉介绍的会计。另一个身形娇小、漂亮、聪慧的中国姑娘叫郑小妹，来自重庆，在一家中国国有企业驻比什凯克代表处担任翻译。郑小妹穿了一套素雅、时尚的薄款套裙，显得品位不俗。她是冯总应岳立汉的请求，临时请过来帮忙翻译的。

这一天的早上，岳立汉的会计伊莉娜火急火燎打电话给哈宁办事处的孟经理，称有非常重要的事情需要和岳立汉面谈，但有两个前提：一是不能让谢廖沙（陈宝）做翻译，二是见面地点不能在办公室。顿感事态严重的孟经理第一时间通知了岳立汉。

伊莉娜说：（俄语）"老板，有件事我必须与您说清楚，因为我承担不了，也不愿意承担这个责任……"她一边说一边从公文袋里拿出几份吉尔吉斯斯坦海关总署的海关单，郑小妹流利又准确地将会计的话翻译给岳立汉。

会计手指着海关单上面的俄文和阿拉伯数字"4000USD"说：（俄语）"前天谢廖沙打电话让我去办公室，我到了以后发现你们不在。他交给我4份海关报关单让我回去做账，还交给我一沓经理签过字的各种各样的消费单，让我做账报销。当时我没在意，但回家做账时发现，海关单上的金额好像是用刀刮掉后又重新打印上的，尽管改得很真实，但我还是发现了。你们看，把海关单对着光，就能清晰看到刀刮的位置。"

狗子拿着海关单一张一张地对着光看着……

会计继续说道：（俄语）"发现问题后，我马上给谢廖沙打电话问他怎么回事，他说没事，是海关人员在制单时打错了，又改过来了，让我不要大惊小怪，该下账下账，没人会查我。可我心里还是害怕，就去找我在海关工作的表哥，让他帮我查一下这几份海关单在海关系统里显示的金额。表哥告诉我系统里显示每个集装箱的实际应报关税是2000美元，而谢廖沙给我的涂改后的海关单上显示是每个4000美元。这是怎么回事？为什么把金额改大？是老板你的意思吗？"

强压住怒火的岳立汉紧握双拳，身体微微发抖，长达半年多的隐忍，以及陈宝对他造成的心理伤害和侮辱，让岳立汉在两位女士面前差点失态。但他还是控制住情绪，礼貌地与两位女士告别，并让狗子开车送她们回居所。会计跟着狗子先走出咖啡厅，岳立汉叫住郑小妹，从包里拿出100美元，说："谢谢你啦，郑小姐，这一点小意思请你收下，给你添麻烦了。"郑小妹微笑着回复："谢谢岳总！这钱我不要，帮一点小忙，举手之劳。"

几番推拒，岳立汉只好作罢。郑小妹留给岳立汉的是清脆的高跟鞋声音和纤细苗条的背影。岳立汉呆呆地坐在角落里，回忆起几天前与开托运部的马奈老哥吃饭聊天的场景。

这是一家西式风格的餐厅，餐厅包厢墙上挂着漂亮的风景油画，餐桌上是白色的桌布、亮闪闪的餐具和琳琅满目的各种美食……留着寸头、满头白发的马奈用新疆普通话与岳立汉闲聊。

"兄弟，你是初来乍到，会有很多不习惯的地方，需要学习，有时还得交学费。哥哥我在苏联刚解体的第二年就来到了这里，到处乱糟糟，一步一跟头，没少被骗，也没少花冤枉钱。混得浑身是伤，这才扎下营盘开始赚钱，各路神仙都拜到了，也成了朋友。后面的路就好走了。"

岳立汉把海关缉私队上门故意找麻烦敲诈勒索的事说给马奈听。马奈拿起手机拨了一组号码，操着一口蹩脚的俄语："喂，卡内别克，最近好吗？问你个事，你手下的兄弟，是不是昨天去苏维埃大街上的一家中国公司找麻烦了？"

对方答："有这回事，已经结束了，他们很懂事，他们的翻译谢廖沙是个很聪明的人，是他让我们去的，我们合作得很好……"

马奈说："唉，怕走夜路，偏遇上鬼，陈宝这小人我知道他，前些时候我朋友过来考察市场，别人介绍陈宝去当了几天翻译，结果朋友被他咬了几口。前天晚上我的一个小兄弟还看见他在布哈拉抓饭中心和两个海关缉私队的小伙子在喝酒。"

狗子气愤地说："哥，这前后一分析，海关缉私队上门找事这出戏就是陈宝干的啊，咋弄哥？办他吧！"

马奈说："兄弟，像这种烂人要尽快清理，继续留用必生祸患，有什么需要哥帮忙的尽管说……"

狗子一边开车，一边给岳立汉说："当断不断，反受其乱。哥，陈宝真是坏透了，只要逮住机会，他就会干坏事，他就是欺负我们不懂语言啊。刚见他的时候，我就给你说过他不是个玩意儿，对吧。"

"这么多年了，我也是头一次遇到这么坏的东西，我总想找到合适的翻译后再换掉他。看来等不了啦。"

"咱有个河南老乡王老板，答应帮咱介绍一个东干女人来做翻译，我见过她，不会写汉字，也不认识汉字，但口语没问题的，口音和陕西话差不多，咱能听得懂。"

轿车甩过一条又一条街道，在一个红绿灯路口准备左转返回住所时，紧锁眉头、一脸凝重的岳立汉说："直走，往山的方向走……"

轿车在蜿蜒曲折的盘山道上飞速行驶，掠过道路两边的树木，高低起伏的田野草原上大群大群的牛羊在移动着，半山腰上毡房顶端的烟囱冒着炊烟，骑马的牧人吆喝着马群……

岳立汉和狗子坐在一座绿草茵茵的高高的山岗上，看着将天际染成红色的落日和远方星罗棋布的村庄。群山最高处的山顶上覆盖着白雪，山沟里清澈见底的溪水奔流而下，太阳的余晖给大自然涂上了一层圣洁的光。

两个人没有多语，只是静静地坐着……

微风环绕山岗，吹过脸庞，不断地掀起岳立汉的衣角，岳立汉站桩纹丝不动，随后打起陈式太极拳，刚柔并济，拳拳生风……收势，抬头仰天大吼一声："痛快！走，狗子，回家，有几天没练了，松松筋骨。"

天色已暗，山下方的比什凯克万家灯火，马路上车灯闪烁。

"狗子，放首歌吧。"

"放哪首歌，哥？"

"放段河南豫剧《花木兰从军》吧。"

"真没有啊，哥！再发货时，兄弟一定让人买一箱豫剧光盘给你带过来，让你听个够……"

"那你随便放一首好了。"

"那你想听温柔的，还是威猛的？"

"你咋废话那么多呢？"

"给你放个温柔的吧，让邓丽君小姐的歌来温暖你那颗受伤的心吧。"

"云河呀云河，云河里有个我……"轿车在邓丽君如泣如诉的歌声中返回比什凯克。

***

大约傍晚七点，狗子到住所附近的小商店买面包和生活用品，拎着大包小包回住所，不远处小区内绿化带冬青树后面的木质连椅上坐着两个佯装读报的鬼鬼祟祟的男人，他们正盯着狗子的行踪，目光邪恶，交头接耳。这是几天前被岳立汉开除掉的陈宝和一个相貌凶恶的男人。

陈宝说：（俄语）"巴依盖〔1〕，这个中国人和另一个同伙住在五单元五楼507房，再晚点你们可以过去。"凶男人点点头。

约晚上十点半，准备洗漱睡觉的岳立汉正在整理床铺，狗子斜卧在沙发上，手里拿着遥控器对着电视不停地调台。突然，住所门被人猛烈敲击着，砰砰砰……岳立汉一惊，心里嘀咕着这么晚了，还有人这样没有礼貌地砸门，内心顿生不祥之感。正当岳立汉脑子里飞快地想着对策之时，门外砸门声越来越大，伴随着男人恶狠狠的叫声：（俄语）"开门！快开门！我们是警察，再不开门，我们砸开了！"

同楼层的邻居被吵醒，开门质问道：（俄语）"现在这么晚了，你们妨碍我们休息了！"

领头的警察凶恶地指着邻居呵斥：（俄语）"我们在办案，回去！"

吓得几个邻居飞快地缩回了房间，明知外面凶险的岳立汉被迫开了门，四个身着便装如狼似虎的警察冲进了房间，为首的一个叽里呱啦一顿叫，岳立汉不知道他们说什么、想干啥，只好紧急地联系郑小妹。

"喂，郑小姐，对不起了，这么晚了打扰你，刚才来了几个人强行叫开门，好像说他们是警察，我也不知道他们想干啥。"

"让他们领头的接电话。"

警察小头目接听岳立汉递过来的电话：（俄语）"喂，你们是哪个警局的？为什么这么晚闯进外国人的家？根据你们国家法律规定，你们这样做是不允许的，请你给我一个合理的解释！"

警察小头目蛮横地说：（俄语）"我们收到举报，这两个中国人吸毒，并且他们公司也有严重的违法行为，现在我还要带他们到警局接受调查！"

郑小妹说："请你准备好证据，一会儿我带律师找你们！"

小头目不屑地回答："Давай〔2〕！"

午夜，比什凯克市警察局某分局问讯室，岳立汉、狗子二人被勒令靠

---

〔1〕 吉语，意为：大哥。

〔2〕 俄语，此处意为：好吧，来吧！

墙站着，小头目和另一个穿警察制服、佩戴一杠一星少尉警衔的年轻人坐在他们对面，旁边还坐了一位长者在做翻译。

小头目问：（俄语）"说，你们的毒品从哪来的？你们公司的仓库里有没有毒品？"

岳立汉非常愤怒地说："你们这是徇私枉法，对你们的无礼做法，我表示强烈抗议！我将通过法律手段向你们的上级举报你们的违法行为！"

小头目拿出几个小白纸包往桌上一扔："这是从你房子搜出来的证据！"

岳立汉说："你等着，真相会大白的！"

正僵持着，走廊传来一阵脚步声，郑小妹带着两个中年吉尔吉斯族男人走了进来。其中一个吉尔吉斯族男人走向前厉声说道：（俄语）"我是他们的律师鲁斯兰，在没有确凿证据的情况下，你们就敢违反政府法令，深夜闯进外国投资者家中，并将人非法扣押。是谁给了你们权力？"

面带畏惧的小头目一改刚才的凶恶嘴脸，但口里仍嘟囔道：（俄语）"我们有证据。"一边说一边用手指着桌子上的几个小纸包。

这时，和郑小妹一起走进来、坐在旁边一言未发的吉尔吉斯族男子突然怒不可遏地吼道：（俄语）"在哪里学的下三烂手段，我们警察的脸全让你丢尽了，叫你们值班局长过来！"

律师介绍着：（俄语）"这是市警察局萨根别克副局长。"

门外一会儿传来急促的跑步声，咚、咚、咚……一个穿警察制服、佩戴两杠两星中校警衔的中年男人走进来，见到市局副局长，赶紧立正敬礼。

市局副局长指着小头目问：（俄语）"他今晚办的这个案子你知不知道？"

分局副局长答：（俄语）"我真不知道，我来值班的时候，他们已经出去带人了。"

市局副局长说：（俄语）"让这个家伙停职接受调查，搞清楚谁让他这么干的，再把调查结果报给我。"说罢，又补充了一句："人可以走了吗？"

分局副局长连忙说：（俄语）"当然、当然。"

市局副局长带着岳立汉、狗子、郑小妹一行昂首挺胸地走出了警局，分局副局长恭恭敬敬地跟在后面送行，小头目刚想凑上去送行，被分局副局长一声断喝："滚开！"

小头目灰头土脸地站到了一边，看到人走远后，急忙抓起电话拨号：（俄语）"喂，谢廖沙，你可把我害惨了，你不是说岳刚来没人帮他吗？怎么我抓他还不到两小时，就有几个大人物过来把他救走了？真是的，这下我可能要丢工作了！不行，你得赔我10000美元！"

听着小头目气急败坏的臭骂，陈宝低声下气地不停哀求解释：（俄语）"巴依盖[1]，我真的搞不懂怎么这么快就有人帮他，本想咱们一起挣个钱，谁知这么复杂。"

小头目说："是个漂亮的中国姑娘带他们来的，她的俄语很好……"

***

下午，晴，冯总宽大豪华的办公室茶间，茶具考究、装饰清雅。冯总身穿中式对襟唐装，正招待岳立汉、狗子、郑小妹和她的老板徐总喝茶。

"来来来，尝尝今年刚上市的西湖龙井，徐老可是个大忙人，难得忙里偷闲品品茶，聊聊天。岳总啊，你可要好好感谢徐总，感谢感谢郑小姐，她可是在几次关键的时候帮你出面哦！"

徐总说："听小郑讲，岳总是个讲义气的厚道人，帮是应该的。这次要不是冯总找到比什凯克市警局副局长亲自出马，估计小岳要吃苦头了。对了，冯总，查了没有？到底是谁干的？"

冯总说："萨根别克副局长是我的好朋友，中国商人在比什凯克有什么麻烦事，我经常让他帮忙。这哥们是个好警察，他答应我会查出幕后黑手的。"

大家兴致勃勃地谈天说地，笑声不断……

---

[1] 吉语，意为：大哥。

茶桌上冯总的手机铃声响起，冯总看了看来电显示，眼睛一亮：（俄语）"朋友您好！有消息告诉我？"

萨根别克副局长在电话那头说：（俄语）"我刚刚看完分局报上来的调查报告，分局那个小头目认识一个叫陈宝的中国人，是他提供假信息举报岳他们身上有毒品，让他们过去抓人敲诈岳，并说可以敲到不少钱供大家来分。现在那个小头目已经被降了级，发配到楚河州农村警所当差去了。你问问岳先生对这个处理结果是否满意？另外，对那个陈宝，你们想怎么处罚他，也给我讲一下……"

大家听后非常气愤。

狗子说："又是这个陈宝使的坏，我心想就是他，这人真是疯了！"

冯总说："是坏人不干点坏事早晚会疯，疯了就会作，不作咋会死呢！"

岳立汉感激地说："几次受难，都是冯总、徐总，还有小妹仗义相救，立汉全记心里了，今天咱以茶代酒敬各位啦！"

冯总打趣道："小岳，茶是茶，酒是酒，瞅个黄道吉日，我备菜，你备酒，趁天还没有冷，咱们一起上山野炊烤肉怎么样？"大家纷纷响应冯总的提议。

徐总说："小岳啊，被陈宝咬了几口还没有伤筋动骨吧？提前暴露、提前解决是个好事。"

郑小妹说："万事都互相效力，叫爱神的人得益处。"

狗子问："这是谁说的？这么深奥。"

郑小妹微笑着说："《圣经》里说的呀。"

周末上午，晴，已入深秋，岳立汉和郑小妹穿着休闲的秋装在比什凯克中心公园的林荫小道上散步。花坛和花池中，一簇簇五颜六色的菊花怒放，一群群斯拉夫小孩和黄皮肤小孩和谐地在一起玩耍，他们的大人或站或坐地观看交流着，几条宠物狗在秋阳下欢快地追逐嬉戏。

郑小妹问："狗子今天没来吗？"

岳立汉说："狗子到朋友那里打麻将去了，每个人都有自己的喜好和空间。"

"那你的喜好呢？"

"我喜欢练武，喜欢唱歌，喜欢和朋友在一起聊天喝大酒，也喜欢和你在一起。"岳立汉边说边笑。

"扯远了吧，喜欢和我在一起？估计喜欢和你在一起的姑娘不少吧？我看你们公司刚招的几个女翻译平时看你的眼神都不一样。"郑小妹调侃着。

"我讲的是真心话，总感觉冥冥之中你是上天给我预备的，而且这种感觉越来越强烈。"

"你别吓唬我，感觉你好像在背台词，是不是看上哪个姑娘就会背给她听？"

"在部队参加完边境自卫反击战后，看着以往朝夕相处的弟兄一仗下来就这样阴阳相隔了，一条命后面就是一个家庭啊！退伍回地方的那几年，我怎么都过不来那个劲，也提不起激情去找对象……"

郑小妹似乎看到岳立汉眼里噙着泪花，心里充满了崇敬，温柔地看着岳立汉："后来呢？"

"从部队回去的十几年，大部分时间在生意上忙碌，老娘一开始还劝我早点成家生孩子、续香火，后来劝累了，也就不再管我了。这么多年我见过不少好姑娘，但总是没结果。所以，我深信婚姻除了你侬我侬两相情愿，更重要的，还是需要缘分的。"

郑小妹说："爱情需要有激情投入来催熟，也需要理性，还需要时间去更多地了解对方、适应对方。"

岳立汉说："我完全赞同。"

郑小妹接着说："我的姥姥是个虔诚的基督徒，早年是教会医学院毕业的，做了一辈子妇产科大夫，接生过无数个孩子，她的脸上永远显露着微笑和慈悲，她对我影响很大。我的母亲是中学的音乐老师，我的父亲是一所大学的教授。"

"唔，你家的条件真不错，比我家好。有点门不当、户不对啊。"

"谁答应你处对象了？太急了吧？"

"不能不急啊，我的老连长经常教育我们，好的战机稍纵即逝，要立刻拿下！如不拿下，很快就名花有主了！哈哈哈……"

两个人边走边聊，远处传来一阵阵美妙动听的手风琴声，还是那位俄罗斯老人在汽车站老地方忘情地演奏。懂音乐的郑小妹脸上流露着敬佩和欣赏："他演奏的是一首世界名曲《斯卡布罗集市》，指法非常娴熟，演奏技巧高超，绝对是专业水准的。"

"你说的对。听当地人讲，这老爷子在苏联时是他们国家音乐团体里国宝级别的手风琴演奏家，苏联解体前夕退休了。这几年通货膨胀，物价翻了好几倍，几千索姆的退休金还不够他和老伴的生活费。没有办法，老爷子只好重操旧业，在街头卖艺养家糊口。"

郑小妹感叹道："可惜了这手好琴艺！"

老爷子远远看到岳郑二人走来，又一次换了乐曲，激情满满地弹起了苏联著名的爱情歌曲《小路》，优美动听，令不少过客驻足欣赏。坐在路边石上的一个浑身酒味的醉汉听到音乐也摇摇晃晃地站起来，和着老人的手风琴声，放声唱起来："Вьется, вьется дальняя дороженька, стелется за дымкой горизонт……[1]"

浑厚纯正的男中音让围观的行人眼睛一亮，待这首歌完整地表演结束后，惊喜的人们报以热烈的掌声。岳立汉和郑小妹随着众人的掌声和欢呼声往老爷子身前地上的礼帽里放了 1000 索姆，转身离开。

郑小妹说："今天开了眼了，高手在民间啊。"

岳立汉说："音乐来自民间，这是一种回归。"

郑小妹说："岳总，今年新年前 28 号晚七点，在吉尔吉斯斯坦爱乐音乐厅将举行吉尔吉斯斯坦国家交响乐团迎新年音乐会，还有我的节目呢，邀请你和狗子前来捧场啊。"

岳立汉答："必须的，我还会给你带一束花。"

在处理翻译陈宝问题的过程中，郑小妹的出现让岳立汉在异国他乡孤独的心体会到了一丝温暖。仿佛上天的安排，郑小妹纯真、善良和高雅的

---

〔1〕俄语歌词，意为：一条小路曲曲弯弯长又长，一直通向迷雾的远方……

气质深深地吸引着岳立汉。

***

初冬的一个周六，天气格外晴朗，街上的人们已换上各式冬装，而年轻的吉尔吉斯族姑娘、俄罗斯族姑娘和一些不知什么民族的姑娘大多数仍穿着裙装、长筒靴，中间露出一截光腿。狗子十分担心这些姑娘，生怕她们冻着，不断和身边的岳立汉叨叨。

比什凯克市的七小区集贸市场左侧有一块不小的空地，每到礼拜六和礼拜天，这里会聚集不少小商贩，自动形成了旧货交易市场。由于经济持续低迷，有不少家庭将家传的好玩意儿拿出来廉价出售，一些中国人、韩国人和来自其他国家的人口口相传，每周六来到这里淘宝。

岳立汉、狗子和最近来吉考察的两个中国人（甲、乙二人）跟在一个圆头圆脑的男人身后，这是丘哥，50岁上下，在比什凯克经营"川渝人家"酒店。可能是受老家码头文化的熏陶，丘哥举手投足颇有袍哥风范。

几个人在不太宽的市场通道中穿行，来往的客人不少，出售旧货的人摆的大都是地摊。充满斯拉夫文化风格的各式商品琳琅满目，有红铜茶壶、茶碗，有银质的餐具，还有玛瑙、水晶石制作的水果盘，其中不乏古董级旧物。一位戴着狐皮帽子的大妈正在给客人介绍一组有半大小孩高的套娃：（俄语）"这组套娃可以拆分为30个从大到小的娃娃……"

随行而来的摄影爱好者甲看中了一堆旧照相机，便蹲下来摆弄。摊主一看他是行家，马上积极介绍：（俄语）"这可是一九三几年出厂的德国莱卡135照相机，您看看这成色，您现在装上感光胶卷还能使用。"话说一半，摊主马上意识到对方可能不懂俄语，扭头对邻居摊主说：（俄语）"白讲半天，这些中国人听不懂。"

"谁说听不懂？我的老板说了，你这六台照相机我们全要了，说个优惠价吧。"随行而来的乙用流利的俄语说道。

摊主喜出望外地把六台照相机装进手提袋里，说："500索姆一台。"

随后，摊主赶紧从手提包里拿出一个带皮套的军用望远镜，皮套上还印有苏联红军的军徽标志。

摊主问：（俄语）"这个要吗？这是我爷爷留下的，二战时期他是苏联红军近卫军的一名连长，还攻打过柏林。"

岳立汉请乙帮助翻译，与摊主交流："你爷爷留下这么珍贵的东西，为什么要卖？不留个念想？"

（俄语）"苏联没了，红军也没了，为了生活，什么都可以卖掉，包括荣誉。"摊主一边说，一边用手指着不远处一位坐在地上的白发苍苍的俄罗斯族老人。老人面前摆放着一个大纸盒子，里边整齐排列着几十枚二战时期的苏联红军军功章。老人刚毅的脸上挂满了沧桑，眼中透着悲凉和无奈。

当过兵、参加过战争的岳立汉完全能理解老人的心情。一位从战争的腥风血雨中活下来的军人为了面包又不得不把自己用鲜血得来的军功章拿到市场上出售，他的心在流泪，也在滴血。岳立汉用手轻轻抚摸着盒子里的军功章，通过乙的翻译深情地对老人说："老人家，这些勋章都是您的吗？"

（俄语）"有我的，也有我的战友的。当年我是坦克手，参加过斯大林格勒保卫战，后来又随新组建的坦克团参加库尔斯克坦克大会战。"

"我看过资料，那几次大战役都非常惨烈。"

（俄语）"当年，我开的坦克曾打坏过三辆德国法西斯的坦克，我两次受伤，和我一辆战车里的战友换了两遍，都死了……这些军功章是军人的荣誉，都带血。"

"老人家，这些勋章，您想怎么卖？"

（俄语）"我不知道，你看着给吧。原先我们为了保卫人民的面包去打仗，得到军功章；现在还是为了面包，用军功章来换。"

"老人家，您的这些军功章是军人的尊严与荣誉，不能用金钱来计算。我有个建议，我给您 200 美元，买您两个卫国战争胜利纪念章，您和您战友的军功章请您带回去，不要卖了，这些是军人一生的光荣，你们的国家现在还在困难时期，但我相信面包会有的，都会有的。"

老人点点头，脸上露出了笑容，开始收拾东西准备离开。

岳立汉看着老人，抬起右手向他行了一个军礼。老人一怔，随即双脚一碰，向岳立汉回了个标准的苏军军礼。

这是跨越了半个世纪的致敬，是中国的年轻退伍军人向苏联退伍老兵的致敬。为了自己的国家和民族，他们奉献得太多太多。此时的岳立汉神情落寞，无限惆怅。

在返回的途中，丘哥说："岳总，你真大方，200美元可以把所有的勋章买走，可你只拿了两个纪念章，不过兄弟做得好，讲究！"

第六章

1999 年 12 月 28 日，世纪之交的冬天，天空透着铅一样的颜色，鹅毛大雪纷纷飘落，比什凯克城区街道和大型商业建筑被装点得五彩缤纷，到处充满了节日气氛。入夜后，荧光灯闪烁，仿佛安徒生笔下的童话世界一样流光溢彩。

这里的居民也像中国人过年采购年货一样，拼命在各种商业零售网点买东西带回家。市场、超市、专卖店，到处人头攒动、车水马龙。孩子们提前穿上新买的冬装在公共场所嬉闹，空气中弥漫着新年的味道。

吉尔吉斯斯坦是一个节日比较多的国家，苏联遗留下来的节日，如 2 月 23 日男人节、5 月 9 日纪念战胜德国法西斯的胜利日，他们过；世界公共节日，如 1 月 1 日新年、3 月 8 日妇女节、5 月 1 日劳动节、6 月 1 日儿童节，他们过；民族传统节日，如 3 月 21 日纳乌鲁斯节（旧历新年）、开斋节、古尔邦节等，他们也过。此外，吉尔吉斯斯坦宪法日、独立日、革命日等，都是全国人民共同欢度的节日。所以，外界通常认为，吉尔吉斯斯坦虽然经济欠发达，但国民的幸福指数还是比较高的。

傍晚约六点，雪依然在下，吉尔吉斯斯坦爱乐音乐厅门口挂着用俄文书写的"2000 年新年交响音乐会"的大型彩色海报，音乐厅门前广场中间横刀立马的玛纳斯雕像矗立在漫天飞舞的雪夜中，雄壮威武，身着盛装的人排队依次通过检票口进入音乐厅。

岳立汉、狗子身穿笔挺的西服，手捧鲜花走进音乐厅。冯总、徐总和哈宁办事处的张翻译、孟经理等一批在比什凯克工作的中国人也都是身着正装，大家相互打着招呼，寻找座位坐下。岳立汉连忙跑过去握手、打招呼："冯总、徐总，你们来了？张老哥、孟经理，你们好！"

冯总说："哟，小岳今天打扮得很亮眼，英俊得很嘛！"

徐总说:"人家小岳本来也是一表人才嘛,有对象没?给你介绍一个?"

听到徐总打趣,大家善意地笑起来。

观众席上,男女老少着装都比较正式,虽然有的老人身上的西服面料看起来比较廉价,但仍然熨烫得板板正正,看得出来有些老太太身上穿的套裙应该是六七十年代的款式,但依然干干净净的,她们甚至还特意涂了口红化了妆,身上洒了些淡淡的香水。席中当然还有一些衣冠楚楚的达官贵人和他们浑身珠光宝气的女眷们。偌大的剧场里人们很自律地小声交谈着,小孩子都很乖,没有喧闹,也没有乱跑。

舞台聚光灯亮起,在欢快的音乐声中,一个高挑、美艳的女主持人身着晚礼服、扭着腰肢款款走出来,宣布新年交响音乐会开始。

在美妙的《天鹅湖》乐曲中,六个扮演白天鹅的小演员在舞台上表演传统芭蕾舞剧《天鹅湖》,美妙的舞姿赢得了观众席上一阵又一阵热烈的掌声。接下来,由吉尔吉斯斯坦国家交响乐团演奏 E 小调第九交响曲《自新大陆》,一位留着花白长发、身穿燕尾服的老者在指挥台上随着上下舞动的指挥棒而全身抖动着,演出现场高潮迭起、掌声不断。观众席上,岳立汉和狗子翘首以盼,等待郑小妹出场。

狗子显得迫不及待:"哥,小妹她怎么还不出来呀?"

"小声点,看人家当地人多讲究。快了,按常规留在后面的都是压轴的精品节目。"

这时,麦克风里传来女主持人动人的声音:(俄语)"尊敬的女士们、先生们,下面由国家爱乐乐团与来自中国的钢琴家郑小妹小姐共同表演钢琴协奏曲《出埃及记》,请大家欣赏。"

大幕拉开,舞台上的郑小妹略施淡妆,坐在钢琴凳上的她一袭白色晚礼服长裙,庄重而美丽。吉国爱乐乐团的乐手们围坐在指挥台周围。

音乐厅内一片宁静,灯光逐渐变暗,仿佛被悲凉和沧桑笼罩。气势恢宏的音乐骤然响起,迅速将听众带进了公元前以色列先贤摩西带领以色列民逃脱埃及的追杀、走旷野、过红海的画面。观众的情绪随着音符起伏,郑小妹纤细的十指在黑白琴键上跳跃,台下的岳立汉听得如醉如痴。乐曲在乐队指挥干净利落的指挥下戛然而止，观众席上一片沸腾，几乎所有的人都站起来鼓掌，郑小妹和爱乐乐团两次谢幕才作罢。

狗子捅了岳立汉一下，提醒道："哎，别傻待着了，赶紧去后台送花吧，人家卸妆了。"

"对，对，我马上就去！"

"哼哼，不知道主动出击，还当过兵呢。"

***

卸了妆的郑小妹手捧玫瑰花和岳立汉冒着漫天飞舞的雪花行走在阿拉套广场，不断有行人问候"С Новым годом[1]"，郑小妹有礼貌地一一回应。岳立汉偶尔也学着用俄语向行人问候，郑小妹调皮地给岳立汉竖了竖大拇指。

噼啪、轰隆隆……远处不断传来烟花爆竹声，一道道闪着彩光冒着烟的烟花蹿向夜空绽放，空气中弥漫着过新年不可或缺的硝烟味。岳立汉不时地帮郑小妹拍打着身上的积雪。路上的积雪越来越厚也越来越滑，脚穿高跟靴子的郑小妹一个趔趄差点摔倒，岳立汉赶忙伸手相扶。郑小妹摇一摇手，表示没关系，谁知向前走了没多远又一个趔趄，岳立汉的大手悄然抓住郑小妹的小手，两人对视，会意地一笑，握到了一起。

岳立汉问："过元旦，估计大家都有饭局，你参加我们的，还是我参加你们的？"

郑小妹答："冯总早在丘哥的川渝人家定了酒宴，招待大家一起过新年，我得和公司领导一起去。"

岳立汉说："冯总两天前也通知我和狗子了，正好我们一起去，我给几个老哥带一箱我们河南最好的酒——宋河粮液。"

1999 年 12 月 31 日晚七点，中雪转小雪，比什凯克市丝绸之路大街中

---

〔1〕 俄语，意为：新年好。

餐厅川渝人家大门口喜气洋洋，早被酒店老板丘哥挂上了20盏大红灯笼，偌大的停车场早已一位难求，各式装扮的男男女女、老老少少进入酒店大厅。酒店装修风格融合东西方元素，吧台货架上摆满了中外名酒，甚至还有飞天茅台。吉尔吉斯斯坦女服务员身穿大红暗花中式旗袍，端庄大气、妩媚多姿，男服务员身着红色中式对襟上衣，挺拔俊朗。

酒店老板丘哥身穿靛蓝色中式对襟上衣，光着脑袋，腆着肚子，笑逐颜开地忙碌着。有大哥风范的冯总也提前到来，并在酒店门口迎接受邀客人。

酒店大厅摆放着30张餐桌，几乎座无虚席，不同国家、不同民族的人们在这里用餐，有中国人、吉尔吉斯斯坦人、俄罗斯人、乌兹别克斯坦人、韩国人……餐桌上摆满了五颜六色的水果和正宗川渝佳肴，香气扑鼻。为了增添节日气氛，丘哥还邀请了吉国本地的流行歌手、舞蹈团队和民间传统艺人前来助兴。此时，大厅舞台旁的大音响里播放着中国民歌《在那遥远的地方》的轻音乐曲子。

冯总邀请的客人如约而至，围坐在两个餐桌前谈笑风生。郑小妹身着宝蓝色呢子套裙，头发挽起，脖子上的白色印花丝巾打了一个漂亮的结。

冯总起身祝酒："各位兄弟，今天我们不坐包间，过新年嘛，咱们要在大厅与民同乐，哈哈哈……"

徐总说："大厅热闹，还能看节目。"

冯总说："大家来自五湖四海、天南海北，在异国他乡能聚在一起，这是缘分。每一个在海外的中国人都不易，所以更要抱团互相帮助，不能互相伤害互相拆台。对啦，有一个消息告诉大家，那个多次害小岳的陈宝被赶走后仍不思悔改，反倒利欲熏心与国际蛇头勾结，干起了经吉尔吉斯斯坦往欧洲走私人口的勾当。这不东窗事发，在乌鲁木齐国际机场被中国警方逮捕。本来大过节的，不想扫大家兴，到了还是没憋住。"

张翻译说："我也听说了，听说事不小，要重判。"

孟经理说："做人没底线，啥钱都敢赚，坑蒙拐骗，早晚得出事。"

岳立汉说："说句心里话，听到这个消息后，我心里并不好受。陈宝在我公司上班短短几个月，是啥坏事都做了一遍，承蒙在座几位老哥多次相助，立汉才没被这货害死。特别是最后那一次，我灭他的心都有了。但每当我动了这个心思的时候，我就想起我老娘经常给我叨叨的两句话：相信天不亏人，善恶有报。然后我就慢慢地放下了。"

徐总站起来祝酒："良辰美酒、满桌美味，不能辜负了，能与各位相识相聚，是俺老徐的荣幸。感谢各位前天晚上到爱乐音乐厅给我们郑小妹同志捧场！这姑娘很优秀，也很懂事……"

郑小妹不好意思地笑了笑。突然，大厅里音乐响起，顶部喷射出五彩斑斓的光束，一名男歌手随着劲爆音乐唱起新潮的流行歌曲，大厅里就餐的人们纷纷离席到中心舞池随意跳动。每个人的脸上都洋溢着兴奋，尽情地挥洒着迎接新年的欢乐。狗子、冯总、徐总、张翻译等都陆续加入跳动的人群，只有岳立汉与郑小妹在私语。

劲歌热舞结束，接着响起一首舒缓的轻音乐，人们随即开启了交际舞模式，一切都是那么自然、和谐。岳立汉邀郑小妹同舞，两人一搭手便非常默契地迈开了舞步。

郑小妹问："只知道你会武，没想到你这个舞跳得也不错。说，在哪儿学的？在国内是不是经常去 KTV？"

岳立汉答："我练的武，是眼泪和汗水泡出来的，你是不知道我姥爷和我二叔有多严厉，我跑哪头都安生不了。这种舞还用练吗？看几遍都会了，比太极拳的初级套路简单多了。"

郑小妹笑着说："使劲吹吧！"

二人在舞池中一边旋转一边交流，时而脉脉含情地对视。

"岳哥，我告诉你一件事。我们在比什凯克的办事处计划在今年春节前撤销，总公司今天下达通知，徐总和我也要在春节前奉调回国。听说总公司在阿塞拜疆中了一个大项目的标，让徐总组建项目组前往执行，我肯定也在项目组里边。"

岳立汉一脸惊愕地看着郑小妹，眼中流露出无限眷恋。忽然，他猛地将郑小妹拥入怀中，口中语无伦次："不、不、不！你别吓唬我！你不能走！"

郑小妹轻轻推着岳立汉，说："不要失态，大家都看着呢。"

座位上冯总笑着对徐总说："俩人越来越近乎了，郎才女貌天生的一对啊。"

徐总说："看来我这个下属是走不了啦，不如索性成全了这桩美事。小岳相貌堂堂、文武双全、一身正气，小郑跟着她错不了。"

张翻译说："这小子这下赚大发了，连夫人带翻译全解决了。"众人齐笑。

孟经理对着舞终来到餐桌前的岳立汉、郑小妹打趣地说："两个年轻人是不是该给我们这几个老汉敬个酒啊？"狗子也在一边跟着起哄。

岳立汉拿着宋河粮液转着圈依次给每个人斟满酒，又给自己倒了一大杯，然后双手捧杯说："酒喝到这时候，咱啥也不说了，几位老哥有恩于我，我不仅从你们那里学习了做人、得到了帮助，还在你们那里遇到了我的挚爱，我敬你们！"

岳立汉刚放下酒杯，打算给各位再次斟酒，只听主持人宣布：（俄语）"亲爱的朋友们，我们的晚会进入下一个环节——自由献歌，有请来自中国的岳立汉先生给大家献上一首《滚滚长江东逝水》，大家欢迎！"

正在倒酒的岳立汉突然呆住，赶紧问郑小妹："咋回事，主持人说啥呢？听不懂，但在说我的名字，我能听懂。"

"喊你上台唱歌呢，唱《三国演义》主题歌。我也不知咋回事，叫你就上去唱呗！"

张翻译说："我和狗子给你报的名，上次在天朝酒店你唱得真棒，我还想再听一次。"

旁边的冯总、徐总也一起附和。

"好，给大家献献丑，让我再喝两口酒壮壮胆！"说完，岳立汉举杯一饮而尽，走向舞台，从主持人手中接过麦克风。调音师开始播放气势磅礴的伴奏乐，岳立汉听后示意调音师提高音量，调音师点头。

"滚滚长江东逝水，浪花淘尽英雄……"岳立汉用浑厚的男中音忘情地演绎着这首经典歌曲，观众的鼓掌声欢呼声此起彼伏。

徐总说："唱得真专业，想不到这小子挺全面，怪不得把我们姑娘给迷倒了。"

郑小妹说："他说他在部队时，总政歌舞团的一个独唱演员到他们连队体验生活，他闲着没事时跟人家学的。"

冯总说："这小子入错行了。"

狗子盯着郑小妹说："我哥几乎啥都会，他还无师自通地会炒一手好菜，回头让他给你露一手！"

待岳立汉唱完歌，全场掌声雷动，还夹杂着欢快的口哨声。一个带有书卷气质、装扮时髦的女人手捧着别人送她的鲜花走到岳立汉面前，轻声用汉语说道："我是研究东方文化的，我读过《三国演义》的原著，也看过汉文版的电视连续剧《三国演义》。我非常喜欢中国的历史。你唱得非常好，祝贺你！"不断有当地人端起酒杯来到岳立汉面前碰杯祝贺，郑小妹无奈地做着翻译。

一位气度不凡的白发老人对岳立汉说：（俄语）"小伙子，虽然我听不懂你在唱什么，但我喜欢那优美的旋律和你高超的演唱水平，希望你能用吉尔吉斯语来演唱这首歌，我想我们的百姓都会喜欢。"

其他客人纷纷讲着不同的赞誉之词。

郑小妹说："你今天算是出尽了风头。"

岳立汉说："三分唱功，三分酒功，三分胆，都怨你们硬把我推上去了。"

说罢，他又对冯总等人说："要不我先告辞了，这些人没完没了的，打搅大家喝酒。"岳立汉匆匆向大门口走去。

徐总说："小郑啊，替我送送小岳。"

郑小妹领会到徐总的美意，含笑追了出去。狗子也站起身准备出去，被冯总一把拉住："嘿，你小子凑啥热闹呢？坐下陪我喝酒。"

狗子恍然大悟："明白了，明白了！我陪您！哈哈哈……"

***

早八点半。

"要中国号码，号码是00863916558678，我的电话是0312-522422。"狗子拿着一张纸卡拨打国际长途。十秒钟后电话接通，通话效果不错，随即狗子和岳立汉又往中国打了几个电话。

没多久，一个操着广西普通话的男子打来电话："16分钟，每分钟1.3美元，一共20.8美元。这个月您打了121分钟长途电话，总共157.3美元，明天请您带上钱到促姆门口交给我们的人，OK？"

"没问题，还是交给上次那个小伙子吗？"

"不一定，你不用管，你到了之后会有人和你联系的。"那男子说完就挂断了电话。

岳立汉说："又是神神秘秘的，这些越南人总是鬼鬼祟祟的。"

说起来也很有意思，已经进入21世纪的吉尔吉斯斯坦，打国际长途资费依然高，而且很不方便。于是，一批越南人从莫斯科来到这里，请IP专家开通了数条通往中国和东南亚的IP电话专线。由于通话质量好、价格便宜又十分方便，并且免去了到邮电局排队的麻烦，IP电话曾在比什凯克风靡一时。

下午三点，按照与越南人的约定，岳立汉和狗子准时来到人流如潮的促姆商场门口。

狗子说："可真会选地方，人这么多，上哪儿找他们？"

话音未落，面前出现了一个穿着厚厚羽绒服、高颧骨、大嘴巴的越南女人，她用地道的广西南宁普通话问："中国人，你们等的人是我，付钱吧。"

岳立汉说："到一边付吧，人来人往的。"

狗子问："姑娘，你们就不怕打电话的人跑了不算账？"

越南女人说："我们越南人敢让你们先打电话后结账，就有准备。长期固定客户我们都知道他们住在哪里，小客户打几个电话就几百美元，也不值得跑。"

狗子调侃道："可真牛。"

越南女人说："在莫斯科混，我们五六万越南人挺抱团的，俄罗斯人都不敢随意欺负我们。"

第七章

　　四月春光明媚，上午十点，一辆黑色牛头吉普飞驰在蜿蜒曲折的盘山公路上，起伏的山峦被染成了翠绿色，怒放的野花点缀其中，像一幅精美的油画，画面中是缓缓移动的羊群、牛群和奔腾而下的溪水。盘山路上行驶的车辆不多，多半是从中国吐尔尕特口岸过来的大型厢式货车，卡车司机都小心翼翼地开着车。岳立汉熟练地转着方向盘，副驾驶座上的郑小妹不断提示岳立汉车速不要太快。

　　岳立汉拿出手机给狗子通话："喂，狗子，我已经进山了，估计四个小时左右能到纳伦州，再过四个小时肯定能到喀叶吃晚饭。就怕吉中两个口岸排队过海关的车太多会费事，咱这次的大型设备订单装了八辆大货柜车，责任重大，不亲自过境来接不行啊！狗子，这段时间，你多操心多小心，让员工按时上下班，尽快把几个订单落地。"

　　"哥，知道了，你还没老啊，昨天晚上你都叨叨了差不多半宿。你和郑嫂子把那边的事办好就行了，我办事，你放心，挂了。"

　　这是蜜蜂采花酿蜜的季节，离主干道不远处，星罗棋布地放置着很多蜂箱。山路越来越险峻，双车道的下方是万丈深渊，让人不寒而栗。

　　郑小妹说："岳哥，你慢点吧！长这么大，没走过这么陡峭的山路，心里总有点发怵。"

　　"不会吧，你们重庆周边的大巴山区，也是崇山峻岭的呀，到这咋就怕了？"

　　"自己家门口怕个鬼哟？"郑小妹突然冒出来的四川话让俩人嘻嘻哈哈了一阵。

　　"老岳的车技，你尽可放心！在任何气候、任何车况路况、任何光线条件下，都能熟练驾驶车辆到达指定位置，这是俺们当年在部队接受特种训练的必修课之一。所以郑小姐，你吃点东西喝点水，再到后座眯一觉，咱们就到纳伦吉方边检前哨班了。"

郑小妹说："该吃午饭了，还真困了。"

岳立汉减速靠右停下，郑小妹下车伸了个懒腰，开后排门上车。车重新启动上路疾驶，行至偏僻路段，极目远眺，杳无人烟，路的左边停靠了一辆白色的牛头吉普，旁边站着一个身材魁梧的吉尔吉斯族青年和一个包着头巾、身着民族服装的吉尔吉斯族老妇。青年不停地张望来往车辆，不断招手，似乎在求助。看见岳立汉的车驶来，他上前招手示停。由于车速较快，岳立汉的车冲出近20多米才停下。岳立汉没有掉头，而是直接将车倒了回去。

郑小妹说："嘿，嘿！你把车倒回去干啥？咱们得赶路，中方海关闭关前得过去，要不就得在海拔3000多米的山上过一宿了！"

"那辆白牛头可能有什么故障了，得帮帮他，跑长途的司机都有不成文的规矩，碰到抛锚的车，一定要主动去帮忙。人都会遇到这种事，说不定下次就是自己。"

岳立汉将车靠边停稳，和郑小妹下车上前打招呼。那个留着小胡子的吉尔吉斯族青年上前向岳立汉问候并握手。

吉尔吉斯族青年说：（吉语）"您好，大哥！我的车坏了……"

岳立汉问："小妹，他说什么？"

郑小妹说："他说的是吉尔吉斯语，我听不懂。"

郑小妹用俄语与青年对话，对方改用俄语说："大哥，我的左后胎爆了，没有修补的意义，必须换胎，但我这次没带备胎。我已拦了一个多小时车，路人都没有这种车型的轮胎。打电话从比什凯克送轮胎过来得等四五个小时。您能帮我吗？"

岳立汉查验后发现自己的黑牛头吉普和这辆白色牛头的型号一样，就毫不犹豫地打开后备箱，将自己车的备胎拿下来给吉尔吉斯族青年应急。吉尔吉斯族青年非常感动，连声感谢：（俄语）"大哥，您是我见过的最善良的中国人！您帮了我大忙了，昨天我带母亲到纳伦我姨妈家走亲戚，没想到今天返程车胎爆了，老母亲岁数大了，这荒无人烟的地方，我真怕老人家有什么闪失。幸亏您出手相助，我得付您钱，这是 200 美元，请一定收下！"

岳立汉通过郑小妹翻译说："谁都会有需要帮助的时候，我不收你的钱。这是我的名片。你回家后，把轮胎送到我公司就行了。"

吉尔吉斯族青年说：（俄语）"一定的！我叫库尔曼别克，这是我的手机号。您返回比什凯克后我请您喝酒！"说完，他与岳立汉拥抱、握手、告别。

车继续前行在山路上，郑小妹问："你知道不？咱们这走了还不到一半的路，你把备胎给人了。这路上万一咱的车胎爆了，你怎么办？"

岳立汉说："这种概率很低，就是爆了，也会有人过来帮咱的。老人们都说，帮别人就是帮自己嘛！"

下午两点，岳立汉的车继续飞驶在海拔 2500 米的公路上，从车窗望出去，远处群山白雪皑皑，道路两边背阴处的积雪仍没有融化，一群野生黄羊在起伏的旷野跳跃奔跑，牧羊人居住的小毡房随车辆疾驰不断变换着角度。靠近中吉边境吉方一侧 5000 米处，一队头戴剪绒棉帽、身着迷彩冬服、全副武装的吉尔吉斯边防军人在巡逻。室外温度为零下 2 摄氏度，车上的岳立汉和郑小妹已穿上了御寒服装。

吉尔吉斯斯坦纳伦海关，国门建筑上面镶嵌着吉尔吉斯共和国国徽，一侧是高高的金属旗杆上猎猎飘扬着吉尔吉斯共和国国旗。海关监管场地上停满了等候海关查验的大型载货卡车，三五成群的司机在吸烟、交流、讲粗话。

纳伦海关是吉尔吉斯斯坦对应中国吐尔尕特口岸的海关，距中方前哨班约五公里，是中吉两国重要的陆路运输通道，平均每天的进出口吞吐量大约为 700 辆大型货车。

一个司机低声下气地追着一个身着吉国海关制服、肩上扛着两杠两星肩章、挺着肚子肥头大耳的中年男子：（俄语）"巴依盖[1]，帮帮忙咧，

---

〔1〕 吉语，意为：大哥。

我这批货再有两天运不到比什凯克，我就完蛋了！第一次跑国际运输，啥也不知道，赚得起赔不起啊！"

那小头目说：（俄语）"你不懂规矩，就敢乱跑，不怕丢命啊？给你找一个明白人。给，这是他的电话，让他教教你如何跑这条路。"司机千恩万谢地离开。

一辆从喀什到比什凯克的国际大巴正缓缓驶入吉国国门，车上的旅客身着各式民族服装，全部下车排队过边检。岳立汉将吉普车停在海关停车场，郑小妹用手机在打电话：（俄语）"巴依盖，我们到了，在停车场。"不一会儿工夫，一个着边检军服、佩戴两杠三星军衔的上校军官和一个佩戴一杠一星少尉军衔的年轻人来到了岳立汉面前。

（俄语）"你们是马奈的好朋友，就是我的朋友。我的上级也安排了，让我派车送你们到中方前哨班，你们的车停在这里就很安全，我带你们过边检，小伙子在外面等着送你们。"

岳立汉用蹩脚的俄语说："非常感谢！"并和边检上校握手。

边检军官说："如果方便，回来时帮我带些中国绿茶，我分给我的同事们品尝。"

郑小妹说：（俄语）"那是一定的，我们必须给好朋友带礼物。"

中方前哨班的位置，海拔约 3000 多米，空气较为稀薄，远处中国国门雄伟高大。天空是湛蓝色的，几只鹰迎着劲风在上下飞翔着，吉尔吉斯族小伙子驾着老式的苏制嘎斯 69 军用吉普在通往中方前哨班的公路上飞驶，车上坐着郑小妹和岳立汉。

郑小妹说："刚才讲的那句'非常感谢'的俄语，发音挺纯正嘛！"

岳立汉调侃道："主要是你这个师傅教得好，只用几句口语不难，太长了就记不住了。"

郑小妹问司机：（俄语）"小伙子，这个军用吉普用了多少年了？"

司机说：（俄语）"好像是七几年装备部队用的吧，我叔叔到这里干边检时就有它。"

郑小妹说："得，估计这车的岁数比我还大，跑得还挺快、没毛病。"

岳立汉说："知道吗？我们部队上的军用212吉普，就是仿造老毛子的这款车造的。"

吉普车渐渐走近中方口岸，在距前哨班十米处停下，司机下车与岳立汉握手道别：（俄语）"朋友，我只能送你们到这里了，祝你们旅途愉快！"说罢，掉头绝尘而去。

岳立汉驻足仰望高高的旗杆上飘扬的五星红星，眼睛里闪着晶莹的泪光，一个立正，向国旗行了一个标准的军礼。

郑小妹问："感觉就像回到久别的家一样，你没事吧？"

此时，一位身着中国武警冬装制服、佩带一杠三星军衔的军官和一个身背自动武器的士兵走出值班室，上前打开铁门。军官迎上前对岳立汉说："欢迎您岳总，下面停车场有接您的车。"

***

陆地巡洋舰吉普沿着通往喀什的蜿蜒曲折的公路疾驶着，两边少有植被的山像锯齿一样朝向天空。窄窄的公路上，不断看到又宽又长的载重货车在慢慢地爬行着，还有不少骑着摩托车的附近村庄的村民在道路上肆无忌惮地穿行着。

接岳立汉的中年男子对他说："我姓安。第一次来喀什吧，岳总？地区商务局的领导打电话让我到前哨班接一位从吉尔吉斯斯坦过来的重要客人，没想到您这么年轻。"

"安老哥，您费心了。我不是什么重要客人，只是到喀什接货，是冯延华冯总帮我联系的喀什朋友。明天我请大家吃饭，顺便聊一下边境贸易的相关业务。"

"吉尔吉斯斯坦与中国的经贸互补性很强，能干很多事。岳总，到了我们的地盘上，就客随主便，不与我们抢请客了吧。哈哈哈……"

晚上7点50分，天色已暗，吉普车亮着大亮、轰鸣着迅跑着，安姓男子掏出手机接听："喂，领导，再有不到一个小时就到喀什了，准备把客人安排在哪个宾馆？一个小时内准时到达，十分钟后接风宴可以开始。"

晚上八点半，喀什西域大酒店的无花果宴会厅内充满浓郁的新疆民族装饰风格，天花板悬吊着巨大的水晶灯，身着民族服装、头戴民族小花帽的漂亮的维吾尔族姑娘正忙碌着上菜。大大的圆桌上摆满了喀什美食，一道道民族特色菜肴让人垂涎欲滴。喀什丝路商贸集团董事长杜雷站起身祝酒。

"欢迎岳总和郑小姐来到我们这个小地方，地方虽小，但名气挺大，这里是古丝绸之路通往中亚的重要驿站。喀什古城有 2000 多年的历史，和塔吉克斯坦、阿富汗、吉尔吉斯斯坦等几个国家接壤，与这几个国家还有乌兹别克斯坦的经贸往来非常频繁。岳总来自中原河南，现在在吉尔吉斯斯坦发展，今后可能会有大量的出口物资在喀什转关，这可是我公司的强项。这次岳总带助手亲自过境接货，以后就不需要岳总亲自上马了，今后岳总来喀什就一件事，看朋友、喝酒，哈哈哈！另外，岳总，咱们是老乡，我是河南商丘的，疆二代。"

宴会气氛轻松活泼，大家谈笑风生，郑小妹与席间的一位女士小声地交流着。外面大厅里响起了维吾尔歌舞曲，杜雷说："请大家移步厅外欣赏歌舞，你们过去只是在电视里看新疆舞，这次让你们亲眼看见、亲身体验，得劲得很呢！"

酒店大厅灯光绚丽多彩，四对身穿盛装的维吾尔族男女青年跳着活泼奔放的维吾尔舞蹈，让人眼花缭乱、热血沸腾。

晚上九点半，大家回到餐桌前，杜雷说："岳总一路奔波、鞍马劳顿，今天早点休息，明天早餐后先到货运场与口里来的运输公司的弟兄们见个面、看看货，剩下的就是我们的事了。"又对旁边一个维吾尔族男青年说："买买提，明天你替我陪着客人，在喀什几个地方转转，招待好朋友。"

买买提说："没问题！杜总。"

杜雷对岳立汉说："买买提是新疆大学俄语系毕业的，我的父亲和他的父亲是好朋友，他的专业在我这儿有用武之地，买买提是个好巴郎子[1]。"

---

〔1〕 维吾尔语，意为：好小伙子。

***

次日早上，天气晴朗，喀什老城开城门仪式在蓝天白云映衬下隆重举行。身着唐代兵丁校尉服饰的演员吹着号角，列队开启城门，迎接四方宾客。老城街头，身着春秋休闲装、戴着墨镜和旅行帽的岳立汉和郑小妹在买买提的引导下在喀什老城街上转悠。郑小妹拿着相机四处拍着，看见什么都觉得新鲜，还买了一个维吾尔小花帽顶在脑袋上。

艾提尕尔大清真寺广场上，一群群身着白袍、头戴白帽的维吾尔族同胞步入清真寺。

岳立汉问："买买提，今天是什么节日？这么多人？"

"今天是礼拜五，是穆斯林做乃麻子〔1〕的日子。"

"对不起，耽误你做礼拜了。现在还没开始，你去做乃麻子吧，我和小妹随便溜达。中午找一间最有特色的民族小吃店，咱们一起吃午饭。"

"谢谢您岳总！您和杜总一样好，我去两个小时就回来。"

说完，买买提从小背包里掏出一顶小白帽戴在头上，匆匆忙忙地跑向清真寺。岳立汉、郑小妹在喀什的街上闲逛着，不时有各民族行人从身边经过。

郑小妹说："到了新疆才知道，民族团结才有和谐。到了喀什才知道，这里就是丝路古道的活化石。透视喀什的老城，能感知到昔日这座古城的繁华。还有啊，这里的姑娘和小伙子真漂亮，是欧亚组合的那种美！"

岳立汉说："这附近还有香妃墓，就是电视剧《还珠格格》里的那个香妃！西安 - 喀什 - 吐尔尕特 - 吉国的纳伦 - 伊塞克湖 - 托克马克 - 比什凯克 - 奥什，再一路向西，就是汉朝张骞出使西域、开辟丝绸之路凿空之旅所行的路线，也是唐朝高僧玄奘法师西天取经的必经之路。咱们是沿着丝绸之路来到喀什这座古城的，可咱们开着车十个小时就到了，祖先们牵着

---

〔1〕 波斯语，指的是穆斯林的礼拜。

骆驼得走好几个月。"

郑小妹调侃道："你要是出生在那个时代，备不住也牵着骆驼长年累月地在丝绸之路上行走做生意呢，嘻嘻嘻！"

"我要在那个时代，估计会开个镖局，为押运货物的人提供保护和帮助。"

"那我呢？我干什么？"

"你肯定是岳镖头夫人啦，对了，还是通司〔1〕！"

"别胡编啊！那时候，中亚这地方还没有俄罗斯人呢！据说先是匈奴人，后是西突厥人。我只会俄语，人家那时候的语言我听不懂。"

"那也不一定，往前追几代，咱的祖上干过啥、干什么的，估计都整不清，更何况几百年、几千年以前的事。历史就是根据有限的记载和考古，把一个个碎片串联起来，形成文字的历史，既有真实的东西，又有推测，甚至杜撰。但这条 2000 多年前连接东西方的丝绸之路，是真真切切存在过的，是中国人在历史长河中的一个伟大创举，也是全人类的共同财富。"

"那我们就是行走在新丝绸之路上的新的商人喽！"

"肯定是，必须是！"

"我突然发现你特有学问，不去搞个研究可惜啦！"

喀什小吃一条街，门脸上挂着用汉语和维吾尔语两种文字写的招牌：烤鸽子、拉条子……

做完乃麻子的买买提正和郑小妹、岳立汉一起吃午餐，郑小妹边吃边说："真香、真好吃！"

买买提说："我们喀什比较正宗的民族小吃很多，你们多住两天，我带你们一一品尝。"

岳立汉说："下次吧，这次时间比较紧，要和这八辆货车一起走，责任重大。"

第二天早上八点十分，晴转多云，西域大酒店门口，杜雷带着几位朋

---

〔1〕 某些少数民族地区称译员或译员兼向导为通司。

友给岳立汉送行。他递给岳立汉和郑小妹各一个茶杯，自己的右手里也端了一个，左手拿着一瓶喀什红品牌白酒，倒满了每个茶杯。

"我年龄比你大些，就叫你兄弟吧，古人十里长亭送亲友，今天咱就用这丝绸之路上酿造的酒，给你送行，一路平安兄弟！干！"杜雷说罢一饮而尽，岳立汉也一饮而尽，郑小妹看着足足装有三两白酒的茶杯，不知该如何处置，岳立汉见状接过来一口干了。

"杜哥，小妹她从不沾白酒，我代劳了。"

杜雷说："也行，小妹，今天你俩喝了我的酒，啥时候让我喝你们的酒啊？"

岳立汉说："快了杜哥，少不了您的。"

下午四点，阴，气温零下四摄氏度，刮着五级左右的风，吐尔尕特口岸国门前哨班。重新穿上防寒服的岳立汉和郑小妹站在哨所值班室门口，看着依次缓缓驶出国门的八辆载重大货车，转身与前哨班值班军官握手告别。

岳立汉说："谢谢你们了，添麻烦了！"

值班军官说："不用客气老班长，您到那边多保重！"

岳立汉转身仰望被风吹得哗哗作响的国旗，又一个立正，行了一个标准的军礼。郑小妹也学着岳立汉行了一个不标准的军礼。

八辆大货车一一拉开距离，向吉尔吉斯斯坦纳伦海关驶去。郑小妹和岳立汉则坐在最后一辆大货车的驾驶室内，开车的司机是喀什万通国际运输公司的，是个柯尔克孜族同胞。他边开车边聊天："我在这条道上跑了三年了。在万通公司凡是跑中亚国际线路的，用的全是柯尔克孜族或维吾尔族司机，主要是我们有语言优势，汉族司机不懂柯尔克孜语或俄语，跑车很麻烦。对了，吉尔吉斯族人同我们新疆的柯尔克孜族人是一个祖先，同宗同俗，不少族人两边都有亲戚。你前面海关有人帮忙吗？一定安排好，这八辆车排起队上百米，很招眼的！"

岳立汉说："放心，都好着呢！有人帮忙。"

货车在吉方海关人员的引导下进到海关监管货场待检，马奈老哥安排的接关员正在跑前跑后配合海关官员例行检查制单，郑小妹带着八个司机拿着护照到边防检查窗口办理入境签证，一切都是那么顺畅。

岳立汉问："小妹，给边检上校带的两箱绿茶交给他了吗？"

郑小妹说："交给他了，他硬给了我五升纯天然蜂蜜，说是易货友谊，又说这蜂蜜是他家乡阿特巴什（Ат-Баши）的老父亲养的蜂产的，纯得很！"

两个小时后，八辆大货车陆续上到主干道，开始向比什凯克方向进发，岳立汉开的牛头吉普跑在前面带路。

郑小妹感叹道："终于回来了！重走了丝绸之路，长见识了！不跟着岳哥混，到不了这些地方啊！"

岳立汉掏出手机打给狗子："喂，兄弟，我们回来啦，一切平安！现在正从纳伦海关返回比什凯克，预计凌晨两三点钟到达比什凯克市，我带了两箱你喜欢喝的河南胡辣汤和武陟油茶速食包，公司都好吧？"

"哥，公司都好着呢，又签下了两个订单，还有几家本地的大企业过来谈合作！对了，那个买咱们设备的俄罗斯人维克多又来了，想订一套方便面加工设备。但这小子轴得很，不跟我谈，要等你回来跟你谈。对了，有个五大三粗的吉族小伙子来过，好像叫库尔曼别克，他来还你吉普轮胎，还说等你回来后，请你吃烤肉、抓饭。"

郑小妹说："不错，还碰到了一个有情有义的人。"

天色已晚，夜幕中，车队亮着大灯在盘山公路上前行。由于天黑能见度不高，加上货车又长又高又重，只能小心慢行。直到零点左右，车队才钻出纳伦州的崇山峻岭，来到伊塞克湖州通往比什凯克的国道上。郑小妹每间隔一小时，就用手机联系车队的领头司机，确保不掉队。

"喂，杨师傅，后面的车都跟上了吧？"

杨司机回答："都正常，小郑，都是老司机，没问题！"

约一个半小时后，车队平安出山，来到了一马平川的楚河平原，离目的地比什凯克还有大约 160 公里。车速在加快，岳立汉的吉普车距车队 1000 米左右。突然，郑小妹的手机铃声响起。

郑小妹问："杨师傅，怎么了？"

杨司机说："小郑，你们别往前跑了，拐回来吧！这深更半夜的，不知从哪儿冒出来一辆轿车，车上还闪着灯，一下子把我的车逼停了。下来三个人，手里还拿着电警棒，说我们违法了，要将车扣下。"

岳立汉对郑小妹说："这些人后半夜冒出来查车，这不合情理，估计不是好人，咱们见机行事吧！你先待车上不要下来，我让克州的那个司机给我翻译。"

八辆车的司机只下来了两个，其余六个吓得躲在驾驶室内不敢出来。岳立汉将车停稳后，无所畏惧地走过去。这几年在比什凯克的经历让他的勇气和胆量得到了很大的提升。

岳立汉说："杨师傅别怕，这几个人不像是好人，一会儿有什么事发生，你马上回驾驶室。这位从克州来的老哥，你来给我做翻译，不管发生什么，都和你没关系。"

几个拦路的人，一个个凶神恶煞，为首的那个体态较胖，身穿迷彩服。他们看到了岳立汉，马上用吉语交流：（吉语）"估计这个是他们的老板，开的车不错，钱一定不少。"

为首的头目看着岳立汉：（吉语）"你是他们的头？我们是侦缉机构的，跟了你们一路了，你们的货车超高超长超重，严重违反了我国法律。另外，我们怀疑你们的车上装有走私物品，现在我要将你们的车扣下！"说罢，又厉声对岳立汉和杨司机说："把你们的护照拿来，我要检查。"同时，他示意两个同伙："你们去把其他人的护照也收了！"

岳立汉通过柯尔克孜族司机的翻译问道："先别动！我们的货车在经过纳伦海关时，车长车高车重都经过了海关人员的严格检查，没有任何问题，才给我办理海关单放行。你们说我们车有问题，违法了，请问你们的依据是什么？告诉我，你们是什么部门的侦缉机构？有没有搜查令？没有搜查令，你们没权力检查我们，更没权力看我的护照！"

为首的头目说：（吉语）"你没有权利知道我属于哪个部门，但是我能管你们，不要抗拒我们执法！"说罢，装模作样地从口袋里拿出一个红皮工作证，举到岳立汉眼前。岳一把拿过来交给柯尔克孜族司机，说："师傅，你看一下上面写的是哪个部门？"

柯尔克孜族司机："岳总，这上面的俄语我不认识，我只懂柯尔克孜语。"

岳立汉马上喊郑小妹："小妹，过来看看他的工作证上写的是什么！"

郑小妹打开手机灯仔细看了红皮工作证后，马上气愤地对那个为首的头目说："你一个民间保安机构的小保安，竟敢冒充政府执法机构的，非法拦截检查我们！我要报警，你们识相的话，赶紧走开！"

杨司机说："这三个货胆子也太大了，竟敢冒警敲诈勒索我们！"

为首的头目一看被郑小妹揭穿了，顿时恼羞成怒，目露凶光用吉语骂郑小妹。岳立汉问柯尔克孜族司机："师傅，这烂人说啥呢？"

柯尔克孜族司机回："他在骂郑小姐，骂的话很难听，我不翻译。"

岳立汉对郑小妹说："你马上回车里，不要出来。杨师傅，你也回驾驶室里。"

岳立汉转身对惊恐的柯尔克孜族司机说："师傅，你别怕，不会有人伤害你！待会儿我说什么，你一定翻译到位。"而后怒不可遏地对为首的头目用汉语吼道："这是我的妻子，你算个什么东西，竟敢骂她！有胆量别走，咱们一起到托克马克警察局去！"

为首的头目万万没想到一个中国人敢这样跟他硬碰，怪叫一声："教训他！"抢起电警棒就向岳立汉打来，岳立汉闪身用八极拳的一招铁山靠将对方打飞出去5米远，小头目倒在地上。另外两个同伙见状，一起恶狠狠地扑向岳立汉，岳立汉蛇行龙步，几乎不到半分钟，就将二人打倒在地。

驾驶室里的杨师傅见状喊道："岳总，手下留点力，别整出人命！"

"没事杨师傅，我留着劲呢！我只为了自卫，是他们先挑衅动的手，只是没证据。"

杨师傅说："我刚才用我带的傻瓜相机全拍了，有证据！"

不知什么时候，倒在地上的三个流氓爬起身来，再也不敢向前取闹，跑到自己的车跟前，拿出手机拨打了几个电话，然后高声喊道：（吉语）"中国人，我们会找到你，杀掉你！"

杨师傅说："兄弟，惹祸了！"

岳立汉说："别害怕，从我开始还击那一刻，就没有怕过！先走，到比什凯克后，我们先在警察局备个案，再作计较。"

在那个时间段，刚独立不久的吉尔吉斯斯坦，黑恶势力猖獗，与一些执法人员相互勾结，明目张胆地进行违法犯罪活动。他们长期活动在纳伦至比什凯克的公路上，有组织地拦截国际货运卡车，进行敲诈甚至抢劫。与岳立汉交手的匪徒，就是吉国著名的黑帮大佬巴克特的手下。这让岳立汉刚刚有起色的事业，陷入重重危机中。

第八章

上午 11 点，晴，距比什凯克约 60 公里的一处自然湖泊碧水涟涟，周边长满了柳树、杨树和白桦树，地上的青草植被已没膝盖，两条硕大的黄色高加索牧羊犬在草丛中撒着欢，互相追逐着。小湖边的平台上坐了一位独自垂钓的人，从背影来看，这是一个健壮的中年男人，身材高大，皮肤黝黑，头戴一顶美式迷彩贝雷帽，身穿高档运动装，配备进口的欧式钓具。从侧面可以看到男人一脸横肉，阴冷的小眼睛藏在黑色的墨镜后面，这是黑帮头子巴克特。他身边的水桶里有十几条大大小小的鱼在翻滚，离他约十米的位置站着两个同样身着运动装、健硕高大的男人，鹰一样的眼睛盯着周围，这应该是黑老大的保镖。

小空地上架了一顶小帐篷，帐篷外的休闲椅上懒洋洋地躺着一个戴着墨镜、长发披肩的妖娆女人，旁边是野炊餐桌和椅子，餐桌上摆着美食美酒，不远处的草地上停着三辆黑色的奔驰吉普。下风处两个吉尔吉斯族年轻人在烤肉架旁忙碌着，其中一个对另一个说：（俄语）"头儿最喜欢吃新鲜的烤鱼了，你去他那儿把他新钓的鱼拿过来。""你去吧，我不敢去。"另一个年轻人胆怯地说。

餐桌上摆满了各式美食，有蔬菜沙拉、香肠、马肉、咸鱼和抓饭，一个大托盘里堆满了大块肉的烤串，桌上还摆着伏特加、白兰地等各式美酒。黑老大巴克特和五个手下在大块吃肉、大口喝酒，身边的女人一手夹着细长的女士烟，一面殷勤地给巴克特倒酒倒茶。

黑老大说：（俄语）"艾里克，去把那没有用的扎莫别克给我叫来！"

壮汉艾里克飞快地跑到吉普车旁，用手拍了拍车门。车门随即打开，下来了一个胖胖的男人，就是昨天夜里拦截货车、与岳立汉交手的小头目。

艾里克说：（俄语）"哎，头儿叫你过去呢，可不是让你过去吃烤肉，小心点吧！"

扎莫别克诚惶诚恐地赶紧跑到老大面前，黑老大对站在面前低眉垂首的他一顿咆哮臭骂：（俄语）"你他妈的三个人打不过一个人，你们的蛋仔让狼咬掉了吗？你们太熊了，没用的玩意儿！"

扎莫别克说：（俄语）"大哥，我们成天打狼，这次碰到了一个会功夫的恶狼，所以被他咬了。"

黑老大半信半疑地说：（俄语）"什么，会功夫，他是 Jackie Chan[1]吗？有那么好的身手？哈拉少[2]！我喜欢会功夫的人，找到那个中国人，给他下战书，让他与我的勇士布拉特比试一下。"

三辆奔驰吉普在太阳的余晖中疾驶，酒足饭饱、悠然自得的黑老大巴克特坐在车上打电话：（俄语）"Братишка[3]，有一个中国人，30 多岁，他的公司在苏维埃大街的一处别墅院子里，开的车是黑色牛头吉普。昨天晚上，他到了八辆卡玛斯[4]的东西，还在北方海关的监管库里，我需要他的信息。"约半个小时后，黑老大手机的铃声响起。

电话那端说：（俄语）"喂，兄弟，中国人叫岳立汉，到比什凯克三年多了，他现在的住处在米达利耶娃大街副 5 号。"

"知道了，好样的兄弟，谢谢！"一脸横肉的巴克特露出凶恶的眼神。

＊＊＊

下午 6 点 20 分，冯总办公室，岳立汉正在接听货运公司领班杨师傅的电话。

"喂，杨师傅，到哪儿啦？一切都平安吧？"

---

〔1〕成龙的英文名。

〔2〕俄语 хорошо 音译，意为：好。

〔3〕俄语，意为：小兄弟。

〔4〕俄罗斯载重卡车品牌。

杨师傅正开车行驶在通往中方口岸的公路上："岳总，刚出吉方纳伦海关，正向中国国门走呢，大前天晚上兄弟们都吓坏了，日夜兼程往家赶呢，多亏了你找的两个警察朋友护送，谢谢啦！"

"平安就好！杨师傅，那一箱伏特加替我转交给杜雷总，谢谢了！"

挂掉电话，岳立汉对冯总说："冯大哥，警方的朋友告诉我，前天晚上拦截货车的那伙人是比什凯克最大的黑帮组织的成员，他们势力很大，经营着酒店、娱乐场所、安保公司和一家拳击俱乐部，老大巴克特是一个黑白两道通吃的主。"

冯总若有所思："这个人我也听说过，是近三年突然形成气候的，和政府强力部门的几个政要交往甚密。论江湖道义，他劫道你自卫，无可非议，他没劫成必然恼怒。后面估计会发生一些事，你要有心理准备，要勇敢面对。在别人的土地上生存，即便遵纪守法，也完全有可能会因为利益冲突与其他势力发生碰撞，只能见招拆招。我觉得在坚守底线的情况下，可以通过其他力量的介入，尽量促成和解，但也要做好斗争的准备，因为你是在维护自己的正当权益。你当过兵打过仗，我相信你有这个心理素质。我会给内务部副部长朋友打招呼，让他关注此事，并通过他的渠道传话给那个黑老大，让他不要太过分。"

"大哥，咱也是上过战场、经历过生死的人，不会害怕的。本来我想忍着，不想还击，但那个领头的孙子满口喷粪恶骂小妹，还先动手，所以我才被迫还击，教训教训他们。一个男人连自己的女人都保护不了，那还叫什么男人！"

郑小妹补充道："冯总，今天早上，我们同时在办公室和住所收到了两份邀请函，估计是晚上从门缝里塞进去的，上面的用词很有礼貌也非常讲究，是邀请岳哥明天下午三点到比什凯克雷神拳击俱乐部参加散打友谊赛。这是他们的邀请函。"

冯总接过邀请函看了一下说："可以肯定，这家雷神拳击俱乐部就是黑老大经营的其中一个产业。他通过这个拳击俱乐部不断组织一些非职业的拳击、散打比赛，通过比赛让看客下赌注参与博彩，还可以从中选拔一些身手较好的人充当组织骨干。看来这个黑老大不想直接使用暴力，是想通过一种表面文明的比赛来达到他的目的。"

"这个邀请函就是下了战书，我肯定得应战！"

冯总说："听说他有一个镇馆之宝，非常强悍，来自高加索，名叫布拉特，块头不小，拳击和格斗功夫都非常了得，长期独霸雷神俱乐部的擂主地位，目前没有败绩，替黑老大巴克特赢了不少钱。小岳，我知道你从小习武、武功高强，但这也是个劲敌，肯定是一场恶斗，你要备好功课啊！"

"我非常渴望和这样有实力的对手进行一场公平的切磋。"

这是一场无法避免的较量，为了在异国他乡有尊严地生活、工作，岳立汉必须去面对明天的生死搏击，他的眼睛里透出刚毅和强悍，这让郑小妹分外担心。

第二天早上八点，晴，岳立汉租用作办公场所的别墅院子内。这是一栋坐落在宽大院落的欧式两层建筑，户外设有考究的休闲凉台，花坛里一簇簇的各色月季花怒放。狗子正带着聘用的三名当地员工打扫院子。一个挺着大肚子的吉尔吉斯族女人在室内擦洗着窗台，这是岳立汉聘用的保洁员萨拉马特。她刚想弯腰提水拖地板，被旁边的郑小妹赶紧拦住。

（俄语）"萨拉马特，我来帮你，这样的重物你不要提，你快到时候了吧？"

（俄语）"谢谢您，阿尼娅[1]！医生说还有一个月临产。"

岳立汉正好从办公室走出来，准备到院子里去，被郑小妹拦住："岳哥，萨拉马特身子越来越重了，再搞保洁工作，我真怕有什么突发状况。她也不容易，丈夫去了俄罗斯打工，家里的开销就指着这份工作呢，你看怎么办？"

"你给她说一下明天不用过来了，身体和孩子要紧。"

萨拉马特一听明天不让她来了，一脸无奈地说：（俄语）"老板，您不让我工作了？"

---

〔1〕 郑小妹的俄文名字。

岳立汉解释道："萨拉马特，这一年，你工作得很好，不是不让你工作了，是你马上临产了，应该在家休息。别担心，这份工作我会一直给你留着，等你生完孩子调养好身体再来。你在家休息期间，工资照发。打扫卫生的活，我让公司的小伙子和姑娘们替你干，我想他们也愿意帮你。小妹，你到财务为萨拉马特预支两个月工资，让狗子开车送她回家。"

萨拉马特感激道：（俄语）"非常感谢您！老板，您是个好人。"

11 点半，大门口有人按门铃，开门后进来三个男人，其中一个远远看着岳立汉，兴奋地打着招呼：（俄语）"朋友，你回来了？我是库尔曼别克呀！"岳立汉连忙迎了过去，两人握手拥抱，库尔曼别克转身将另外两个人介绍给岳立汉。

（俄语）"这是我们阿富汗战争退役老兵协会的同事，叫鲁斯兰，协会里有 80 多个退役老兵，都是我在战场上的生死弟兄，这个是……"

另一个男人打断库尔曼别克，用半生不熟的汉语说："我叫努力克，是他们的翻译，库尔曼别克大哥让我告诉您，他的这个同事家里有个小农场，需要中国的滴灌设备，请您帮忙买过来。"

岳立汉说："到办公室坐一下，请！"众人进入办公室，在沙发上依次坐好，郑小妹忙着给客人倒茶。

库尔曼别克说：（俄语）"努力克，告诉我的中国朋友，我等他好几天了，我在比什凯克最好的烤肉店订好了座位，请他过去吃午餐。"

岳立汉听后说："库尔曼别克兄弟，先谢谢你，你太客气了！我只是路过帮了你一点小忙而已。"

库尔曼别克说：（俄语）"我老母亲一直念叨，那个中国人是个好人，要和他交朋友。老人的话没错！"

岳立汉说："小妹，你告诉库尔曼别克，真的谢谢他，今天中午我去不了，因为下午三点，我还有个非常重要的约会要去。"

库尔曼别克听了郑小妹的解释后，脸露不悦地说：（俄语）"阿尼娅，你告诉朋友，我们吉尔吉斯人盛情邀请客人，客人推辞是对主人的不礼貌，况且我提前三天与你的助手伊万约好了，他答应我了！"

岳立汉问郑小妹："谁是伊万？"

"可能是狗子吧。"

"这小子，瞎应承！"

郑小妹解释道：（俄语）"库尔曼别克巴依盖，本来我们是不想给您讲的，现在只能告诉您了。我们遇到大麻烦了，与比什凯克最大的黑帮组织发生了冲突，他们的老大叫巴克特，约我们今天下午三点去他的雷神拳击俱乐部解决问题。"

库尔曼别克惊讶地瞪大眼睛问："为什么？"

郑小妹答："他的手下冒充执法部门，在夜里强行拦截我们从中国来的货车，企图勒索我们，还攻击我们。我的经理为了自卫把他们打了，这不昨晚上就给我们下了战书，约我的经理到他的拳击俱乐部比试拳脚。看来是不怀好意，我们又不能不去，这不欺负人吗？"

库尔曼别克说：（俄语）"哦，我明白了。又是这个巴克特！"

鲁斯兰说：（俄语）"这个巴克特的组织最近发展得比较快，也越来越出格。前些时候，他的爪牙欺负过我们的一个退役老兵，库尔曼别克带人直接找了那巴克特讨公道，最后他表示不再招惹我们这些上过战场的老兵。否则，我们这80多个弟兄对付他们一群乌合之众，他们绝对讨不到便宜。"

库尔曼别克说：（俄语）"还是不要掉以轻心！我知道巴克特手下有几个硬手，那个布拉特的拳击功夫就很了得，到现在还无败绩记录。"

听到这里，郑小妹和送人回来的狗子露出担忧的神情。

库尔曼别克问岳立汉：（俄语）"瓦西里，你敢去吗？你要是觉得没有多少胜算，最好别去冒险。那个布拉特非常凶狠，与他对过阵的拳手，有几个被他打得半死。"

岳立汉答："我非常希望能和这个拳击高手过过招，我不会一开始就给他下死招，但如果他不守规矩，我也不会客气！"

库尔曼别克说：（俄语）"我也是练拳击散打的，咱们到院子里对两个回合怎么样？"

岳立汉一脸惊愕地望着库尔曼别克，这时老兵协会同事鲁斯兰解释道：

"你可能不知道，我和库尔曼别克曾是苏联的伞兵特种兵，一起参加过在阿富汗的战争。库尔曼别克巴依盖和你一样，从小跟着他参加过列宁格勒保卫战的红军爷爷练拳击，还拿过不少奖！你们两个到院子里热热身吧！"

大家来到院里的空地。

库尔曼别克说：（俄语）"瓦西里，我用拳击散打，你用中国功夫，你要像实战一样，不要手下留情！"

岳立汉说："哈拉少！"

随即两个人拉开架式，你来我往，一招一式论道切磋。

库尔曼别克出拳异常凶猛，招招制敌，时而腿脚生风一路打将过去。岳立汉为了适应对方的进攻套路，试探对方的虚实，一直使用出神入化的太极身法躲避着库尔曼别克的凌厉拳脚，用无形掌将凶悍的拳击拨开化解。搏斗中二人都曾被对方击中，两个回合后，被动防守的岳立汉突然改变拳路，以攻为守，用至刚至勇的八极拳打将过去。库尔曼别克一开始对这种拳法很不适应，但久经沙场的他马上调整攻略不断进行反击。

几个回合后，库尔曼别克突然叫停："瓦西里，不用打了！下午会有一场恶斗，你要保留一些体力，你的中国功夫也是一流的，与那个布拉特对阵没问题，但胜负不好说。为了你的安全，今天下午三点，我也会去那个雷神俱乐部。我会带一些伙伴坐在观众席上，随时在你危急的时候保护你。"

狗子感动地走过去与库尔曼别克拥抱、握手。此时，岳立汉抬手看表，表里的指针已指向下午 2 点 15 分。

岳立汉说："差不多了，该去赴约了！小妹你在公司守着，等我回来。"

郑小妹说："我肯定得去，我不放心！"

"别对我没信心！我心中有数，况且狗子和库尔曼别克兄弟都在场，我会赢的！"

***

黑老大巴克特的雷神拳击俱乐部坐落在比什凯克一处偏僻的旧厂区

里面，比赛场是按照标准的职业赛场设计装修的，墙上挂着大大的俱乐部Logo，是一头北极熊和一头棕熊对阵的卡通形象。大厅内天花板悬挂着20盏大瓦数刺眼的吊灯，观众席仅可容纳上百人，看来是主人有意不设太多的座位。观众席上已经来了一些观众，库尔曼别克一行在入口处被俱乐部的保安拦住，保安问道：（俄语）"巴依盖，你们是被头儿请来的人吗？叫什么名字？如果没有邀请，那对不起，你们不能进！"

库尔曼别克拿出100索姆塞给保安：（俄语）"兄弟，让我们进去吧，我们是来下赌注的！"保安把钱迅速塞进口袋里，刚要说什么，只见库尔曼别克带来的人早已挤进门一哄而去。

后台更衣室，岳立汉已换上了一身运动装，淡定地做着热身动作，库尔曼别克带过来的翻译努力克站在旁边。这时进来了一个西装革履的男人，这是俱乐部的经纪人，他对翻译努力克说：（俄语）"你告诉这个中国人，布拉特先生说，待会儿比赛他不戴拳击手套，希望中国人别介意。如果害怕被误伤，他可以考虑戴上手套。另外，俱乐部的律师已经起草了比赛协议，公平比赛，如果被打伤、打残，谁都不需要赔偿谁，当然不会被打死。如果害怕，现在还能够选择退出。"

岳立汉说："努力克，你告诉他，中国的勇士任何时候都不会选择退出。这个协议没必要签，生死各安天命。不戴手套更好，比比谁的拳头硬吧！"经纪人冲着岳立汉竖了个大拇指后离开。

台前敲响了比赛开始的铃声，台下观众席只坐满一半，库尔曼别克和几个身强力壮的吉尔吉斯汉子坐在人群中。观众席后面第二层平台上的一个密室里，叼着烟卷的黑老大巴克特眼睛里充满了期待，亢奋地望着比赛台。一个马仔跑进来对巴克特耳语道：（俄语）"我看见了库尔曼别克和手下的几个人坐在下面。"

黑老大一脸疑惑："他来干什么？那个中国人带来了几个人？"

"只看到了三个人，都坐在观众席上。"

"你告诉布拉特，对那个中国人，只要不打死，想怎么打就怎么打。"

马仔应承后迅速离去。这场比赛，甚至连裁判也没有。

灯光下，岳立汉和布拉特站在比赛台上，相互打量着对方。只见布拉特穿着职业拳击比赛选手的短裤和背心，两条粗壮的大腿如铁柱子一样立在那里，前胸后背的肌肉透着随时能爆发出来的力量。他有一颗硕大的脑袋、一脸横肉、半圈络腮胡子，一双灰蓝色的小眼睛凶光四溢，这是一副典型的高加索男人的身板。岳立汉在对手的映衬下，也显得高大健硕。

铃声二次响起，二人不约而同地走到台中间，直接动起手来。布拉特双拳像狂风一样，照着岳立汉的各个部位打来，岳立汉灵活地用太极身法躲避着，还不时用拳掌和膝肘试探性反击。布拉特见岳立汉只躲避，没有进行凶猛的搏击，而且招数软绵绵的，就越发嚣张，眼睛露出不屑的目光。他一边闪电般地出拳击打，一边嘴里还叫着：（俄语）"哎，中国人！你打的是女人拳吗？哈哈哈！"嘭！岳立汉的左肩被布拉特击中，岳立汉一个趔趄，踉踉跄跄稳住，但使出一招四两拨千斤，双掌顺势击中了布拉特的后背，后者被打得向前跑几步。

密室里，手拿望远镜观看搏击的黑老大嘴角上挂着得意的笑容。观众席上众人神情各异，狗子紧张地看着台上，库尔曼别克则非常淡定地看着一招一式。与岳立汉交过手的库尔曼别克清楚岳立汉的功力，他明白他俩过招的话如果自己不叫停，再有五个回合，自己肯定会被打倒。

冯总、郑小妹不知什么时候走进来，一同前来的还有身穿便衣的内务部副部长和两个随从。冯总为了预防黑老大对岳立汉使损招，请求内务部副部长过来压场子。冯总原本想请副部长出面制止这场生死未卜的比赛，但副部长说他不能那样做，因为黑老大领取的特种行业许可证是合法的。

郑小妹担心地问："冯总，您看立汉他打得吃力吗？"

冯总说："你不用担心，这小子贼着呢，他在消耗布拉特的体力，还不到使狠招的时候。"

场上的搏斗已近白热化，布拉特像一头发疯的棕熊进攻着岳立汉，在近身肉搏时，他突然死死地用粗壮的双臂夹住岳立汉的腰身，猛地一发力，将岳立汉扔出几米远。岳立汉顺势一个后空翻，才将身体稳住。观众席上响起一片掌声和口哨声，显然源自押布拉特赢的人。

郑小妹禁不住惊呼一声："啊！"

场上的岳立汉听到熟悉的声音，顺声张望，郑小妹索性站起来对着岳立汉喊了一句标准的四川话："岳哥，雄起！"

郑小妹的突然到场，让岳立汉倍感压力和担忧。面对凶悍的、欲将自己置于死地的布拉特，他必须尽快地结束这场搏斗。

只见岳立汉原地凝神运气，做了几个舒展动作，布拉特轻蔑地看着，伸手做了个挑衅的动作，口里还不停地叫嚣：（俄语）"Давай！ Давай！〔1〕"岳立汉的八极拳已暴风骤雨般砸向布拉特。

防用太极、攻用八极，被岳立汉发挥得淋漓尽致。布拉特慢慢处于下风，但从招数上岳立汉并未对他下死手。

搏斗中，只顾向前冲拳的布拉特把上三路暴露给了岳立汉，岳立汉趁机抬起霹雳脚，欲对准他的太阳穴踢，如果这一脚下去，布拉特不死即残。但岳立汉降低高度踢到了布拉特的右臂上，布拉特一个歪斜轰然倒地，但他很快爬起来，拳脚并用攻向岳立汉，并且下的全是死招。愤怒的岳立汉提膝腾空跃起撞向布拉特的前胸和下巴，布拉特又一次被击中，重重倒在地板上。他刚想挣扎着坐起来，岳立汉又一个凌空跃起，直接砸向布拉特，但这一脚最后并没有砸到布拉特身上，而是砸在了他旁边的木地板上。只听咔嚓一声，两块一寸多厚的木板被砸断。

观众席一片惊呼，随即死一般寂静，神情沮丧的布拉特失落地坐在地板上。密室里，怒不可遏的黑老大一边用俄语骂着脏话，一边奋力地将手中的望远镜砸在墙上，望远镜四分五裂，桌子下的高加索牧羊犬吓得嗷嗷乱叫。

岳立汉对着布拉特行了一个中国式的拱手礼，跳下台，走向观众席。库尔曼别克兴奋地走过来与岳立汉拥抱：（俄语）"好样的，瓦西里！你是真正的中国勇士。"

冯总说："小岳啊，让大哥捏了一把汗！"

---

〔1〕 俄语，意为：来呀！来呀！

狗子赶紧到后台取岳立汉的衣服，郑小妹则呆呆地看着岳立汉。

岳立汉对着郑小妹说："不听话的丫头，还不过来！"郑小妹羞涩地过去抱住了他，如劫后重逢。

密室里，黑老大惊讶地看到这一切，自言自语：（俄语）"这个库尔曼别克什么时候与中国人搞到一起了？"

冯总带着岳立汉与身着便衣的内务部副部长和随从一一握手道谢。

岳立汉说："谢谢您又一次过来帮我！"

副部长摇手示意不必客气："保护外国投资者是我的责任。"然后，他朝二楼的小窗户喊道：（俄语）"巴克特，别躲了，过来见我！"

正在二楼小窗户朝外窥视的黑老大一惊："他怎么来的？也是来帮那个中国人的？"说完，匆忙向一楼跑去，还顺手打了一个跟班一耳光。挨打的跟班用手捂住半边脸，双目茫然。

黑老大远远地就向副部长热情地伸出手说：（俄语）"啊，亲爱的长官，我说今天我的左耳朵一直跳动，原来有贵客过来了，欢迎您光临我们这个小地方！走，请到我的办公室喝茶去！"

副部长说：（俄语）"巴克特，我知道你的拳击俱乐部是有特种行业许可证的，但你涉嫌利用拳击竞技进行赌博活动，并且我亲眼看到了你严重违反行业安全要求，在进行搏击时，拳手没有佩戴安全防护用品。因此，我打算依法吊销你的特种行业许可证。"

黑老大一脸窘迫，满脸堆笑地说：（俄语）"不！不！长官，我就犯了这一次，还被您抓住了，绝对不会再有下次！请您给我一次机会，手下一群兄弟就指望这个吃饭呢！"

（俄语）"你还指使你的手下冒充执法机构拦截吉中国际贸易货车，这是严重损害吉中贸易进出口合作的，就凭这个我就能抓你 100 次！"

（俄语）"冤枉啊长官！这一定是有人打着我的旗号干的坏事，给我点时间，我把他查出来亲手交给您！"

（俄语）"装，继续装！我要想拿人证，两天就够了。对了，给你介绍我的两个中国朋友。喏，这是冯先生，这是岳先生，今后有什么事找你，你要多帮忙！"

（俄语）"放心吧，长官，您的朋友就是我的朋友。"说完，分别与冯总和岳立汉握了手。

（俄语）"好啦，今天的戏结束了，很精彩！我要回部里工作了，再见！"说罢，转身和冯总一起离去。

黑老大走到库尔曼别克面前，握手、拥抱。

黑老大说：（俄语）"巴依盖，想不到您也过来看热闹了！告诉我，您过来是帮我，还是帮那个中国人？别忘了，咱们可是吉尔吉斯斯坦人！"

库尔曼别克说："我帮公平、正义，谁属于公平、正义，我就帮谁。"

黑老大说：（俄语）"我知道了，您可能说的不是我。不过，我还是很喜欢和您交朋友，抽时间我请您喝最好的伏特加。"

黑老大又走到岳立汉跟前，伸手握手：（俄语）"朋友，你的面子很大，能让民间和官方的两个重量级人物为你站台，而且你的中国功夫是顶级的，你是个真正的中国勇士！我愿意交你这个朋友，我们合作怎么样？在这个俱乐部！"

岳立汉答："谢谢你的邀请，巴克特。我还有我的生意和公司需要亲自打理，我不拒绝和你成为朋友，也会在工作之余来你的俱乐部与各方拳击、散打高手进行公平比赛。但请一定安排好防护用具，因为我不想伤着别人，也不想被人所伤。"

黑老大冲着岳立汉竖了竖大拇指，然后打了个刺耳的口哨喊道：（俄语）"米沙！给我拿一升顶级的伏特加、四个酒杯，再给我拿些香肠、酸黄瓜！"

一个黄头发、蓝眼睛、十分精干的俄罗斯小伙子端着一个大托盘，把黑老大要的东西拿了过来，黑老大熟练地将伏特加瓶盖打开，将四个酒杯倒满，对着旁边的库尔曼别克喊道：（俄语）"库尔曼别克巴依盖，过来为咱们的中国勇士取得胜利喝一杯！"

四个盛满伏特加的酒杯当一声碰到了一起。

傍晚，公司院子里，狗子舌头打卷的声音由远至近："我的天，就几片香肠、几根酸黄瓜，硬生生让哥们儿喝了半斤酒！"

郑小妹一边走进院子一边接听电话：（俄语）"喂，萨拉马特，你好！什么？你生了？生了个小丫头。不是还有一个月吗，咋提前了？你在哪里？在家，没去医院？去了，怎么两天就从医院回家了？"

萨拉马特在电话那端哭泣，伴随着婴儿的啼哭声。她说：（俄语）"给丈夫打电话，丈夫说回不来，给在贾拉拉巴德的婆婆打电话，她说每个人都有工作过不来。没办法，只好叫我纳伦老家的妈妈赶过来照顾我。"

郑小妹安慰道：（俄语）"萨拉马特，别哭，别哭！月子里不能伤心，我马上过去照顾你，你妈妈可能再有四五个小时就到了。"

岳立汉对郑小妹说："你再到超市给孩子多买些尿不湿、小衣服等婴儿生活用品，再给她们买些食品，买几只鸡拿过去炖汤给她喝。还有，我们送给她 30000 索姆表示祝贺。"

"挺细心啊，一定是个好男人！"

"咱本来就不差！哈哈哈！快去吧。"

第九章

七月的一个星期五，骄阳似火，烦躁的知了叫声告诉人们正值盛夏，比什凯克的大小清真寺里挤满了虔诚祈祷的穆斯林，高音喇叭里大毛拉（阿訇）诵读着古兰经文。今天是做乃麻子的日子。

鸟瞰比什凯克市区，高大的阿拉伯建筑风格的清真寺顶上悬挂着一弯新月，东正教的洋葱状穹顶上高耸着十字架，胜利广场上燃烧着永不熄灭的圣火，阿拉套广场西侧的旗杆上高悬着吉尔吉斯斯坦国旗。

在距比什凯克向东约 70 千米的地方坐落着托克马克市，这里也是古碎叶城的遗址。空旷的原野上长满了农作物，人们从现时的景象已无法获悉昔日商贾云集的碎叶古城的辉煌，但残留的斜塔，以及隐没在杂草中的草原石雕，似乎在诉说着古往今来的故事。

这是一座古老的城池，在中国唐朝时期被称为"碎叶城"，是古老的丝绸之路上的重要驿站之一。这又是一座包容的城市，在历史的长河中，伊斯兰教、东正教、佛教、基督教、犹太教和萨满教在这里相互为邻、相互包容。在碎叶城曾诞生了一位留下许多千古绝唱的伟大诗人李白。

早上八点，晴，天气炎热。正逢穆斯林的传统节日古尔邦节，这也是吉尔吉斯斯坦的公众假期。吉尔吉斯斯坦 70% 的穆斯林在境内大大小小的清真寺聚集朝拜。

吉尔吉斯斯坦最大的清真寺位于比什凯克市丝绸之路大街上，高高的阿拉伯塔上的高音喇叭里播放着大毛拉（阿訇）如诉如歌的祈祷声，声音在纯净的空气中传播得很远。清真寺的大厅内，上千位头戴白帽、身着白袍的信众随着大毛拉的祈祷声整齐地叩首膜拜，场面宏大，令人震撼。

大家目光虔诚，一遍又一遍地祈祷。库尔曼别克也在其中，全神贯注地做着乃麻子。

离大清真寺不远的街道旁边停靠着黑色吉普，岳立汉、郑小妹和狗子站在路边等待库尔曼别克。双向四车道的公路上，车流往来不息。吉普车前面五米处停着一辆中巴车，一群讲着汉语的年轻姑娘和小伙在忙碌着往车上搬东西，中巴车的前面还停了几辆高档轿车，五六个商人模样的中国人（有男有女）也在往后备箱里装东西。这是两周前岳立汉与库尔曼别克见面时约定下的一场公益慈善活动。岳立汉邀请了几个在比什凯克经商多年的中国好友、几名中国留学生和孔子学院的中国老师一起去托克马克附近的一家公立孤儿院，看望那里的孩子们。

　　岳立汉走过去，对着中国留学生和孔子学院老师竖大拇指："姑娘们、小伙子们，辛苦了！东西都买齐了吗？"

　　留学生甲说："岳总，您也是小伙子啊！"这话惹来众人嬉笑。

　　孔子学院老师乙说："岳总，您清单上列明的物资全部备齐了，有学习用具、玩具，还买了一些儿童锻炼用的简易体育器材。"

　　孔子学院老师丙说："我们商量好了，到那里以后，我们会亲自辅导孩子们使用，咱们的留学生志愿者会帮助我们做翻译。"

　　这时，做完乃麻子并换好衣服的库尔曼别克一路小跑过来。

　　库尔曼别克说：（俄语）"瓦西里，我这里结束了，咱们马上可以走！"

　　岳立汉递给他一瓶矿泉水，说："哈拉少！"

　　然后，岳立汉和库尔曼别克一起走向前面的几辆车。

　　岳立汉说："王总、谢总、邓总辛苦啦！大热的天让弟兄们出来，又出钱又受累的。"

　　邓总说：（东北腔）"说啥呢，岳总！这是做好事、做善事啊！我媳妇老支持了！"

　　谢总说：（河南腔）"岳总，俺们早就想做了，但没人组织，也不知道该怎么做，这回中啦！您出来组织，弟兄们响应！"

　　王总说："几个车都装满了，买了两只杀好的羊，四袋大米，还有面粉、清油、饼干、巧克力、酸奶等，都是孩子们喜欢的东西。邓总还给整了不少衣服和鞋袜。"

岳立汉说："弟兄们都是有良心、有善心的人，我们大家都是在这片土地上生活、工作的，是这里的百姓和这里的山山水水接纳了我们。所以，我们一定要有感恩之心，回馈当地社会，帮助这里的弱势群体。"

众人纷纷响应："这还有啥说的，今后应该创建一个慈善公益平台，倡导在吉尔吉斯斯坦的中国商人、中资企业共同加入，每年都要搞几次公益活动。"

旁边的库尔曼别克听后非常感动，郑小妹开玩笑道：（俄语）"库尔曼别克巴依盖，看得出来你很激动，能告诉我你听懂他们讲什么了吗？"

库尔曼别克说：（俄语）"他们讲什么，说实话，我一句也不懂，但我能看出来，他们在讨论如何做好事。我们吉尔吉斯族有个谚语：你不需要告诉我你做了什么，风会告诉我，你的眼睛会告诉我。"

***

五辆车沿着公路向前行驶，路边有瓜农搭着简易棚子在卖西瓜，岳立汉减速靠边停车，对瓜农讲："给我称十个大瓜。"随后付钱，追赶车队，沿途经过了坎特市、伊万诺夫卡、肯布伦，进入托克马克市。城市入口处一座飞机纪念碑映入眼帘，高高的砖质方台上，一架迷彩色的苏制米格-23MF战斗机昂头朝向天际。

车队继续向东行驶，突然被前方两个交警挡住了去路。车队被迫停下，邓总和王总上前交涉，与两个交警握手。

交警甲说：（俄语）"你们的车超速行驶违章了，要接受罚款。"

邓总问：（俄语）"刚才我们的车速连40码都不到，怎么可能超速？"

交警乙说：（俄语）"请不要妨碍我们工作！"

王总、邓总与两个交警发生争执，围观的人群纷纷赶来。库尔曼别克见状连忙下车赶过去。

库尔曼别克说：（俄语）"您好，巴依盖，过节还值班啊？怎么样？通融一下吧，这些中国商人都是我的朋友，他们买了很多东西去孤儿院看望孩子们，是做好事的。我们怎么能难为他们呢？"

交警甲与交警乙到旁边商量了一下，回到库尔曼别克和邓总跟前，归还邓总的驾驶证，并且郑重地行了个军礼：（俄语）"谢谢你们为孩子们做的一切，你们是好人！你们可以走了，祝你们顺利！"话音刚落，围观人群不约而同鼓掌。

车队慢慢驶入孤儿院，院长老阿姨带着80多个不同年龄段的孩子和10余位工作人员正翘首以盼。几个稚嫩的吉尔吉斯族男孩、俄罗斯族小女孩目光羞涩，阿姨怀里抱着的幼儿也流露出好奇的目光。

车辆依次停稳后，库尔曼别克向院长一一介绍岳立汉、狗子、邓总、王总等人。从车上下来的孔院老师和留学生志愿者在院内工作人员的帮助下卸下车上的东西。

院长老阿姨说：（俄语）"谢谢！非常感谢尊敬的客人们！我们的国家很年轻，暂时还有很多困难，来孤儿院的孩子也越来越多，都是失去父母的可怜孩子。这个地方就成了他们的家，我们需要更多爱心人士的支持和帮助，孩子们也会记住你们。"

孔院老师和留学生志愿者们将带来的文具、玩具和体育用品分发给不同年龄段的孩子们，邓总、王总、狗子等人到食堂帮厨、洗菜、洗肉。而岳立汉和郑小妹在院长的陪同下，一一参观孤儿院的教室、宿舍等场所和设施。

院长说：（俄语）"我们的孤儿院是国家办的，现在的设施大部分是苏联时代留下来的。国家财政困难，给的经费不够用，工作人员的月工资平均不到12000索姆，若不是可怜这些孩子，早就都离开了……"

几个留学生姑娘在给几个小姑娘梳辫子，小姑娘们怀里抱着刚刚分得的毛绒玩具。几个孔院老师拿着彩色图卡，教围坐在一起的孩子们读"中国"。孩子们大声用汉语跟读：中国、友谊、北京、西安、丝绸之路、李白……

随后，孔院老师带领孩子们做游戏，留学生志愿者带领孩子们打羽毛球、踢足球，孩子们嬉笑玩耍，十分开心。到了中午，食堂餐桌上热气腾腾，邓总、库尔曼别克等人正和孤儿院的工作人员一起将热腾腾的抓饭、波尔索克[1]、羊肉汤端上桌，西瓜、葡萄、杏子、樱桃等各种水果琳琅满目。

孩子们兴奋地依次坐在餐桌前，院长老阿姨说：（俄语）"尊敬的客人们，亲爱的孩子们！今天我非常高兴，因为中国朋友来和我们一起过周末。孩子们，你们高兴吗？"

孩子们答：（俄语）"高兴！"

"那就一起鼓掌再欢迎他们一次。"

哗哗哗……掌声慢慢停下来，院长示意岳立汉讲话，岳立汉摆摆手表示不讲，随后做了个吃饭动作，孩子们轰的一下全笑了，开开心心吃起来。

孔院老师和留学生志愿者给年幼的孩子喂饭，郑小妹和王总夫人抱着婴儿喂奶，这个婴儿是前几天刚送过来的。邓总、库尔曼别克、岳立汉等人也在忙碌着，院长示意他们坐下吃饭，邓总说：（俄语）"老大姐，让我们为孩子们多做点事吧！"

孩子们吃完饭，在院长的带领下，整齐划一地对来自中国的叔叔阿姨道谢："思——巴——细——巴！思——巴——细——巴！[2]"

下午五点，岳立汉等人与院长深情话别，几个小男孩和小女孩依依不舍地紧紧抱着孔院老师和留学生志愿者哭泣，场面令人动容。

（俄语）"大姐姐，不要走嘛，我们还没玩够呢。"

（俄语）"大姐姐，带我去比什凯克儿童乐园好吗？"

（俄语）"中国哥哥，你还会来看我吗？"

岳立汉在郑小妹的翻译下说："院长老大姐，我们今后还会来，会有更多的中国人参加这个公益活动。你们的爱心和坚持也感动了我们，我会记住您，也会记住这里的孩子们。最后，我有一个请求。"

院长问：（俄语）"什么请求？只管讲。"

岳立汉说："我想拥抱您，可以吗？"

"当然！"

---

[1] 吉尔吉斯语 боорсок 的音译，一种油炸面块，吉尔吉斯民族宴客必备食品。

[2] 俄语音译，意为：谢谢。

院长微笑着和每个人拥抱贴脸，依依惜别。岳立汉回头看了一眼还站在大门口挥手的孩子们，蓦然有些伤感，眼泪夺眶而出。

郑小妹眼睛也红红的，她盯着岳立汉说："岳哥，你怎么了？"

狗子说："问啥？铁汉也有柔情啊！"

吉普车猛然加速，车里飘出电视剧《射雕英雄传》的主题曲《铁血丹心》。"依稀往梦似曾见……""射雕引弓塞外奔驰……"香港歌星罗文和甄妮无与伦比的歌声在楚河平原上回荡。

***

已立秋多日，天气渐凉。一个晴天，岳立汉、郑小妹、狗子正在办公室忙着洽谈业务，客户们进进出出、络绎不绝，脸上都带着满意的笑容。

一个身穿飞行员制服的小伙子（吉尔吉斯斯坦某航空公司机长）来到办公室，指名要见经理瓦西里。小伙子中等身高、相貌俊朗、五官清秀，一双灰蓝色的眼睛透着友善和智慧，亚麻色弯曲的头发修剪得非常得体。和他一起来的还有一个穿戴时髦漂亮的鞑靼族姑娘。

岳立汉上前握手问候。小伙子说：（俄语）"您好，瓦西里！我叫伊利达尔，鞑靼族人，朋友介绍我到您这儿来的。"

岳立汉问："看这一身装扮，你是飞行员吧？这么年轻的机长！"

小伙子说：（俄语）"我今年23岁，但已经驾驶民航客机飞欧洲航线两年了。"

岳立汉赞叹道："了不起！"

伊利达尔说：（俄语）"瓦西里，我朋友说您做买卖讲诚信。我们家是做冻鸡、冻鱼生意的，需要在我的家乡卡拉科尔建两座冷藏冷冻库……"

在郑小妹的翻译下，伊利达尔与岳立汉非常愉快地交流着……

岳立汉从心里喜欢这个坦诚、心地善良的小伙子，这次初识成就了一桩跨国、跨民族的深厚友谊。

"伊利达尔，我们将根据你的要求，让中国工厂尽快向你提供设计方案和配置信息。"

（俄语）"好的，瓦西里大哥！明天我要飞英国伦敦，过几天才回来。你们的方案来了后，就通知我大哥过来直接签合同，这是他的手机号，这是10000美元定金。我相信您，瓦西里大哥！我先走了。"

岳立汉望着伊利达尔离去的背影，手里捧着还带着他体温的一沓美元，如同捧着一颗珍贵的心。

数日后，吉普在群山掩映下的公路上飞驰，雅丹地貌山体身上的沟壑仿佛树的年轮一样，记载着时间，岳立汉和郑小妹的车跟在伊利达尔吉普车的后面，向着伊塞克湖州的首府卡拉科尔进发。各种车辆在盘山公路上排列着行进，公路旁边的毡房和临时搭建的摊位摆满了向路人兜售的蜂蜜、草莓、杏子、樱桃和装在玻璃瓶里的白白圆圆的奶疙瘩，摊主们不厌其烦地向每一辆过往的车招手。

岳立汉和伊利达尔的车进入伊塞克湖州巴雷克奇市区，右侧不远处显现一道碧蓝色的湖际线，顿觉空气沁人心脾，远处的湖面上空，一群白色的湖鸟在飞翔。

车辆在公路上穿行，这座城市仍然保留着不少苏联时期的痕迹。一座建筑物上固定着用钢筋焊接的列宁像，墙体上残留着让人血脉偾张的苏联宣传画，一门二战时期退役的野战步兵炮摆在街道边的方台上……

有几辆开着车窗的轿车超车，车里几个年轻的男孩女孩大声嬉笑着，车里播放的摇滚乐震耳欲聋。车继续在环湖公路上行驶，环绕在湖边的是大大小小的度假村、疗养院，远处的湖面上几艘机动客船在游弋，5艘摩托快艇向前疾驰，很快变成了移动的黑点。

伊塞克湖，吉尔吉斯语称为"伊塞古丽"，是吉尔吉斯斯坦最著名的休闲旅游胜地，每年夏季都吸引着大量独联体国家和欧洲的游客前来观光度假。伊塞克湖位于吉尔吉斯斯坦境内、天山山脉北部，湖体东西长180千米，最宽处达60千米，是吉尔吉斯民族的母亲湖，历史上曾留下许多动人的传说。

远方一个城镇慢慢进入视线，街道两旁饭店、商铺林立，人来人往。

这是乔尔蓬 - 阿塔市。

吉普车继续行进，道路两旁整整齐齐的钻天白杨形成了一个林荫走廊。远处的草地上，一个骑在马背上的吉尔吉斯族壮汉在追逐一大群烟色的阿拉套奶牛。一个自然村村头的大树下，几个吉尔吉斯族老妇拿着铝制的奶罐，蹲在奶牛肚子下面挤奶。

车子到达伊塞克湖州首府卡拉科尔市境内，俯瞰全市，远处是郁郁葱葱的群山，主干道上车辆奔跑。

卡拉科尔，突厥语"黑手"的意思，城市名称源于古丝绸之路时期。19世纪俄国沙皇占领中亚后，为纪念俄国著名探险家尼古拉·米哈伊洛维奇·普尔热瓦尔斯基，沙皇政府将卡拉科尔市更名为"普尔热瓦尔斯克"。1991年吉尔吉斯斯坦独立后，复名"卡拉科尔"。

在伊利达尔的妈妈哈米萨宽大的办公室里，岳立汉等人在陈列柜前观看各种荣誉证书，公司秘书亲切地向来宾介绍着公司发展情况。

伊利达尔带着岳立汉一行在厂区内参观，他指着两座新建成的冷库说：（俄语）"瓦西里大哥，这是你们帮我们家采购建设的冷库，性能和质量都比较好，我妈妈很满意！走，咱们到伊塞克湖边，那里有我们家的私人领地，我妈妈在那里做了好吃的等咱们。"

这是伊塞克湖湖尾的一片湿地，野鸭成群，远处甚至还有一群正在觅食的白天鹅，一处高地上坐落着用集装箱改造装修的两层别墅，几条大狗趴在阴凉处懒洋洋地打着瞌睡。

伊利达尔的妈妈正带着几个帮手杀鸡宰羊招待客人。一位吉尔吉斯族妇女在烧火，一口大铁锅里炖着羊肉，湖边凉亭里的长条桌上摆满了时令水果和各式食品。

长条桌上陆续增加了大盘的手抓饭和手抓羊肉，不远处飘来了烤鱼的香味。餐桌前，伊利达尔的妈妈哈米萨手中端着一杯白兰地祝酒：（俄语）"欢迎我儿子的尊贵的中国朋友！伊利达尔一周前就告诉我，他要请瓦西里、阿尼娅来家里做客。我准备了我们民族的美食美酒，你们必须吃好喝好，喝醉了不用担心，咱就住在这里！你们的房间都收拾好了。"众人哈哈大笑。

大家尽情享用着满桌的美食，微醺的哈米萨悄悄地问郑小妹：（俄语）"阿尼娅，你和瓦西里什么时候结婚啊？都不小了，尽快把事办了吧。"

（俄语）"阿姨，快了。我们想在明年回国办，家里爸爸妈妈也在催。"

（俄语）"那就好，在中国办完婚礼后，回到比什凯克再办一次婚宴，给我们这些当地朋友分享你们的快乐。我来帮你们张罗！"

"我们就是这样打算的。"

太阳西落，伊利达尔和岳立汉、郑小妹一起在湖边散步。

（俄语）"瓦西里大哥，我和女朋友艾米娜商量好了，决定下个月五号结婚。她的妈妈和我的妈妈都同意。我非常非常爱她，爱她的一切！我会邀请您和阿尼娅大姐作为我最尊贵的客人，来参加我们的婚礼。"

"伊利达尔兄弟，你能邀请我出席你们的婚礼，我非常高兴！你和艾米娜是天生的一对，我和阿尼娅真诚地祝福你们。婚礼在哪里举办？"

"在卡拉科尔我们家。"

"说定了，我会提前到。"

＊＊＊

金秋十月，天气晴朗，中午 12 点，伊塞克湖州卡拉科尔市最大的清真寺内，毛拉正给伊利达尔和艾米娜这一对新人祈祷祝福。新郎头戴白帽、新娘头包彩色丝巾、身穿民族服装，庄重喜庆。伊利达尔家的亲朋好友围在新人周围。

这是吉尔吉斯斯坦穆斯林结婚时的程序，首先到清真寺举行宗教结婚典礼，再到外面的酒店载歌载舞，隆重操办一场传统的世俗结婚仪式。

卡拉科尔市最大的酒店门口张灯结彩，停满了各式车辆。酒店大厅被装饰得喜气洋洋，约 50 张餐桌几乎座无虚席。乐台上，八人组成的电声小乐队在演奏一首欢快的"黑走马"曲子，六个身穿吉尔吉斯民族服装的姑娘和着乐曲，用美妙的肢体语言营造着欢乐的气氛。郑小妹、岳立汉、狗子兴致勃勃地看着。

留着鞑靼式小胡子、穿着亮晶晶演出服装的鞑靼歌手正在卖力地演唱一首鞑靼语歌曲。这是伊利达尔的妈妈哈米萨花大价钱从俄罗斯联邦鞑靼斯坦共和国的首府喀山请过来的当红歌手，她同时还邀请了吉尔吉斯斯坦重量级女流行歌手迪娜拉。

这个身价过亿、伊塞克湖排名前三位的女富婆，誓要给心爱的小儿子操办一场超级豪华的盛大婚宴。哈米萨坐在酒店内一个偏僻的座位上，看着心爱的小儿子西装笔挺地带着貌美如花、一袭白纱的儿媳妇依次给客人敬酒，禁不住老泪长流。

哈米萨年轻的时候，也是当地数一数二的美人，有不少小伙子围着她转，但看走眼的她最后嫁给了一个面貌英俊却满身恶习的小伙子。婚后，丈夫经常酗酒暴怒，变态地殴打她，无奈之下她与之离了婚，带着年幼的两个儿子，含辛茹苦地去喀山贩运物品。孩子一天天长大，她的事业也越来越大，终于苦尽甘来。

酒店大厅里重金属音乐响起，主持人富有感染力的讲话将哈米萨的思绪拉回。

（俄语）"尊敬的各位亲朋老友，在这个令人终生难忘的、幸福的、伟大的时刻，我们除了给大家准备了美味佳肴，还给大家准备了一箩筐的感谢。首先，感谢父母亲的养育之恩！（一段音乐助兴，新郎、新娘向母亲哈米萨行大礼。）我们再感谢前来祝福的亲朋好友们！（一段音乐助兴，新郎、新娘向来宾行礼。）今晚，这个美好的时刻属于你们，也属于我们！大家跳起来吧！"

低音炮重新响起，全场沸腾，大厅顶端五个五彩舞台灯在旋转，每个人都激情四射地表达着自己愉悦的心情。岳立汉、郑小妹、狗子手端酒杯走到新郎伊利达尔和新娘艾米娜跟前。

"伊利达尔兄弟、艾米娜，祝福你们！送给你们我们中国人最实惠的祝福，愿你们早得贵子！"说完与伊利达尔拥抱，并顺手将一个厚厚的红包塞进了伊利达尔的西装口袋里。

郑小妹与艾米娜拥抱：（俄语）"艾米娜，你今天真漂亮，漂亮得让人嫉妒！"

狗子说："伊利达尔，照着艾米娜的标准，也帮咱找一个媳妇呗，求求你了！"

郑小妹翻译给伊利达尔后，大家哄堂大笑。

酒店门外，哈米萨正将大包小包的土特产硬往岳立汉的车上装，岳立汉与伊利达尔再一次握手话别，相互凝视，目光真诚。

伊利达尔说：（俄语）"永远的兄弟！"

岳立汉操着蹩脚的俄语："永远的兄弟！"

吉普飞驰在原野公路上，马群奔跑在山坡上，民航客机起飞后正在爬高，雄鹰在空中盘旋，群山远逝而去……

第十章

深秋的一个周六，天气晴朗，比什凯克市南部山区丘陵已由翠绿换装为金黄，公路两旁耸立的杨树和远处山洼的小树林枯黄色的树叶随风飘落。通往阿拉阿查国家森林公园的路上右侧5000米处一座朝阳山坡上，几座别致的建筑向阳而立，简易停车场停着七辆车，岳立汉的牛头黑吉普也在其中。

啪！啪！啪！一阵阵清脆的枪声从里边传来，将一群在附近草地上觅食的鸟儿惊飞，入口处高高竖起一块俄语广告牌——"标准射击场"，上面有一个男人举枪做射击状的照片。

这是一处室外射击场地，一个平台上摆着两支AK-47自动步枪和两支军用手枪。岳立汉戴着墨镜、头戴休闲运动帽、身穿一套运动服，郑小妹和狗子在后面的椅子上坐着喝水。

从头到脚一副野战迷彩服装扮的库尔曼别克说：（俄语）"瓦西里，感谢你的邀请，我想你是闻着硝烟味找到这里的，哈哈哈！"

岳立汉用俄语和库尔曼别克说话，结结巴巴，语无伦次，郑小妹根本无法纠正，索性直接按错误语法翻译：（俄语）"库尔曼别克兄弟，有好多年没摸过枪了，挺想的，这枪和咱们那会儿一样。咱们俩都当过兵，还都上过战场，并且都受过特殊训练，所以请我的朋友过来玩玩，回忆回忆当兵的日子。"

库尔曼别克说：（俄语）"各打各的枪没劲，咱俩比试比试如何？"

岳立汉说："太好了！咱们就模拟对抗赛比试一下，谁赢了谁晚上请吃饭！"

库尔曼别克说：（俄语）"好，一言为定！"

靶场管理员说：（俄语）"你们先打手枪，十发子弹，20秒内必须打完。

AK-47 20 发子弹，可以单发，也可以点射，30 秒必须打完。最后以中靶环数决出胜负。"

靶场管理员手持秒表开始计时：（俄语）"开始！"

只见岳立汉和库尔曼别克立即抓起各自面前的军用手枪，将装满子弹的弹夹迅速装入枪柄，拉栓上膛一气呵成，朝着前方的靶子开始瞄准射击。靶场管理员看到用枪如此娴熟的顾客，忍不住朝他俩伸了伸大拇指。

啪！啪！啪！几乎是同时，岳立汉和库尔曼别克朝着各自的靶子开始了有节奏的射击，两个靶子在枪击下不断出现被打穿的洞。两人在规定的时间内几乎是同时完成了射击动作。

靶场管理员宣布：（俄语）"一号靶十发十中 95 环，二号靶十发十中 93 环。"

（俄语）"好枪法，太棒了！"不知什么时候三个身材魁梧的汉子站在旁边观战，听到比赛结果鼓掌赞叹道。

领头的男人鹰鼻鹞眼，头戴贝雷帽，留着挺长的络腮胡子。他问：（俄语）"两位好枪法，枪玩得挺熟，让我猜猜你们是干什么的，不是警察就是军人，对吧？"

库尔曼别克说：（俄语）"曾经是，现在不是了，是老百姓。"

（俄语）"噢，可惜了这手好枪法，应该去干点大事。"

库尔曼别克反问：（俄语）"有什么大事比保卫国家还重要？"

（俄语）"差不多吧。我带来的这两个兄弟没当过兵，但他们的枪法还不错。怎么样，跟二位比试比试？"男人一边说一边露出挑衅的眼神。郑小妹悄悄地给岳立汉翻译着，岳立汉一面听一面皱着眉头。

库尔曼别克不屑地说：（俄语）"朋友，我今天和我的中国兄弟来这里完全是为了玩，是我们好朋友之间的私密活动，不想与任何人比高低、论输赢。比枪法，这对我们曾经上过战场、受过特殊训练的人来讲，根本不是问题。"

络腮胡子男和两个随从一脸惊愕……

***

群山掩映下，金黄色的原野上黑白混杂的羊群在移动，山谷小溪边马群在饮水，候鸟南迁，夕阳斜照着道路两边树木上的黄叶。两辆吉普在蜿蜒的盘山公路上疾速行驶，迅速掠过周边的人和物。一个极具特色的木质拱门映入眼帘，顶端悬挂一块残木招牌，上面写着吉文"Супара[1]"，这是一家以吉尔吉斯民族特色美食为主的休闲餐饮连锁店。入口处，一位身材高大、挂着腰刀、身穿古代吉尔吉斯勇士铠甲的壮汉在迎宾。

狭长的山谷中布满了用保温材料建成的大大小小的帐篷和石屋，最大的帐篷可同时容纳300多人就餐。小桥流水，炊烟袅袅，小路边看似随意地堆砌着草原石人，泥墙上挂着长着大大羊角的盘羊头标本，整个餐饮区就像一个极具烟火气的吉尔吉斯部落。

一个小毡房包间内，地上铺着厚厚的民族特色地毯，四周墙壁上挂着用羊毛织成的民族工艺品，原木桌上摆放着让人馋涎欲滴的特色菜：各式沙拉、石板烤鱼、炭烤羊排、别什巴尔马克[2]、波尔索克[3]、少罗[4]饮料、马奶酒等。

岳立汉、郑小妹、狗子、库尔曼别克和一个刚刚赶来的吉尔吉斯族小伙子围坐在餐桌旁。

库尔曼别克说：（俄语）"瓦西里，你今天不要跟我争买单，今后你可以在中国餐厅请我吃北京烤鸭、重庆火锅，那个香，那个辣啊，哈哈哈！"他一边说一边夸张地做着鬼脸，引来大家哄笑。

具有民族特色的菜肴一道道地端上桌，为了陪岳立汉和狗子喝个痛快，

---

〔1〕 音译为"苏巴拉"。

〔2〕 吉尔吉斯语 бешбармак 的音译，肉面。类似于中国新疆的"纳仁"。

〔3〕 吉尔吉斯语 боорсок 的音译，一种油炸面块，吉尔吉斯民族宴客必备食品。

〔4〕 吉尔吉斯语 шоро 的音译，一种用青稞、麦子或糜子发酵制成的饮料。

库尔曼别克专门叫来了他手下的小兄弟代驾，郑小妹也被指定为代驾。三条汉子在库尔曼别克的频频祝酒中开启了昏天黑地的喝酒模式。

岳立汉说："库尔曼别克兄弟，虽然我们不能直接用语言沟通，但我一直能感受到你的真诚和善良。古代的丝绸之路对今天的我们，可能是历史，可能是故事，但当我来到这片土地以后，我感觉到了这条路是财富之路，也是艰辛之路，是希望之路，但又是坎坷之路。我们的爱恨情仇都在这里交汇流淌，我们在这里收获着真诚与善良、背叛与欺骗。当我的心被寒冬冻得冰凉时，我的朋友就会像高原的太阳一样温暖我。"岳立汉将桌子上的小茶碗倒空，将伏特加斟满，双手捧起对库尔曼别克说："我要感谢我的兄弟，也感谢这片接纳我的土地。敬你，干！"

库尔曼别克说：（俄语）"等等，兄弟，让我把酒倒满！"说着他也同样拿起一个茶碗清空，将伏特加倒满，双手举起与岳立汉碰杯。

狗子见状也随即站起来双手端杯一起碰杯，郑小妹声情并茂地翻译着，现场所有人都感动万分。

毡房外传来手风琴和库姆孜[1]演奏的乐曲声，夹杂着人们欢快的尖叫声、口哨声和鼓掌声，库尔曼别克与他的小兄弟耳语了一番。小兄弟跑了出去，一会儿工夫，毡房的门帘被掀开，走进来一个身穿吉尔吉斯民族服装、怀里抱着库姆孜弹拨乐器的漂亮女子和一个身着吉尔吉斯民族服装、胸前挂着手风琴的青年男子。库尔曼别克用吉语礼貌地向两位民间艺人问好，并与他们讨论演唱曲目。

手风琴和库姆孜珠联璧合地演奏着一首如泣如诉的乐曲，库尔曼别克站起身，用高昂标准的男高音演唱着一首吉尔吉斯民族的爱情歌曲。美妙的乐曲和库尔曼别克动人的歌喉让在场的每一个人如痴如醉，还吸引了不少毡房外的男女老少，他们围站在外面用心地听着。不知什么时候，两个打扮时尚的漂亮姑娘（其中一个美艳动人气质绝佳）过来站在乐手的后面，神情陶醉地看着库尔曼别克演唱。

---

〔1〕 吉尔吉斯族的一种弹拨乐器。

狗子悄悄地对岳立汉说:"没想到库尔曼别克五大三粗的,嗓子这么好,唱得还挺专业。"

郑小妹说:"吉尔吉斯民族是一个能歌善舞的民族,很多人都很会唱歌。"

狗子说:"是唱得太好啦!这不,把姑娘都给招来了俩。"

岳立汉说:"听不懂在唱什么,但能感觉出来,这个爱情故事很凄美。"

库尔曼别克的歌声在一段漂亮的高音区完美结束,毡房内外响起一片掌声。站在乐手艺人后面的美艳姑娘一边含情脉脉地看着库尔曼别克,一边使劲地鼓着掌。稍后,两位艺人用手风琴和库姆孜弹起了让岳立汉、郑小妹和狗子熟悉的旋律,女艺人竟用标准的汉语唱起了《花儿为什么这样红》,狗子非常兴奋。

狗子说:"哥,这个咱会唱!"和着女乐手的歌声,狗子也忘情地跟着唱了起来。

库尔曼别克说:(俄语)"这是我们的民间艺术家,能看出你们是我请的中国客人,所以就直接用汉语献歌了。怎么样?唱得还行吧?"

岳立汉说:"唱得非常好,别有一番风味,也很专业。"

库尔曼别克说:(俄语)"伊万唱得也很棒!"一边说一边冲着狗子竖了竖大拇指。

狗子说:"没有这半斤伏特加顶着,咱今天唱不出这个水平,哈哈哈!"

在大家的欢声笑语中,郑小妹悄悄走到女艺人跟前,递给她100美元,两位艺人右手抚胸表示谢意后退出毡房。

民俗餐饮区的大毡房内,一人高的大音箱喷洒出动感旋律,顶部六处舞台彩灯随着音乐疯狂地旋转着,精力旺盛的男男女女在酒精的作用下在低音炮节奏的煽动下肆意扭动着腰肢。先前陶醉于库尔曼别克歌声的两个漂亮姑娘也在其中兴奋地舞动着。在不远的角落里,几个鬼鬼祟祟的吉尔吉斯男人盯着舞兴正浓的漂亮姑娘,悄悄地在商量什么。在五彩灯光的闪烁下,几张邪恶的脸更加狰狞。

***

晚上十点左右,民俗餐饮区大部分顾客开始坐车离去,不断有车在启动、鸣笛,所有的车都开着大灯向比什凯克市区驶去。两个漂亮姑娘也驾驶着一辆崭新宝马小吉普离开民俗村停车场,一辆黑色的丰田大吉普随即跟了上去。大吉普内,为首的一个壮汉露出阴森的表情,紧盯着前面疾驶的小宝马,不断地跟车内另外三个精壮男人说着什么。

劫匪头目说:(俄语)"我们的目标是前面车中穿红衣服的漂亮姑娘,她叫古丽米拉,很值钱,她的父亲是吉尔吉斯斯坦著名的富豪麦立克。老板想控制她,就是为了找她父亲要 200 万美元赎金。待会儿,在前方拐弯处,前面汽车慢行时,咱们超越她们的车,把她们的车逼停到旁边的土路上。你们俩负责把古丽米拉抢到咱们的车上,你负责把那个女孩控制住,并把她的手反绑,眼睛蒙上。"

劫匪甲说:(俄语)"什么?我一个人去控制那个女孩?她反抗怎么办?"

劫匪头目说:(俄语)"你一个人抓过羊没有?她的力气没有羊大,蠢货!把她控制住后,你将她们的车开到城市边,迅速下车,搭乘出租车离开现场。你们俩要好好地把那小姐请到咱们车上,别把她弄伤!她很贵,你们赔不起!"几个劫匪连连点头。

古丽米拉的小吉普行至拐弯处,跟在后面的丰田大吉普突然加速超车,把专注驾驶的姑娘吓得惊呼一声:(俄语)"安拉,这人怎么开车的!"小吉普几次试图摆脱大吉普的故意逼近都没有成功,最后被逼停到了路边。愤怒的古丽米拉开门下车,迎着正向她走过来的两名精壮男人,准备发一通大小姐的脾气。

古丽米拉大声喊叫:(俄语)"你们到底想干什么?故意找麻烦吗?"

劫匪说:(俄语)"啊,姑娘,我们没有恶意,就是想跟你认识一下,你长得太漂亮了!"

两个精壮的男人一面邪淫地笑着，一面迅速站到古丽米拉身体两侧，突然出手将古丽米拉控制住。其中一个低头在古丽米拉耳边轻声说："姑娘，不要挣扎，跟我们走，办件事就放了你。我们不会伤害你，只要你听话。"说罢，一柄锋利的短刀顶了古丽米拉的腰上。

古丽米拉拼命挣扎："救命啊，救命啊！"此时，小吉普上的另一个姑娘已经被另一个劫匪制服。

行驶在路上的库尔曼别克和岳立汉的车刚巧到达现场，在车灯照射下，二人清晰看到两个男人正拖着拼命挣扎叫喊的女人，试图将其推进丰田吉普车内这一幕。

狗子惊叹道："我的天，啥情况？半夜三更抢人啊？"

岳立汉说："该不是抢婚吧？听不少当地人讲过，他们有这个习俗。"

跑在前面的库尔曼别克让开车的小兄弟放慢车速，边观察边说：（俄语）"到前面停车，这个事情不正常！"

岳立汉看到前面库尔曼别克的车猛刹车，停到了古丽米拉被抢的现场，马上对开车的郑小妹说："有事，你把车停在库尔曼别克车的后面，车不要熄火。小妹，你和狗子别下车，见机行事！"

库尔曼别克走上前询问：（俄语）"干什么拉拉扯扯的？"

劫匪头目故作镇静地说：（俄语）"如果你是吉尔吉斯人，就应该知道我们在干什么，抢婚啊！"古丽米拉挣扎着喊："他们不是抢婚，他们是劫匪，他们有刀！"

库尔曼别克说：（俄语）"朋友，给个面子，放了她们，她是我的亲戚。"

劫匪头目无耻地说："等我和她成了一家人，再和你论亲戚吧！滚开！"

库尔曼别克强忍住怒火：（俄语）"我再说一遍，放了她！"

劫匪头目见"来者不善"，随手从自己的车上抽出来了一根棒球棍，与两个拿短刀的劫匪一起气势汹汹地围了过来，车上的狗子紧张地对郑小妹说："坏了，要动手！"

"你害怕啥？他们俩应付得了！"

劫匪头目抡起棒球棍朝库尔曼别克砸了过来，库尔曼别克抬起手臂将打过来的棒球棍挡开，一个右摆拳打在了劫匪头目的脸上。只听见"嘭"的一声闷响，劫匪头目应声飞了出去，在地上打了几个滚起来，抢着棍子又扑了过来……两名持刀的劫匪朝着岳立汉一顿乱扎，岳立汉闪身躲过，用八极拳的硬招式不断打击两个劫匪胸部和后背，最后抬脚将劫匪手里的匕首踢飞，又来两招将两个劫匪打翻在地。

此时的库尔曼别克已将劫匪头目打得满脸是血，倒地不起。库尔曼别克对着小宝马吉普车上还控制着另一个姑娘的劫匪吼叫着：（俄语）"还不下来扶着他们滚蛋！"

几个劫匪相互扶持着摇摇晃晃地上了他们自己的车，在启动车准备离开时撂下了一句狠话：（俄语）"等着，我们会找到你们！杀了你们！"

古丽米拉愤怒地朝着他们喊道：（俄语）"你们这些垃圾，我爸爸会杀掉你们！"

郑小妹和狗子一起下车走了过来，狗子说："哥，你们这算英雄救美吧？"

库尔曼别克露出风趣的表情，古丽米拉和另一个姑娘连连感谢。

库尔曼别克问：（吉语）"姑娘们，受惊了，没伤着吧？赶紧回家吧，要不我们送你们回家？"

古丽米拉说：（吉语）"巴依盖，谢谢你们啦！这几个流氓根本不是抢婚，而是绑架！刚才真不应该放他们走，应该把他们移送警方！"

同行的姑娘说：（吉语）"能找到他们，古丽亚，刚才我已经记住了他们的车牌号，抓我的劫匪，我也记住了他的脸。"

库尔曼别克说：（俄语）"瓦西里大哥，刚才你问都不问，跟着我就打起来了！"

岳立汉说："第一，我们是兄弟，你与他们动手了，我不可能袖手旁观。第二，你打的是坏人，我更应该帮你。第三，这些坏人伤害这俩姑娘，谁看见都会管！"

郑小妹把这番话译成俄语后，大伙爆出一阵轻松的笑声。库尔曼别克紧紧握住岳立汉的手，二人拥抱。

库尔曼别克说：（俄语）"永远的兄弟！"

岳立汉说：（俄语）"永远的兄弟！"

刚与父亲通完电话的古丽米拉对库尔曼别克和岳立汉说："我爸爸非常感谢你们救了我，他说明天晚上举行家宴，邀请你们到我家里做客，千万别推辞哟！我爸爸已让内务部的叔叔去查那几个流氓了。"

库尔曼别克说：（俄语）"一点小事，不必太客气了吧？"

古丽米拉说：（俄语）"我爸爸是 KGS 集团公司董事会主席麦立克，他真的盛情邀请你们，请你们一定赏光！还有这位漂亮的姐姐！"

狗子忙说：（俄语）"还有我！"

古丽米拉说：（俄语）"当然啦，全部！"

库尔曼别克和岳立汉相视一笑。

第十一章

晚上七点，秋月高挂，气候凉爽，比什凯克某街道坐落着一栋庄园式大别墅，围墙很高，整齐的绿植环绕，四处安装有监控系统。大门口有身穿黑色制服、体格健壮的保安。院子大约 5000 多平方米，到处摆放着奇花异石，室外游泳池用天然石材打造，十分考究。院内甚至还建了一个不错的网球场。高档的欧式庭院灯散发着柔和的光，主建筑高大、豪华、气派。

二楼的宴会厅十分宽大、金碧辉煌，采用欧式风格装修。长方形餐桌上铺着雪白的餐布，搭配镀金的西式餐具，几个鎏金花瓶里的鲜花散发着幽香，餐桌上色、香、味俱全的吉尔吉斯特色美食让人垂涎欲滴。

在大餐桌旁边的小圆桌上，摆满了吉尔吉斯斯坦著名大型企业 BVB 集团生产的葡萄酒、白兰地、伏特加，以及吉尔吉斯人喜欢的一种民族饮料少罗。

男女用人来回走动忙碌着，端上各式沙拉、马肉、马肠了、手抓羊肉、烤羊肉、散发着麦香味的新鲜烤馕……

身穿淡蓝色晚礼服、略施淡妆的古丽米拉正在大门口等待客人的到来，不远处两辆吉普减速慢慢驶来，从车上下来的库尔曼别克、岳立汉和狗子都身着正装，郑小妹穿着宝石蓝绣花中式旗袍，显得分外窈窕。一见客人们下车，古丽米拉露出喜悦。

（俄语）"两位大哥，阿尼娅姐姐，欢迎你们！"她与迎上来的郑小妹拥抱。

库尔曼别克将怀里的一束鲜花送给古丽米拉，众人一起步入别墅内。

别墅内一楼大厅，拱形的天花板悬挂着欧式的水晶吊灯，一侧设有吧台，酒柜里陈设着各国名酒，另一侧摆着一架白色的德国三角钢琴，高档的白色沙发环摆在大厅正中央，地上铺着名贵的阿拉伯地毯。

二楼宴会厅，古丽米拉的父亲麦立克身穿白色衬衫、银灰色马甲，系着领带，戴着金丝边眼镜，花白头发梳成大背头，嘴唇上的小胡子修剪得整整齐齐，看上去是一位气度不凡的长者。

古丽米拉的母亲坐在丈夫身旁，身穿吉尔吉斯民族服装，面目慈祥，雍容华贵。古丽米拉坐在母亲旁边。古丽米拉的哥哥，一个身穿白色衬衫、高大俊朗的吉尔吉斯小伙子则坐在父亲旁边。

库尔曼别克、岳立汉、郑小妹和狗子依次坐好，古丽米拉向客人介绍自己的家人。

（俄语）"这是我的父亲麦立克，苏联时期还是大学教授呢！苏联解体了，为了生活，去做生意，不做学问了。这是我的妈妈，苏联时还曾是伏龙芝军工厂团委书记呢，从我的长相上，你们就能够看出我妈妈当年也是一个大美人，哈哈哈！"

大家一起笑起来，麦立克诙谐地说：（俄语）"没有我，也不可能有你这个完美的作品！"

这话又引来一阵欢乐的笑声。

古丽米拉又介绍道：（俄语）"这个大帅哥是我的哥哥努尔别克，他可是英国剑桥大学商学院毕业的高才生，现在在一家欧洲商业银行担任高管，最近回比什凯克休假，他可是姑娘们的抢手货！"努尔别克不好意思地笑了笑。

库尔曼别克用吉尔吉斯语向古丽米拉家人介绍："这是我的中国朋友瓦西里、阿尼娅和伊万。瓦西里不但是一位很诚实的商人，还是一位很厉害的中国勇士。这个漂亮的中国姑娘阿尼娅是他的未婚妻。伊万是瓦西里的好兄弟，不但酒量很大，而且歌唱得也好。"狗子带着一副着急的神情连连摆手，引来大家哄笑。

古丽米拉和母亲招呼大家开始享用美食，衣着整洁的女佣用夹子向客人的盘子里一一分菜。

郑小妹悄声说："这是游牧民族的一个好习惯，先让客人品尝美食，然后才开始喝酒，不伤肠胃。"

男主人麦立克一手端着盛满伏特加的酒杯，站起来，面带微笑，温文尔雅地发表着热情洋溢的祝酒词。

（俄语）"今天，我们全家非常荣幸地邀请到了尊贵的客人，本来我打算在比什凯克最好的餐厅宴请你们，可我的夫人说，我们应该设家宴招待尊贵的客人。按照我们吉尔吉斯民族的习惯，只有自己的亲人和最好的朋友才会被邀请到家里做客。我亲爱的女儿也这样说。你们不知道，我们家很多事情是女人决定的，既然女人们决定了，我们男人就照办好了！"

大家被麦立克的幽默感染，欢快地笑起来。

（俄语）"女儿遇到这次意外，让我们全家有幸结识诸位。这个社会很美好，但也存在着不安定的东西，所以国家需要法制，也需要侠肝义胆的勇士。这杯酒，我们全家敬你们！"

古丽米拉一家人手端着酒水与库尔曼别克、岳立汉、郑小妹和狗子一一碰杯。

狗子说："得，今晚回家有劳小妹姐代驾了，库尔曼别克，你呢？"

库尔曼别克做了鬼脸，悄声道：（俄语）"兄弟在外面等着呢！"

宾主热烈又和谐地交流着，不时发出欢乐的笑声。

岳立汉端着酒杯发表着长长的祝酒词，涉及了国家、民族、社会、世界、家庭、健康和人生哲学。

"首先感谢尊敬的主人麦立克先生对我们的盛情邀请及热情款待。在我们的交流过程中，我发现，我们有共同的价值观和世界观，这让我们之间的沟通变得非常和谐且令人愉快。从麦立克先生身上，我看到了一位成功儒商的风范。从尊夫人身上，我看到了吉尔吉斯妇女的传统美德。从你们下一代身上，我看到了你们这个民族的未来。作为一个在吉尔吉斯斯坦生活、工作的中国人，我衷心祝愿这个国家、这个民族繁荣昌盛、人民安居乐业。因为，你们好了，我们这些客居者才会好。最后，祝愿你们全家身体健康、幸福快乐！"

岳立汉的祝酒词获得了满堂掌声，古丽米拉的妈妈、库尔曼别克不约而同地向岳立汉竖了竖大拇指。

麦立克干脆一手拎着伏特加酒瓶，一手端着酒杯走向岳立汉：（俄语）"瓦西里，为了你的美好祝福，我建议咱们连干三杯！"

"麦立克先生，您的谢意我收下，可是您今天也喝了不少酒了，为了您的身体，咱们和库尔曼别克兄弟干一大杯如何？"

（俄语）"当然可以，瓦西里，你是一个好小伙子！"

库尔曼别克也说道：（俄语）"完全同意！"

古丽米拉悄悄对郑小妹说："眼光不错啊，姐姐！瓦西里是个好男人！"郑小妹面露幸福满足的笑容。

郑小妹问：（俄语）"古丽米拉，你有男朋友了吗？"

古丽米拉答：（俄语）"还没有碰上中意的，慢慢找吧！"

郑小妹朝着库尔曼别克努努嘴：（俄语）"这个就很不错啊，吉尔吉斯民族中好小伙子多得是啊。"

古丽米拉说：（俄语）"这不昨天才认识吗？还不了解他。不过他挺勇敢，歌唱得也挺好。我的爸爸、妈妈很开明，他们不看什么门当户对，只要人好、正派、有责任心、对我好就行。"

郑小妹开玩笑地说：（俄语）"要不我给你介绍一个中国好小伙？"

古丽米拉说：（俄语）"还是吉尔吉斯小伙子更适合我，我们的国家要发展，人口也需要发展，嘻嘻嘻！"

麦立克轻拍了一下正专注看着郑小妹的努尔别克说：（俄语）"喂，年轻人，你那么认真地看人家阿尼娅干什么？人家可是名花有主的！在伦敦，英国洋姑娘你都没看上，怎么，对东方姑娘有兴趣了？哈哈！"

努尔别克笑着说：（俄语）"爸爸，别开玩笑！我知道阿尼娅和瓦西里是非常好的一对。我在欣赏阿尼娅，因为我发现在她身上有东方女性特有的气质美，让人着迷。"

库尔曼别克冷不防对努尔别克说：（俄语）"努尔别克，你喜欢骑马吗？"

努尔别克答：（俄语）"真正的吉尔吉斯人没有不喜欢马的，特别是烈马。因为只有顶级的烈马才能被驯成一流的好马。我小的时候，在伊塞克湖爷爷家长大，三岁就开始骑马了！"

库尔曼别克说：（俄语）"我从贾拉拉巴德老家给你介绍一个漂亮的、

贤惠的，又有烈马一样野性的姑娘，给你做老婆咋样？你可慢慢驯！哈哈哈！"

努尔别克笑着答道：（俄语）"我非常非常向往！"

大家笑得前仰后合，笑声飘出窗外，窗外万家灯火在夜幕中闪烁。大门外的两个保安望着别墅灯火通明的二楼窗户愣着神。

（俄语）"主人家今天什么事这么高兴？"

（俄语）"有钱的人家，天天都高兴。"

（俄语）"我们钱少，也应该高兴。"

（俄语）"对，有时候幸福和钱多钱少没关系，哈哈哈！"

***

天气晴朗，秋风透着冬日的寒意，比什凯克市中心的几个小树林中枯黄的树叶已落了一地。街上是三三两两的行人，川流不息的车辆……

阿拉套广场的东侧有一个油画艺术长廊，摆满了人物、动物、静物油画，以及山水树石风景画和抽象派油画作品，呈现着苏联时期的油画创作特点，专业水准都很高。来这里观赏选购的大都是外国游客。一对衣着考究、身材高大的欧洲夫妻用英语与一个长发披肩、胡子拉碴、围着一条长围巾的落魄艺术家交流着。艺术家用英语对答如流，可以想象，他有过一段不俗的过去。

在这个画廊里，几乎每个摊位都有原创画师站台，从他们的眼神可以看出，他们多么渴望成交。这些画师像贩夫走卒一样向顾客兜售自己的作品，昔日艺术家的清高和尊严，早已被扯得支离破碎。

这是苏联解体前培养的最后一批吉尔吉斯斯坦本土油画艺术家。在当时通货膨胀的社会，这些时代弃儿唯一的生存技能就是依靠手中的画笔和五颜六色的颜料。但不可否认的是，他们的作品魅力跨越了时空，跨越了国家和种族，将美展现给了世人。

岳立汉和郑小妹漫步在画廊里，仔细地鉴赏着每一幅作品。郑小妹手中的相机咔嚓咔嚓地不停拍着，画摊上的画师和经纪人诚挚地向岳立汉递着名片。

"小妹，你看这幅雪豹油画怎么样？还有这个金雕画？"

"你怎么总是喜欢这些猛兽猛禽的？送给朋友的东西，还是山水花草吉祥些吧！"

"这些猛禽猛兽代表着勇敢和力量，又是吉尔吉斯斯坦的珍奇保护动物，很有纪念意义。"

"算了，说不过你，不说了。"

"雪豹、金雕，还有这些山水画，咱们都买一些，品种多些。独联体的油画，国内的朋友还是很喜欢的。"

岳立汉将选好的十几幅油画卷到一起，装进一个现场购买的粗粗的画轴里。郑小妹一家一家地付着钱。有的画师送给她一幅油画作为感谢，还有个画师想为她画一幅肖像速写。

（俄语）"姑娘，能多待一会儿吗？我给您画幅肖像，保证您喜欢，十几分钟就够了！"

（俄语）"谢谢您了，我们得马上回去，来不及了。只有等下一次了，这不是推托之辞，我一定会找您的！"

（俄语）"我信，我一看您的眼睛，我就信。"

郑小妹与岳立汉对视了一下，不好意思地微笑着……

***

2005 年 3 月 20 日，天气阴沉沉的。

春风暖人，楚河平原旷野上的树木已经挂上了绿色的树叶。鸟瞰蜿蜒曲折的楚河两岸，成片的翠绿夹杂着红色、白色、粉色和黄色的野花。

岳立汉和郑小妹驱车来到吉尔吉斯斯坦与哈萨克斯坦交界的 Ak-Zhol—Kordai [1] 陆路口岸。吉方海关边检铁拱门上镶嵌着吉尔吉斯斯坦国徽，旗

---

〔1〕 吉尔吉斯斯坦 Ak-Zhol 陆路口岸和哈萨克斯坦 Kordai 陆路口岸。

杆上猎猎飘扬着吉尔吉斯斯坦国旗。吉尔吉斯斯坦海关一侧，一眼望不到头的大小车辆和熙熙攘攘排着队的人群等候过境。哈萨克斯坦海关一侧，钢结构国门上面悬挂着哈萨克斯坦国徽，哈萨克斯坦国旗迎风招展。

已经过关的人群分散着奔向自己的车辆。岳立汉和郑小妹开门上车坐定，手里拿着护照的郑小妹正欲将岳立汉的护照递给他，犹豫了一下说："算了，还是放我这儿吧，里边有一个小纸片，是咱车的出入境记录，丢了它咱的车就回不去了！"

"身边有个心细的管家，挺好！哈哈哈！"

黑色的吉普车在通往哈萨克斯坦阿拉木图的丘陵山路上疾驰着，从高速行驶的车窗向道路两侧望去，蜿蜒起伏的丘陵上远方可见冒着炊烟的村落和赶着羊群的牧羊人。山坡转弯的风口处，十几座高大的风力发电机的巨大风叶正被阵阵的风吹得滴溜溜地转着。迎面驶过来的一辆小轿车冲着岳立汉的车闪了几下大灯。

郑小妹连忙说："减速！减速！前面有交警检查站。"

岳立汉问："你怎么知道有检查站？"

"没看见刚才那辆车给咱们发警报吗？"

"我以为只有吉尔吉斯斯坦的司机才会这么仗义地相互提醒，哈哈哈！"

"整个独联体的司机都这样，是苏联留下来的。"

车行至一拐弯处，果然看到前方约 800 米处有辆闪着警灯、停靠在路边的警车。一辆被交警拦下来的中巴客运面包车和一辆小轿车也停靠在路边，两个倒霉的司机正与一个戴着大盖帽、趾高气扬的大鼻子哈萨克族交警争论着，看起来情绪很激动。另一个交警手里拎着指挥棒，得意地转着，眼睛盯着南来北往的车辆。

岳立汉的车速控制在每小时 50 千米，平缓地前进着，心里想着过去就好了，谁知行至距交警约 20 米时，交警举起指挥棒示意岳立汉靠边停车。

岳立汉嘀咕："怕啥来啥！"

将车靠着右侧路边停下，岳立汉从驾驶室内上方取出行车证、驾驶证等证件,和郑小妹一起下车,向迎过来的交警走过去。交警一边行走一边敬礼,然后说:(俄语)"同志,请出示所有证件,接受检查。"

交警接过岳立汉递过来的护照、行车证等,一边漫不经心地翻看,一边说:(俄语)"中国人?在比什凯克工作吗?知不知道你刚才违法了?"

郑小妹问:(俄语)"对不起先生,您能告诉我们怎么违法了吗?"

交警说:(俄语)"你们刚才超速了!"

岳立汉说:(俄语)"不可能,我的车速刚才没有超过 50,而路边标识牌上的限速是 60。"

郑小妹补充道:(俄语)"我们车上装有行车记录仪可以查验。"

交警说:(俄语)"以我们的测速器为主,你们的行车记录仪没用。"

岳立汉对郑小妹说:"这人不讲道理,看来想敲诈点钱,给他点坚戈[1],咱们赶紧走,还得赶路呢!"

"凭啥?我们没违法,为啥要给他钱?"

"人家就是想弄点买路钱,过去在丝绸之路上碰上强人,都得使银子。"

"你不用管,也不用急,我跟他们谈谈。"

郑小妹严肃地对交警说:(俄语)"我们一路上遵纪守法,特别是进入贵国的领土后,我们严格地按照路边的限速牌控制车速。我们这次是受贵国政府一位高官的邀请,前去阿拉木图洽谈一个合作项目,他一个多月前到比什凯克去过我们公司,现在正在阿拉木图等我们。这是他的名片,请您行个方便。"

交警接过名片草草看了一眼,轻蔑地说:(俄语)"不管你找什么大人物,都不能妨碍我执法!"说罢,继续在路边拦车,不再搭理郑小妹。

远远站着观察的岳立汉看到郑小妹的谈话陷入了僵局,掏出手机开始拨号。

"喂,阿纳尔,老战友!对,是我,我们已经走了差不多一多半的路程了,现距阿拉木图顶多 100 千米。噢,副部长先生等着我们共进晚餐!转告他,

---

〔1〕 哈萨克斯坦货币。

先谢谢他，但恐怕我们会很晚才到，晚餐吃不成了。在这个190千米路段，贵国的交警把我拦下了，非说我超速，我怎么解释都不听，拿出副部长先生的名片也不好使，就是不放我们走。实在不行的话，我们就原路返回比什凯克了！"

"老战友，不要生气！谁敢为难我的朋友，就等于为难我老纳！副部长就在我身边，我马上让他解决！"

道路上，南来北往的车辆减速驶过。远处山丘上，几个哈萨克牧童骑在漂亮的长腿马上，一声呼叫，你追我赶策马奔向远方。不一会儿，远处传来雷鸣般的马蹄声，扬起漫天尘埃。白色的、黑色的、红色的、栗色的……各色骏马浩浩荡荡奔向丘陵的另一边。

郑小妹忙不迭地取出相机拍照，边拍边说："太壮观了，一幅万马奔腾的画卷！"

岳立汉也非常入迷地看着这一幕。

交警拿着手机在接听电话，一副嬉皮笑脸瞬间转换成惊讶，继而又转换成唯唯诺诺的表情。交警连忙说：（俄语）"好、好！头儿，您放心，我马上给他们放行！麻烦您给局长说说情，我真的不知道他们是副部长的贵客，求他不要让我再在这个前不着村、后不着店的鬼地方巡逻了。"通完话后的交警，冲着岳立汉一路小跑过去。

这时，岳立汉的手机铃声响起，岳立汉接电话："喂，老战友，啥情况？解决了，好，有战斗力！见面咱哥俩多碰几杯！"

交警一脸歉意地将行车证、驾驶证等证件交给岳立汉，一面扭头对郑小妹说：（俄语）"我查验过了，你们的确是我们大人物邀请的贵客，你们可以走了，祝你们旅途愉快！今后我们就认识了，再见！"说完，还煞有介事地敬了个礼走开了。

岳立汉的车继续行驶着，到阿拉木图近郊已是黄昏。前方约50米处道路旁停着一辆打着双闪的小轿车，车旁一个穿着棕色皮夹克的男人正翘首张望。男人身材魁梧、一脸福相。

岳立汉一边开车，一边对郑小妹说："你看，那就是我的老战友阿纳尔，我们是一个部队的，他是空降兵，我是步兵。他的家乡在新疆伊犁，他是哈萨克族，打仗时，他们空降兵没上前线。搞得阿纳尔逢人就讲，由于他没上去，我们的部队少了一个战斗英雄。回到地方后，他挺招女孩子喜欢的，也是绯闻不断。"

"那他怎么到哈萨克斯坦了？"

"哈萨克斯坦现在是世界上最大的内陆国，领土面积272.5万平方千米，但人口还不到2000万。所以有总统签署命令，号召全世界的哈萨克人来哈萨克斯坦，政府还出台了优惠政策，为回归的哈萨克族移民提供帮助，给房子、给土地、给安家费。谁生的孩子多，政府还给奖励。"

岳立汉、郑小妹下车，迎着阿纳尔走去，岳立汉与阿纳尔握手、拥抱。

阿纳尔说："欢迎你，老战友！咱们一晃十几年没见面了，你还是那么帅气！还带着这么漂亮的南方姑娘，是嫂子吗？真是天生的一对啊！"

岳立汉说："这是你嫂子！老战友，河南一别，再无音讯，若不是跑到这个中亚，咱哥俩恐怕山南海北，再无相见之日了！看来咱哥俩缘分不浅啊，哈哈哈！"

"那必须的呀！老战友，宾馆安排好了，咱们先去吃饭给你接风洗尘，副部长正在那里等你们，你看如何？"

"到你的地头上了，听你安排！"

"那走着？"

"走着！"

俩人哈哈一笑，分别上车，阿纳尔的车在前方带路，岳立汉的车紧随其后。

***

正值交通高峰期，街上车水马龙。华灯初上，夜幕下的阿拉木图高楼林立，一副国际都市的模样，城市上空飘荡着欧美流行音乐。

阿拉木图，哈萨克语中的意思是"盛产苹果的地方"，曾是哈萨克斯坦的首都，是哈萨克斯坦最大的城市，也是哈萨克斯坦的金融、教育中心。全市面积约 682 平方千米，人口约 210 万，是中亚五国中发展最快、最具活力的城市。

一家极具民族特色的酒店门口灯光熠熠，衣冠楚楚的达官贵人们不断地走进酒店。一个留着背头、大腹便便的中年男子热情地与岳立汉握手、拥抱，这就是副部长。

（俄语）"欢迎你们，瓦西里、阿尼娅！路上辛苦啦，里边请！"

副部长、岳立汉一边交流着，一边走向预订的包间，郑小妹和阿纳尔跟在后面。阿纳尔熟练地用哈语和汉语翻译着。

包间内用哈萨克民族工艺品和精美的挂毯装点，长条桌上铺着雪白的台布，上面摆满了哈萨克族的精制面点和民族美食。几个身穿哈萨克族民族服装、头戴插着漂亮羽毛装饰的皮帽的美女服务生在忙碌着。宾主落座，哈方除了副部长、阿纳尔，还有两位企业家。

副部长说：（俄语）"首先，热烈欢迎来自远方的朋友瓦西里和他的夫人。"

阿纳尔悄声提醒道：（哈语）"大哥，瓦西里还没结婚呢。"

副部长笑着说：（哈语）"当我们哈萨克的骑手骑着骏马像风一样在草原上驰骋的时候，他会换其他马匹吗？哈哈哈！"

岳立汉问郑小妹："他们讲的是什么？"

"听不懂，他们讲的是哈萨克语。"

阿纳尔狡黠地一笑："听不懂没关系，反正都是好话，哈哈哈！"

副部长说：（俄语）"中哈两国山水相连，是好邻居，两国政府始终保持着友好往来。自建交以来，两国的经贸合作势头愈发强劲。我曾和我国的政府代表团两次访问北京，受到了高规格的国家礼遇，亲眼看到了中国改革开放后所取得的巨大成就，国家繁荣，人民安居乐业，我们由衷地敬佩。中国发展经济的经验很值得我们学习，我是我们国家商务部主管招商引资工作的，非常希望瓦西里能帮助我们尽快促成与中国大型国企在能源领域的合作。我提议，为了中哈两国的友谊，也为了我们朋友间的友谊，为了大家的健康，干杯！"

（俄汉语）"干杯！"所有人站起来碰杯，一饮而尽。

席间，好客的哈萨克主人竭尽所能款待客人，大家相互敬酒祝福，兴奋地交流着。酒多情深，不知不觉已进入半醺状态，岳立汉和郑小妹端着酒杯敬副部长和所有人。

副部长开玩笑说道：（俄语）"下次来阿拉木图，你和阿尼娅可以坐飞机过来，40多分钟就到了，又安全又快，天上还没交警挡路，哈哈哈！"

岳立汉说：（俄语）"您的这个建议非常好，只是我选择从陆路进入哈萨克斯坦，主要想亲眼看一下哈萨克斯坦的美丽风光，亲身体验沿途的风土人情。另外，乘坐那种老式的苏联飞机，飞行员精湛的飞行技术，让我有点胆战心惊，哈哈哈！"

听到这话，大家目光诧异。郑小妹马上用俄语讲述了岳立汉第一次入境吉尔吉斯斯坦乘坐苏联老式飞机的亲身经历。这段经历，岳立汉给她讲过很多次了。

郑小妹说：（俄语）"他现在还没有想明白，为什么开战斗机的飞行员会被聘来开民用客机，为什么飞机的机长和副机长敢在驾驶飞机时喝酒，为什么飞机降落时全体乘客会一起鼓掌。"

大家听着，笑成一团。

桌上有个公司老板说：（俄语）"苏联的军队造就了一大批优秀的飞行员，由于苏联解体，生活物资匮乏，薪水也不高，很多开战斗机的飞行员改行当了民航飞行员。他们的飞行技术是全天候一流的，不管什么刮风下雨、密云天黑，他们都敢飞行都敢降落。所以，坐他们飞机的所有人都和瓦西里一样提心吊胆，哈哈！至于为什么喝酒，我来告诉你们，你们知道苏联取得二战卫国战争的胜利靠的是什么吗？靠的是苏联人民的战斗意志，靠的是喀秋莎火箭炮、波波沙冲锋枪、T-34坦克和伏特加。饮用伏特加在各行各业，如饮用可乐一样平常。如果瓦西里想了解飞机降落时他们为什么鼓掌，现在我告诉你，他们用鼓掌来感谢飞行员的不杀之恩！"

哈哈哈……每个人都笑得上气不接下气。

包间外走廊上，几个服务生好奇地面面相觑，禁不住向里边张望。

阿纳尔说："我也给大家分享我的一个亲身经历，也是关于苏联老飞机的，也很刺激。那是三年前的一个夏天，我乌鲁木齐的一位生意做得很好的大哥来到阿拉木图考察市场，一周后考察结束，他让我陪他去一趟蒙古国的乌兰巴托转转，我答应了。两天后，我俩前往阿拉木图国际机场候机，在候机室等了大半天，不见通知登机，我溜达过去问一个地勤大叔：'起飞时间快到了，咋不通知登机呢？'大叔告诉我：'还没到时候，喏！俄罗斯机长和副驾驶还在喝酒呢！'顺着他的手势，只见远处一个酒吧里，两个俄罗斯飞行员正在推杯换盏地喝着伏特加。这也太离谱了！这喝多了还能开飞机吗？搞得我提心吊胆，我也不敢给我的大哥讲，他比较胆小。没一会儿，喇叭里通知开始登机，总算上飞机了，也是瓦西里坐的那种图－134小飞机，旧旧的、破破的，还没有空调，机舱里跟蒸笼似的。坐在上面一会儿工夫，衣服就湿透了。两个俄罗斯飞行员在驾驶室鼓捣了半个多小时，飞机一动都不动，只好下飞机走了。不一会儿，上来了两个手里拎着各种工具的修理工，只听他们在驾驶室里搞得叮当乱响，像农村修拖拉机一样，令人胆战心惊。他们足足忙活了一个多小时才搞好，还点火试了一下，确定搞好了，修理工才离开。又过了一会儿，上来了一老一少两个飞行员，我好奇地问那个年长的飞行员：'那个年轻的飞行员为什么不来，是不是喝多了？'老飞行员：'那个年轻的飞行员说这架飞机太老了，太容易出故障，他还年轻，家里有貌美如花的年轻夫人和一个三岁的儿子，所以害怕。我自己岁数大了，什么也不怕，为了挣钱，这个航班我替他飞啦！'说完后，老飞行员突然感觉给我讲得太多了，马上换了一种口气安慰我：'Не бойся！Все нормально！'[1]，这种老掉牙飞机，马上起飞了，还在叮叮当当地修理，谁不害怕？那老哥越安慰我，我越害怕！幸亏咱在解放军里当过空降兵，不然的话，真被他吓死啦！"

阿纳尔的段子又引来大家哈哈大笑。

---

〔1〕 俄语，意为：别怕！一切正常！

郑小妹问："那后来呢？"

"后来我正琢磨着找什么理由带着我大哥下飞机，还没想出招呢，乘务员就关闭了舱门，一阵马达轰鸣，飞机飞速滑行，平稳地飞上了蓝天。说实话，那老哥的飞行技术，真没的说，起飞、降落都挺稳！"

"那再后来呢？"

"再后来就是，入住乌兰巴托宾馆后，我们两个到餐厅吃饭。我要了一瓶蒙古的成吉思汗牌白酒，准备和大哥喝点压压惊。趁着酒性，我把登机前发生的故事，一五一十地给大哥说了一遍，吓得大哥猛灌白酒，指着鼻子骂我说：'你这厮太不厚道，不早告诉我！我上面还有80多岁的老娘……'原计划乌兰巴托考察完后，我们再坐那种小飞机返回阿拉木图，得知真相后，那大哥马上通过朋友买了两张中国南国航空波音737的机票，后来从乌鲁木齐转机回了阿拉木图。最后，老哥总结说，他跟着我阿纳尔九死一生长见识了！"

哈哈哈哈哈！笑声穿过酒店墙壁，在夜空中回荡……

***

早上七点，天空晴朗，俯视阿拉木图市，地标性建筑一一映入眼帘：科克托别电视塔、哈萨克斯坦独立纪念碑、潘菲洛夫28勇士纪念公园、中央国家博物馆、政府办公大楼……

岳立汉在下榻酒店后面的小树林里练习太极拳，行云流水，龙游虎行，拳脚生风，一招一式都非常自如。这个时间段，来往行人很少，只有一位拄杖老者在不远处忘神地看着岳立汉练习。岳立汉一个漂亮的太极收势结束了晨练，礼节性地上前问候老者。

"早上好！老爷爷，您多大岁数了？身体真棒！"

"早上好！我已经90啦，身体还行！"

岳立汉发现在老者穿的皮夹克上别了一枚苏联卫国战争胜利纪念章，顿觉老者不凡。他问道：（蹩脚的俄语）"老爷爷，您参加过二战？当过苏联红军？"

老者骄傲地说：（俄语）"当然！我那个时候是轰炸机飞行员，少校军衔。我曾随着轰炸机编队轰炸过法西斯德国的很多城市，包括柏林。对了，我还去过俄罗斯的远东地区，轰炸过中国境内的日军堡垒。那时候，伟大的苏联战无不胜，可现在苏联没了，红色的信仰也没了。听说在东方的中国，红旗、红星、红色信仰还都有，对吧？你是中国人吗？"

（蹩脚的俄语）"对的，老爷爷，我们的红旗还是红的，我们对共产主义的信仰一代传一代不会改变。因为，那是我们的前辈流血牺牲换来的。"

老者双眼噙着泪花：（俄语）"我们苏联的江山，也是我们牺牲了多少战友、兄弟的生命换来的啊。真可惜，苏联没了，尊严和荣誉也没了，信仰也没了。真想去中国看看那里的红色基因，看来是没机会了。"

（蹩脚的俄语）"老爷爷，您是受人尊敬的红军英雄！不论国家怎么变，人民不会忘记曾为自己的国家和民族流血牺牲的战士。"

（俄语）"是的，虽然苏联解体了，但每年的 5 月 9 日反法西斯胜利日，中亚这几个国家都会举行盛大的阅兵活动。我们的哈萨克斯坦政府会邀请我们这些二战老兵参加，还会发些奖金。只可惜，每年参加活动时我们这些老兵就会少几个，再过几年，估计都没了。"老者一边说，一边流下了伤感的眼泪。

岳立汉与老者握手，敬礼，离去……

第十二章

2005年3月24日上午11点，多云。

吉哈两国边境口岸Ak-Zhol—Kordai，等候回国入境的吉尔吉斯斯坦公民，三五成群地扎堆议论着什么，个个面带焦急。往常比较认真细致的吉国边检海关人员，也变得心不在焉、魂不守舍，似乎发生什么事了。

郑小妹说："不对劲啊！岳哥，比什凯克一定发生什么大事了。"

岳立汉说："我也感到不对头，刚才给狗子拨了几次电话，都打不过去，你看这人心惶惶的。"

郑小妹和岳立汉办完最后一道入境吉尔吉斯斯坦的手续，边开车边讨论。一阵手机铃声响起，岳立汉赶快接听。

"喂，狗子，怎么回事？给你打电话，怎么都打不进去？"

"哥，你进关了吧？不得了啦！比什凯克今天发生骚乱了！阿卡耶夫政权被推翻了！"

"谁干的？"

"肯定是有人组织老百姓干的呗！"

"比什凯克情况怎么样了？"

"现在比什凯克无政府了，到处都是打砸抢烧的，很不安全！你和小妹姐别来公司了，我给大家放假了。库尔曼别克和古丽米拉的父亲都打来电话问我们需不需要帮助，他们说如果局势进一步恶化，就接咱们去他们家住。可能移动通信公司被控制了，所以手机信号不好。"

"知道了兄弟，你在家里别出来，我在路上看哪里商店还营业，就多买些吃的喝的用的带回来。我会给库尔曼别克打电话，让他帮我们提前安排一个安全的地方，准备应急。"

郑小妹说："有所准备是应该的，但根据目前所收到的信息，那些趁乱进行打砸抢烧的人，只针对政府机关和商业场所，对居民区、医院和学校还没构成危胁，所以局面有望很快稳定下来。"

岳立汉说："看来你很乐观啊！"

郑小妹说："再闹腾，也得过日子对吧？乱下去没饭吃，老百姓也不会愿意的。"

岳立汉说："你赶快给那几个老哥，还有商会的理事，分别打打电话，问他们是否安全，都有什么需要。必要时大家一起撤到市郊维克多的工厂，那里人多，食品也比较充足，维克多会安顿我们的。"

路上没有交警，所有车辆的速度都比较快。有的着急上火地赶回市里，害怕世道乱了，自己的亲人受到伤害；有的则是带上金银细软，携全家老少急匆匆地撤离是非之地，到乡下投奔亲友。不过大家在有红绿灯的地方，仍然会自觉减速或停车，遵守交通规则。

车在行进，沿途有不少居民手里拎着大包小包抢购而来的食品和生活用品，行色匆匆地赶着路。

郑小妹挨个打电话。

"喂，冯总，您都平安吧？岳哥担心您，不行的话，我们去接您和您的人来我们这里住。人多，大家相互有个照应。"

冯总身着休闲装，正靠坐在阿拉阿查山谷半坡上的一幢别墅前的休闲椅上，一面悠闲地喝着茶，一面用手机与外界联系着。身后有五六个身穿黑衣、挎着 AK-47 的安保人员警惕地向四周张望。

"你们从阿拉木图回来了？事办得怎么样？赶上骚乱啦！你们不用担心，我早就和我们的人撤到山上了，顶不住就撤啊！"

此时，郑小妹手机铃响起，是维克多打来的。

（俄语）"您好，维克多！我们在比什凯克，瓦西里和我在一起。对，我们平安。谢谢您！"

郑小妹挂掉电话对岳立汉说："维克多是个厚道人，他说他已经安排车给狗子送去了很多吃的，有面粉、挂面、香肠，还有不少肉。他还讲如果想过去住，他会给咱们安排住处。"

岳立汉手机铃声也响起，顺手递给了郑小妹，是伊利达尔打来的。

郑小妹问好：（俄语）"你好，伊利达尔！"

伊利达尔坐在车上打电话：（俄语）"阿尼娅姐，你们都好吗？妈妈让我接你们去卡拉科尔。比什凯克乱了，我们那儿安静得很。我在等你们，你们拉上伊万，咱们一起走！"

岳立汉对郑小妹说："患难见真情，这才是真正的朋友！你给伊利达尔说，非常感谢他和他妈妈的邀请。我们想再看看情况，因为我们属于中国商会组织，我们还有不少同胞，不知他们情况怎么样。我们要帮助他们，和他们在一起。"

伊利达尔答道：（俄语）"好的，瓦西里，我在卡拉科尔家里等你们。你们任何时候都可以过来，把我家当成你们的家。"

吉普车在丝绸之路大街上行驶，行至与苏维埃大街交汇处，只见一家中国商人和当地商人合开的国英商贸城上方浓烟滚滚、火光冲天，大批人群发疯地喊叫，还有人打着口哨。商城正门口一片狼藉，四处堆放着商品，有衣服、家具和家用电器等。

***

比什凯克市中心阿拉套广场人山人海，几个团体领袖模样的人站在高处正慷慨激昂地发表着演讲。

吉普车在街道上穿行，专心开车的岳立汉眉头紧锁，旁边的郑小妹也是一脸茫然。

吉尔吉斯斯坦发生的这次骚乱，几乎没有任何征兆，让很多人，包括岳立汉他们，猝不及防。他们没有任何心理准备，不知道这个国家的无政府状态会持续多久，更不知道未来应该怎么走。

吉普车到公司门口，岳立汉按了两声喇叭，滴滴！狗子和库尔曼别克打开大门，让岳立汉把车开进了院子。

狗子连忙说："哥，今天上午就听到有枪声了，我还以为谁家办喜事放炮仗呢！下午的时候，枪声响成一片了。这也太快了！咱们的吉尔吉斯哥们库尔曼别克真够意思！刚发生混乱，他就带了几个弟兄拎着家伙过来了，把咱们办公室全保护起来了！"

岳立汉用蹩脚的俄语说："库尔曼别克兄弟，谢谢你！"他走向前，二人握手拥抱。

（俄语）"瓦西里大哥，不用客气！我们是好朋友，现在我们的国家发生了骚乱，其实都是某些团体之间争权夺利，听说是西方某国挑起的。我们老百姓只想安安稳稳过日子，不想掺和政治。瓦西里，不用担心，最多一周，比什凯克就会平静下来。这几天我让我这几个弟兄就守在这里。"

"好的兄弟！听你这么一讲，我心里就有数了。一会儿我还要出去一趟，我通知了我们商会的几个负责人到川渝人家酒店碰个面。"

（俄语）"现在外面还比较乱，不安全，你等一下，我和你一起出去！我是当地人，有什么突发情况，我在好一些。"说完，他回屋里拎出一把五连发短筒猎枪，和岳立汉上车，发动，驶离。

川渝人家酒店已停止营业，包间雅座上，中国商会的负责人岳立汉、丘哥、王总、谢总和邓总正在召开应急会议，库尔曼别克和酒店的保安坐在大厅里喝茶。

岳立汉说："这次骚乱，来得很突然，我们的大使馆已经向中资企业和华人社团组织发出了紧急通知，为保护咱们商会会员和中国同胞的人身安全和财产安全，我们自己必须商量出一个应急方案。咱们先统计一下，然后根据同胞们的所在地划分几个区域，大家每个人负责一个区域，遇到紧急状况，负责将同胞汇集、转运、撤离。另外，我建议从同胞中抽出15个年轻力壮的汉子，当过兵的退伍军人最好，再找一些当地的朋友，以备随时帮助那些需要帮助的同胞。"

室外天色已晚，城市依旧灯光辉煌，只是没有了往日车水马龙、人来人往的喧闹，一群一群的人不断聚集，又如潮水般地涌向下一个地方。呼喊声、尖叫声和口哨声此起彼伏。

远处传来几声清脆的枪响，让人紧张得神经又是一抽。

包间内，岳立汉问丘哥："丘哥，刚开始骚乱的时候，你的酒店没受骚扰吧？"

丘哥说："没有。店里的女服务员，我暂时给她们放假，让她们回家了。男服务员有几个自愿留下帮忙护店。再说了，他们骚乱主要是为了夺权，咱这酒店又没有什么贵重物品，只有川菜，人家犯不着找咱麻烦！"

话音刚落，只听酒店的大门被拍得震天响，外面叽叽喳喳的，好像来了很多人。丘哥抽了下自己的嘴："这乌鸦嘴，说什么就来什么！"

酒店门口，库尔曼别克和酒店保安与两个领头的年轻人交涉。

库尔曼别克：（吉语）"小伙子，这是我的中国朋友开的酒店，不是大超市，也没什么值钱的东西，现在不营业了，大家到别处转转吧。"

酒店保安解释道：（吉语）"巴依盖，骚乱一开始，老板就给厨师、服务员放假了，什么也做不了。这个老板是个好人，对咱们吉尔吉斯斯坦人非常好，从不欺负我们，谁家有困难了，只要提出，他都会帮助。这是给我们发工资养家的地方，你们给个面子到别的地方去吧。"

人群中有一个小伙子认出了库尔曼别克，马上挤到前面，兴奋地说：（俄语）"库尔曼别克巴依盖，您怎么在这儿？我是穆拉特啊，您舅舅家那个村子的！你们都别误会，我们不是坏人，我们是保卫城市的志愿者！"

库尔曼别克：（俄语）"那你们这是？"

小伙子：（俄语）"骚乱发生后，城市里到处有人在抢东西。我们是自愿组织起来的，来维护城市的秩序，保护一些重要的商业网点不被抢。但是现在很少有饭店在营业，弟兄们都没处吃饭，看见这家店里像是有人，想来买点饭吃呢。"

说罢，小伙子对众人喊：（俄语）"弟兄们，这是我尊敬的库尔曼别克大哥，这家饭店也不营业了。我们到别的饭店看看吧！"众人开始移动。

"别让他们走，让他们都进来！"丘哥用半生不熟的俄语喊道，岳立汉等人也从包间走出来。

岳立汉（蹩脚的俄语）："既然你们在保卫我们共同的城市，我们就应该互相帮助。请大家进来吧！"

大约 60 名志愿者熙熙攘攘地在酒店大厅落座。

　　丘哥："来俩人到厨房帮帮忙！早上我还让厨师蒸了 200 多个馒头，冷藏柜里还有不少熟牛肉，帮忙切一下，先让他们垫垫肚子吧！"

　　邓总："我去烧开水，给弟兄们弄点热茶喝！"

　　岳立汉对几位商会负责人说："这些人是这座城市的守护者，咱们尽点心意帮帮他们吧！"

　　哗啦啦！正在狼吞虎咽的众人一起鼓掌。另一边，丘哥正张罗着往餐桌上送馒头和肉。

　　十天后，天气晴朗，比什凯克街道恢复平静，街心公园、列宁雕像、国家博物馆等城市的标志性建筑安然无恙……天空中一大群白色的、灰色的鸽子飞过。

　　上午 11 时，岳立汉又一次开车来到了大街上，行至白色的总统府东侧，只见三五成群的民众悠闲地聊着天。总统府门口、政府机关和主要街道上，有全副武装的军警在维护治安。鸣着警笛的警车不断驶过，一些商号、店铺、酒店又重新开张了，街上行驶的车辆明显地多了起来。岳立汉的黑色吉普随着车流行驶在大街上。

　　狗子问："哥，看这势头，没啥事了吧？这骚乱好，好像感冒发高烧一样，温度上去得快，下来得也快！"

　　岳立汉答："这场骚乱两个主角，一个主角被赶跑了，得胜的另一个主角顺势上位，已经毫无悬念。"

　　说完，转头对坐在后排的库尔曼别克说：（俄语）"兄弟，现在比什凯克恢复正常了吧？"

　　库尔曼别克说：（俄语）"对，现在市里基本上安静啦！偷国家钱的人被赶走了。"

***

　　五月初，晴，比什凯克市阿拉梅金农贸综合市场。大门口永远是拥挤的状态，拥挤的人、拥挤的车辆。人群的叫喊声和汽车的喇叭声交汇在一起，异常嘈杂。

一切又仿佛回到了从前，生活还得继续。

阿拉梅金市场人头攒动，食品区成排的肉架上挂着牛肉和羊肉，摊主、小贩们欢快地忙碌着。果品蔬菜区各种水果应有尽有，晶莹剔透的暗红色当地特色大樱桃闪着诱人的光。

狗子和郑小妹手里拎着装满水果蔬菜的塑料袋，穿行在人群中。

郑小妹说："狗子，再买点樱桃，你看多漂亮！"

狗子说："看着就不错！"

郑小妹、狗子来到一个卖樱桃的摊位前，包着头巾、穿着民族长袍的大嫂慈眉善目，微笑着打着招呼。

郑小妹问：（俄语）"多少钱？"

摊位大嫂用汉语回答："200索姆一个给拉格拉姆[1]，你是中国人？"

（汉语）"是的，我是中国人，您是东干人吧？"

"我[2]是米粮川的回族，就是东干人，爷爷的爷爷的老爷爷，都是给大依[3]甘肃来的，你要多少给拉格拉姆？"

郑小妹笑着调皮地说："四个给拉格拉姆。"

摊位大嫂将樱桃装进塑料袋称重。

"阿尼娅、伊万，你们好！"不知什么时候，眼前冒出来两个健硕的东干小伙子。

狗子说："伊布拉根姆，你好！你大大[4]穆哈默德老阿訇好吗？"

"一满[5]都好呢！今天我大大让我去你们公司送请帖，想不到在这里

---

〔1〕俄语 килограмм 的音译，意为：千克。

〔2〕我，音"额"。下同。

〔3〕俄语 Китай 的音译，意为：中国。

〔4〕意为：爸爸。

〔5〕东干话音译，意为：一切。

碰上你们了！"说完，伊布拉根姆从衣服口袋里取出一个制作精美的请帖，双手递给了郑小妹。

郑小妹打开请帖快速浏览了一遍，面带惊喜："你要结婚了，伊布拉根姆？祝贺你啊！你今年多大了？"

"19啦！"

"这么小？"

"不小啦，我们东干人孩子结婚都早，老辈上留下来的规矩。"

"回家告诉你大，你结婚时我们一定贺喜去！"

六月，天气晴朗，骄阳如火，树依然是翠绿色，但远处被青草覆盖的山岗开始变枯黄了，今年热得比较早。

远处道路两旁是一片片已经泛黄的麦田，微风吹过，浓浓的麦香袭来。俯瞰楚河平原，整齐的田地，蜿蜒曲折向前奔腾的楚河……林中的村落依次出现。这是土地肥沃、富饶的楚河平原，沿河两岸依次分布着哨葫芦[1]、米粮川、伊万诺夫卡和肯布伦等东干人聚集的村落。

楚河州是吉尔吉斯斯坦的农业高产区，也是经济发达地区。清朝同治年间，今中国陕西、甘肃、宁夏、青海的部分回族人因战乱跑向西域，后翻越人迹罕至的冰大坂[2]，来到了当时被沙皇俄国占领的今吉尔吉斯斯坦东边的一个小镇——碎叶城。他们在此地分为两支，一支跨过楚河向北，进入沙俄在中亚的另一块属地——今哈萨克斯坦，并落地生根、繁衍生息，逐渐形成了营盘乡（马三奇）[3]回族聚居村落。另一支则沿楚河而居，凭借吃苦耐劳的精神和从中国带过来的农业生产技术，经过100多年的演变，最终形成了哨葫芦、米粮川、伊万诺夫卡等回族聚居村落。这是一群特殊

---

〔1〕东干人聚居村落名称，东干人称其为"哨葫芦"，吉尔吉斯斯坦政府命名为"Александровка（亚历山德罗夫卡）"。

〔2〕覆盖在山上厚冰层，此处指今新疆喀什吐尔尕特到吉尔吉斯斯坦纳伦之间的路段。

〔3〕东干族聚居村落名称，东干人称其为"营盘乡"，哈萨克斯坦政府命名为"Масанчи（马三奇）"。

的移民群体，他们从小就具备了学习俄语和中国陕甘方言的语言天赋和得天独厚的条件。当时的统治者称他们为"东干人"。

***

岳立汉的吉普车减速慢行，来到了伊布拉根姆的家乡——伊万诺夫卡村，车停在村东头一座清真寺门前的空地。

一位面目和善、头戴小白帽、穿着白色长袍、留着飘逸的花白山羊胡须的长者在此等候，这是伊布拉根姆的大大穆哈默德阿訇。随行的还有两个头戴小白帽的族人，他们笑眯眯地迎了过来，分别与岳立汉、狗子握手。

操着陕甘方言的穆哈默德说："岳，你来了好！走，到房子里吃席去！"

穿过两条街，穆哈默德指着前方停了很多车又有不少人的地方，说："到咧！等进了房子，你要吃好喝好。我宰了两头牛、五只羊，肉多得很。"

进到穆哈默德家宽大的院落，不少同村的戴着小白帽子的男人和身穿长袍、用头巾包着头的女人正给他家帮忙。煮着羊肉的大锅咕嘟咕嘟地散发着诱人的香气，另一口大锅内正焖着羊肉抓饭。两个头戴小白帽、身强力壮的汉子拿着两柄长杆子铁铲，一边用力翻动着锅里边的羊肉抓饭，一边朝着炉膛口添柴火的女人大声吆喝："哎！多加些柴火，大火焖出来的抓饭才香！"

岳立汉等人进屋刚落座，就听见门口有几个小孩子在喊："来咧、来咧，伊布拉根姆加加[1]的媳妇子来咧！"只见村西头一列亮闪闪的车队迎着太阳驶来，坐着新郎新娘的奔驰婚车上披满了各种颜色的彩带，后面五辆车和一辆大巴车内坐着的是新娘子的娘家人，他们是来送亲的。

穿着现代款式衣服的新娘子被几个女子送进一个房间里重新梳妆打扮。她们有的伺候新娘子穿上传统婚服，有的在帮新娘梳妆盘头。新娘的婚服是带有刺绣的清式旗装，各色宝石和银首饰构成的头饰十分烦琐，仍然保

---

〔1〕 俄语"叔叔"的音译。

留着晚清时期的满族风格。梳妆完毕，一位岁数大点的妇人上前悄悄给新娘教授着做人妇的礼仪和注意事项。

屋外人声鼎沸。两个女子搀扶着新娘的手臂，头戴小白帽、西装革履的伊布拉根姆脸上洋溢着幸福的笑容。在司仪的带领下，二位新人开始拜见长辈。

司仪吩咐着："这是你大大、妈妈。"

新娘子轻轻屈膝道了声万福，伊布拉根姆弯腰鞠躬，坐在椅子上的穆哈默德夫妇脸上乐开了花。

新娘子转身来到岳立汉等人所在的屋子，司仪指着一个同样戴着小白帽的中年男子说："这是你们的舅舅！"

新娘轻轻曲身道万福，伊布拉根姆弯腰鞠躬。

司仪指着岳立汉说："他是从给大依来的，是你大大请来的好朋友。"

一个留着长胡子的东干老者说道："我的祖上是陕西西安的，姓马。听我老爷爷说，我们家是开铁匠铺子的，住在西安城西稍门。年少时我还去了一次西安，能找到西稍门，但再也没有铁匠铺了，都变成高楼了！"长者讲述着，略带伤感。长者又接着说："我们的祖上跑到这里100多年了，是这块土地、这里的人收留了我们，对我们有恩。但是给大依有我们的祖先、亲戚，我们娃娶媳妇子要穿祖上的衣服，要按祖上的规矩，我们世世代代都会说陕西老话……"

院子里热闹非凡，穆哈默德请的东干人演艺班在表演着节目。演奏乐器几乎全是中国民族乐器，有扬琴、二胡、三弦、琵琶、月琴、响板等。

"你牵着骆驼走了西边，带走了孥妹妹的魂，我只能在梦里……"

一个戴着小白帽、穿着白色对襟衣服的中年男子演唱着类似中国西北民谣"花儿"的歌，围观的老少爷们看得如醉如痴。

伊万诺夫卡这个庞大的东干村落一应俱全，从幼儿园到小学，从商铺到饭店、诊所，甚至健身房……在菜地里劳作的东干人，开着拖拉机在大田里耕作的东干人，犹如中国西北荒原上的蒲公英一样，随风飘到了异国他乡，并在那里落地生根。

岳立汉的车离开村庄，向主干道驶去。

这些 100 多年前迁移到今吉尔吉斯斯坦和哈萨克斯坦的中国回族人，早已融入了当地社会。他们为了脚下的这片土地努力劳作奉献，也为保卫这片土地而流血牺牲。列宁早期革命时期，东干人马三奇就成为列宁早期革命活动的追随者，是中亚地区最早的苏维埃领导人之一。米粮川东干人的优秀儿子曼苏子，在苏联卫国战争中英勇杀敌壮烈牺牲，被授予"苏联英雄"称号。历史的长河虽然流淌了 100 多年，但东干人用他们特殊的方式，保留着他们祖上的风俗习惯和语言，编织着他们的乡愁。

第十三章

七月初，比什凯克已进入盛夏，火辣辣的太阳炙烤着大地，地表温度39摄氏度，穿着清凉的姑娘们和行色匆匆的男人们赶着路，不想在外面多待一秒钟。

岳立汉的办公室，窗式空调嗡嗡作响，这是房东留下来的装备。

男女职员各自在忙碌，岳立汉正与一名来访的客户交流着。来客高鼻深目，一副西方人的长相，白色的皮肤被晒成了粉红色。对方自称是美国人，叫大卫·贝克，住在东干人聚集地哨葫芦快七年了，还给自己起了个东干名字"马力克"。他和自己的美国女友一起来到吉尔吉斯斯坦，这个能干的老婆一口气为他生了两个儿子、一个女儿。

马力克买了属于自己的大院子，花了不到60000美元，租赁了30公顷的土地，用来种大豆，还养了几头奶牛和一群鸡。

岳立汉与马力克的沟通根本无障碍，因为马力克能讲一口流利的东干话。岳立汉为马力克的语言天赋深深折服。

马力克说：（东干话）"我今年的豆子收得多、收得好，只卖豆子赚得少，思量着买一台榨油机，把豆子加工一下，钱赚得多！"

岳立汉很快为马力克推荐了一款符合他需求的螺旋榨油机，二人愉快地聊着。

"马力克，我想问你，你不在美国过好日子，跑到这个穷地方生活，到底是为了什么？"说罢，岳立汉开玩笑地笑起来。

马力克爽朗地笑道：（东干话）"美国的日子过得是好，但是我烦咧！我跑来这吉尔吉斯斯坦嘛，发现这垮我喜欢，就留下咧。"

临走的时候，马力克还笑眯眯对岳立汉说："瓦西里，время〔1〕有吗？到我堼来〔2〕，我给你烤肉吃，是真正的吉尔吉斯味道，不是美国味道！哈哈哈！"

马力克走后，待在一边看热闹的狗子感慨地说："大师级别的宝贝！"

"好好学学人家吧！你看人家多用功，把东干话讲得出神入化的。"

"哥，我怎么觉得你现在的俄语，也不比我强多少！"

二人笑起来。

七月中旬，黑色吉普朝着伊塞克湖的方向行进。狗子开着车，车里放着舒缓的轻音乐，岳立汉和郑小妹坐在后排。三人都戴着墨镜，穿着休闲夏装。

狗子问："哥，伊利达尔在哪家度假村等我们？"

岳立汉说："说是在阿芙罗拉疗养院〔3〕给咱们预订了房间。"

狗子问："阿芙罗拉，听着咋这么耳熟呐，是《列宁在 1918》里炮轰圣彼得堡冬宫的那艘巡洋舰的名字吧？"

郑小妹答："应该有联系，这个阿芙罗拉疗养院原先是苏共在伊塞克湖的度假村，听说赫鲁晓夫和勃列日涅夫等人都曾在这里疗养过，是个好地方！"

吉普车驶入山中的盘山公路，中国路桥公司正在修建比什凯克至雷巴奇耶的高速公路，所以山中很多路段都限速，尘土漫天飞扬。在天气炎热、施工环境恶劣的条件下，一群群中国筑路工人穿着被汗水浸透的厚厚工装，布满尘土的黝黑的脸被汗水冲出一道道汗痕，他们在辛苦劳作着。

他们的辛劳感动了那些开着车、吹着空调前往伊塞克湖避暑休假的游

---

〔1〕 俄语，意为：时间。

〔2〕 到我这里来。

〔3〕 俄语全称 Санаторий Иссык-Куль Аврора，伊塞克湖阿芙罗拉（意译为极光）疗养院是吉尔吉斯坦度假业务的旗舰，根据苏共中央的指示，于 20 世纪 70 年代设计和建设。是苏联时期全国最好的疗养胜地，不仅可供休息和治疗，还可供举行商务会议和大型研讨会。

客。每一辆车经过施工现场时，车内游客都会冲着他们鼓掌，也会鸣笛致敬，场面令人感动。岳立汉的吉普车前面是一辆满载游客的大巴车，车上的掌声随着行驶延续了 2000 米，埋头干活的中国工人也纷纷向游客们挥手示意。

岳立汉感慨地说："天下苍生，唯善相同。吉尔吉斯斯坦的老百姓也不例外。"

晴空万里，天气炎热，伊塞克湖北岸，俯瞰湖面、湖岸线，密密麻麻的人们在湖里尽情玩耍，远处水上摩托风驰电掣划过湖面，少男少女的一阵阵尖叫声透着掩不住的愉悦。

偌大的阿芙罗拉疗养院内，到处是郁郁葱葱的树木和草坪，别墅、小木屋隐在树林中，幽静闲适。一群群叫不上名字的小鸟欢快地叫着，几只小松鼠在树枝上嬉闹追逐着。

网球场上，两个穿着短裤背心的欧洲男女动作娴熟地挥舞球拍。

湖边沙滩上，戴着墨镜、身着三点式泳装的女人和高大健壮的男人三三两两地躺在沙滩上享受着日光浴。穿着小背心小裤衩的小女孩和穿着小裤衩的小男孩在追逐戏耍。

太阳伞下，沙滩布上摆满了饮品、食品，有啤酒、可乐、果汁、草莓、樱桃、大黄杏子、烤鸡腿、面包。

戴着墨镜、穿着游泳短裤的伊利达尔神情忧郁，和同样穿着泳装的岳立汉和郑小妹在交流着。狗子在远处的湖水里尽情地游着。

郑小妹问：（俄语）"伊利达尔，艾米娜为什么没和你一起过来休假？"

伊利达尔说：（俄语）"她最近不知为什么一直不开心，老跟我闹别扭，我从心里爱她，爱她的一切！如果我们俩分开了，我想我可能也无法活着。"

岳立汉说："兄弟，跟她好好地谈谈。女人嘛，喜欢使小性子，多让着她一点就好了。"

郑小妹流利地翻译着。

（俄语）"谈了很多很多次，和好几天，接着又开始生气。她说，她和我、和我的家人之间总有一些冲撞，让她不愉快。她甚至告诉我，她想和我离婚，准备去俄罗斯联邦的鞑靼斯坦共和国的喀山生活。这让我无法接受！"

说罢，伊利达尔将头垂下，再次陷入深深的忧伤中。岳立汉凝视着这个异族兄弟，非常理解这个在情感中苦苦挣扎的兄弟，但不知如何安慰他。

"来，兄弟，喝口酒！大丈夫当志在四方，天涯何处无芳草！大不了大哥我帮你介绍一个漂亮的贤惠的中国姑娘，哈哈哈！"

伊利达尔脸上露出了难得的笑容。他说：（俄语）"谢谢大哥，我见过几个中国姑娘，她们和阿尼娅姐姐一样优秀漂亮。虽然我年轻，但我很传统，还是本民族的姑娘更适合我，这是我妈妈在我小时候给我灌输的思想。"

岳立汉扭过头无奈地对郑小妹说："得，这小子一根筋，被情所困走火入魔了！怎么劝也白搭，就看他自己能不能走出来了。"

郑小妹说："我倒是很欣赏这个有情有义的小伙子，对爱情忠贞不渝。"说罢，眼睛盯着岳立汉。

岳立汉下意识地回应："看啥？在情感方面，老岳也绝不含糊！"

两辆摩托艇分别拉着踩着滑水板的岳立汉和伊利达尔，飞速地在湖面上滑行，岳立汉、伊利达尔相互招手驶向远方。

白色的游轮鸣着笛，一群白色的湖鸥追逐着游轮。

***

伊塞克湖州卡拉科尔市东北方向的群山被翠绿的植被和树木覆盖，树上无人采摘的野杏子掉落在地上，堆起厚厚的一层并自然发酵，随着山风飘来一阵阵果酒的味道。俯瞰山谷，一股很大的溪水百转千折轰隆隆地奔腾而下。山路两边修建了不少造型别致的度假别墅，半山腰处有温泉洗浴中心，停车场排满了大大小小的车辆。山上与山下温差很大，人们都穿上外套，享受着酷暑季节难得的凉爽。

在海拔差不多 2000 米的山坳里，灌木丛中隐约看到一顶白色的毡房。毡房外面一块平地上摆着用原木做的厚厚实实的长条桌和木凳，上面摆满了吉尔吉斯民族美食：羊肉抓饭、波尔索克、马肠子、蔬菜沙拉等。当然，吉尔吉斯斯坦本国生产的大瓶伏特加也赫然立在桌上。

不远处，一口大铁锅咕噜咕噜地冒着扑鼻的香气，那是即将上桌的手抓羊肉。另一侧是冒着浓烟的烤肉架，两个戴着吉尔吉斯民族毡帽的年轻人正张罗着准备烤羊肉串。两个包着头巾、穿着吉尔吉斯民族长裙、长相和善清秀的年轻妇女在忙碌着招呼桌子旁的客人。这是岳立汉在卡拉科尔的吉尔吉斯好朋友阿曼的妻子和她的妹妹。

长桌一侧依次坐着岳立汉、郑小妹和狗子，另一侧坐着东道主阿曼和他的两个合伙人穆拉别克和奥力克。

阿曼站起身来，手里端着一杯伏特加，热情洋溢地说：（俄语）"瓦西里、阿尼娅、伊万，感谢你们的到来！我也非常感谢你们能够相信我，在我资金不足的情况下，是你们让我分期付款、帮助我买到这套大型设备，还不计利息。有了这套先进的中国设备，我的生意越来越好。半年前，我和我的家人、合伙人商量，要把你们请过来，用我们吉尔吉斯最高的礼仪来招待你们，以表达我们的感激之情。来，为了我们的友谊，也为了你们的身体健康，我们共同干一杯！"

餐桌两边的六个人全部起身，碰杯，一饮而尽。

郑小妹嘀咕："得，看来今天返回度假村，还得我开车。"

阿曼手持小餐刀，为岳立汉三人切着肉。阿曼的妻子又为每个人端上了一碗用面片和羊肉做的民族特色美食——别什巴尔马克。

在凉爽的山谷中的灌木林里，在溪水奔流的小河边，毡房、大盘手抓羊肉、每串有一斤重的大块羊肉串、大碗的酒，加上好客的游牧民族男女，呈现出一幅粗犷、原始、自然的充满野性美的画卷。

穆拉别克面前的一大盘手抓羊肉足足有两公斤，被吃得只剩下几根骨头。狗子看了惊愕不已：（俄语）"穆拉别克巴依盖，您吃了那么多手抓羊肉，还能吃烤肉吗？"

（俄语）"怎么不能？我才吃了个半饱！"

旁边的奥力克插话说：（俄语）"他一个人能吃掉一只一岁的羊！"众人哄笑。

阿曼说：（俄语）"羊肉是我们吉尔吉斯民族的主食，曾经有人问，在中亚哪种动物吃肉最厉害？我们的人自豪地告诉他，是吉尔吉斯人和狼！"又一阵大笑。

此时，岳立汉起身祝酒（郑小妹翻译）："阿曼，非常感谢你们的盛情邀请和热情款待。在这个美丽的山谷中，我们吃到了最正宗、最美味的吉尔吉斯美食。阿曼，咱们在第一次见面时，你诚实的眼睛告诉我，你是值得信任值得帮助的人。在咱们合同约定的还款期限内，我没有催过你，但每次你都能准时地把钱汇过来。这种契约精神，让我相信你将来的产业肯定能做大。与你合作，我们都很愉快，祝福你和你的合伙人，以及家人健康快乐！"

大家频频碰杯，气氛和谐欢乐。

夜色将晚，阿曼的两个合伙人已醉得直接趴在桌子上睡着了，阿曼的妻子和妹妹准备把他们扶到毡房里休息。岳立汉和阿曼把醉得不省人事的狗子抬上了车，阿曼与岳立汉拥抱、握手、告别。

岳立汉摇摇晃晃地上车，郑小妹将车启动上路返回住处。

郑小妹说："你怎么样？行吗？喝几杯就可以啦，非要喝成这样！"

岳立汉说："遇上这些实实在在、掏心掏肺的吉尔吉斯哥们，能少喝吗？"

郑小妹说："不错，还没完全喝糊涂。"说罢，随手打开了车载音响。

"鸿雁，北归还，带上我的思念……酒喝干，再斟满，今夜不醉不还。"几近睡着了的岳立汉和后排醉卧着的狗子几乎同时吼唱出这句歌词。

气得郑小妹说："两位好好睡吧！别把狼招来！"

＊＊＊

比什凯克市，秋雨绵绵，行人撑着各种颜色的雨伞匆匆赶路，大巴车和中巴车人满为患，出租车这时候比较难打到。比什凯克市有个奇怪的现象，雨天除了执勤的交警穿着雨衣外，老百姓几乎没人穿雨衣。

办公室内，岳立汉正在接听电话：（俄语）"喂，伊利达尔兄弟，你好吗？最近你一直飞国际航线吗？"

电话另一端的伊利达尔神情忧伤地说：（俄语）"对的，大哥，我一直飞欧洲航线，昨天刚从伦敦飞回来。艾米娜非要拉着我去办离婚手续，说她受够了。我不知道我在什么地方让她受委屈了，我没办法留住她，就与她办了离婚。昨天晚上她就叫了一辆车，拉走了她自己的所有东西，我非常非常难过。"

由于很多俄语单词岳立汉听不懂，只好让郑小妹来接听，郑小妹打开免提翻译着。电话里传来了伊利达尔的哽咽声。

岳立汉吩咐郑小妹："你问一下伊利达尔在哪儿，我要过去和他见面。"郑小妹翻译着。

伊利达尔说："谢谢大哥！我在卡拉科尔妈妈这里。别担心我，我回比什凯克会找您的。"

电话挂断。郑小妹惋惜地说："可惜了，多么般配的一对神仙眷侣啊！多么痴情的小伙子，艾米娜不知犯了什么神经病！"

窗外，雨还在下着，天空铅一样的颜色，岳立汉站在窗前怔怔地盯着外边。

离下班时间还有一个多小时，岳立汉看了看手腕上的手表，对郑小妹说："心情不好，走，回家静静。"

狗子见状，说："哥，你们先走吧。我处理一下业务自己回去。小妹姐，回去弄几个菜，我陪哥喝两口！"

吉普车在雨中穿行，挡风玻璃上雨刷器来来回回地刮着，岳立汉一脸凝重地开着车，看到前面公共大巴候车站的水泥屋檐下有一位背着手风琴的老人在等车。

他说："好长时间没见这位老大爷了，下着雨，我们带他一程吧。"

"当然可以！"

车在老人身边停下，岳立汉招手示意让老人上车。

郑小妹喊：（俄语）"大爷，快上车，雨太大了，我们顺路送您一程！"

老人迟疑了一下，还是上了车，嘴里不停地说着谢谢，又特意强调：（俄语）"今天的雨没有停，也就没人在候车站听我拉琴，我没挣到钱，也没有钱付车费，下次见面时一定还上……"

郑小妹说：（俄语）"大爷，我们是顺路带您一程，怎么可能收您的钱？"

不一会儿，按照老人的指引，车停靠在距老人居住的小区很近的一个公交车站。老人下车，刚要离开的岳立汉被老人喊住，老人喋喋不休地说：（俄语）"我不能白坐你们的车，我给你们拉个曲子吧。"

郑小妹刚想拒绝，被岳立汉制止。

老人拉的是苏联歌曲《白桦林》，忧伤的曲调在秋雨中回荡。

这就是一位苏联老艺术家令人尊敬的风骨。在岳立汉的比什凯克人生经历中，这位老人给他留下了深刻的印象。

第十四章

秋高气爽，天气清朗，连绵不断的群山尽被染黄。山腰中间的国道上，各种型号的汽车飞驰着，犹如在草原上策马狂奔。隐约可见远处的村庄和城市。

贝什塔什国家自然公园、松柏环绕的玛纳斯陵墓纪念碑、著名作家钦吉斯·艾特玛托夫纪念馆……这里是塔拉斯州。凛冽的山风仿佛在诉说着金戈铁马的故事。

一湾清水蓄入陡峭的山谷里，水坝顶部墙壁上雕刻着大约五层楼高的巨幅列宁头像，这里是基洛夫水库，建造于二十世纪六七十年代。不远处相对平坦、四面环山的盆地上空回荡着响雷般的马蹄声，自远而近，让隐藏在草丛里的野生动物闻声惊恐狂奔。

受库尔曼别克之邀，岳立汉等人前来观看一年一度的赛马叼羊盛会。吉尔吉斯人称这种比赛为"奔跑中的荷尔蒙"。

20多个包着头巾、光着膀子的强壮的吉尔吉斯汉子骑着20多匹强健的高头大马，在草原上相互追逐着，抢夺一只羊。

这是一场力量、速度和技巧的比拼，每个骑手的骑技都十分了得。参赛双方竭尽全力地把对手围堵住，掩护自己团队的骑手争夺羊，并将夺取的羊奋力丢在一个平台上的坑里。最后，以丢进次数最多的一方为取胜方。几百名男女老少围在赛场四周观赛，场上骑手们的精彩表现屡屡博得女人们的尖叫和男人们的口哨声。

岳立汉和库尔曼别克手里拿着望远镜，盘腿坐在草地上，他们面前的塑料餐布上摆着伏特加、果汁、水果、熟牛肉、馕饼……库尔曼别克的两个塔拉斯州的朋友也和他们在一起观看比赛。狗子早就和其中一个混熟了，二人一起在人群中蹿来蹿去。郑小妹和古丽米拉站在一块小高地上，举着望远镜饶有兴趣地观看比赛。观众席上，大家全神贯注，时而流露出对草原勇士的崇拜之情。

比赛结束后，颇具特色的草原露天音乐会开始了。远处的小型柴油发电机轰鸣着，带动两个巨大的音响发出震耳欲聋的音乐。六个用黑头巾包着头、身穿紧身黑袍的健硕的小伙子和六个身着黑色长裙、美艳苗条的姑娘在游牧民族经典歌曲《黑走马》的伴奏下欢快起舞，挥洒着激情。观众席上掌声、尖叫声和口哨声与舞台上欢乐的舞蹈形成互动，气氛热烈。

岳立汉问：（俄语）"库尔曼别克兄弟，你为什么不上去比赛呢？你骑马的技术很好呀！"

库尔曼别克露出自信而诚恳的神情说：（俄语）"我不上去参加比赛，主要是为了把勇士的荣誉称号让给其他人。"

库尔曼别克的一个朋友在一旁说：（俄语）"库尔曼别克巴依盖从16岁参加赛马叼羊比赛，从来就没输过！"

另一个朋友说：（俄语）"害得附近村里一个喜欢他的姑娘等了他十几年，差点嫁不出去，幸好被别的村里的小伙看上，把她抢婚抢去了，听说孩子都上小学了！哈哈哈！"

库尔曼别克说：（俄语）"你俩不说这些，害怕客人把你们当成羊群里不会叫唤的羊吗？"

众人一阵大笑，碰酒杯，吃牛肉。

舞台上不知何时上去了一个头戴吉尔吉斯白色毡帽、上身穿着白色衬衣和黑色坎肩的幼童，看上去有六七岁的样子，稚气的脸上长了一双聪慧的大眼睛。他盘腿坐在一个铺着毯子的不高的方台上，两只小手分别压放在两侧膝盖上，先是双目合上静休片刻，突然睁开，开始用吉尔吉斯语流利地吟唱。幼童的吟唱抑扬顿挫，展现出相当扎实的说唱功底，让原本骚动的观众席顿时安静了下来。大家神情专注地盯着幼童，眼睛里透着崇敬，仿佛在聆听着教诲。

岳立汉一脸茫然地看了看郑小妹，郑小妹说："这是吉尔吉斯语，我听不懂。"

库尔曼别克说：（俄语）"这是我们吉尔吉斯民族口口相传的民族瑰宝《玛纳斯史诗》，是用说唱形式传承的。完整说唱需要几天几夜，这个孩子有超强的记忆力，是神赐给我们民族的。"说完，库尔曼别克半举双手，掌心朝上，眼望天空，一脸虔诚。

群山掩映下，牛群在草原上移动，候鸟群鸣飞过天际一路向南。远处，郑小妹和古丽米拉骑马嬉笑着，奔向草地的另一端。

库尔曼别克诙谐地说：（俄语）"姑娘跑了，瓦西里大哥，要快快追回！"随后翻身上马，和岳立汉策马扬鞭追了过去。

狗子发现后，紧追了几步喊道："喂，你们都骑马跑了，我咋办？"

吉尔吉斯民族乐器口弦和库姆孜演奏的空灵仙乐伴着幼童悦耳的说唱，在旷野回荡……

＊＊＊

清晨七点，比什凯克市街心公园一侧，一个头戴民族特色小花帽、梳着亚麻色马尾辫、身材瘦高、高鼻深目的欧洲人正带领一队身穿中式对襟练功服的男女，有模有样地练习太极拳。他们的动作整齐划一、拳脚生风，看起来绝非一日之功，引来不少路人津津有味地观看。

早上去机场送人返回的岳立汉途经街心公园，特意停下车，站在不远处观看。半个月前在比什凯克南郊山上的一次户外活动中，开超市的徐姐告诉岳立汉这里有一群练习太极拳的外国人。

比什凯克南郊阿拉阿查国家公园的山谷中，遍布原生态的杂木林、青翠的松柏，山岭重叠，一股不小的溪流哗啦啦奔向山下。在避风朝阳的溪水边，一群穿着各种款式休闲服的中国人正在享受周末时光。他们有的在烤肉，有的在忙忙碌碌地张罗吃的，还有的三三两两聚在一起闲聊。

徐姐问："小岳，你知道吗？比什凯克有个痴迷中国文化的乌克兰人叫瓦洛佳，不知跟谁学的太极拳，玩得出神入化的。尤其是他的太极剑，舞得行云流水，一大群本地人都拜他为师。身为中国人，老祖宗的东西，咱们还没有人家明白，直是惭愧啊！不过，听说你也是功夫练家，有没有兴趣，我介绍你俩认识认识，切磋切磋？"

"徐姐，真有这样的外国友人？那我还真想见见。不为别的，就为人家把中国太极武学在异国他乡推广，就值得咱尊重！"

"他还非常喜欢李白的诗，专门成立了一个李白学术研究组织，每年八月份在伊塞克湖南岸他自己的毡房度假村里举办李白学术研讨会，已经搞了好几期了。我有幸参加过一次，有十几个国家的代表参加。这些代表们晚上饮酒邀明月，每个人用自己的母语朗诵李白的诗，有吉尔吉斯语、俄语、汉语、韩语、日语、蒙古语，可热闹了！"

狗子说："李白老爷子太牛了！全世界人都在念他的诗！"

岳立汉说："这就是文化强大的传世基因。"

徐姐说："神奇的是，这个瓦洛佳还特别迷恋中国周易文化和美洲玛雅文化，看人的眼神带着三分仙气。"

岳立汉说："真是个奇人，一定拜访拜访他！"

徐姐说："说出来你们可能不信，这个乌克兰哥们竟然不吃肉，还带着全家当斋公！也不知在哪儿学的，生豆芽、做豆腐这些，他都会！"

众人一脸惊愕地听着徐姐讲述。

＊＊＊

比什凯克街心公园，晨练太极的瓦洛佳团队已经散去，瓦洛佳也收拾衣服准备离开，岳立汉赶快上前打招呼。

（俄语）"瓦洛佳，您好！我是瓦西里，中国人，认识您很高兴！"

瓦洛佳一脸兴奋：（汉语）"您好，瓦西里！我的朋友柳芭[1]给我打电话说了，您是一位功夫高手，我非常想拜您为师！"说完，瓦洛佳竟像中国人一样，双手合十向岳立汉鞠了一躬。

---

〔1〕 徐姐的俄文名字。

"哎哟，您这汉语讲得真地道！刚才您练得很好，动作也比较到位，您在哪里学的？练了多长时间了？"

"我是当年在莫斯科工作时，跟中俄文化交流中心的一个姓陈的中国人学的，他是我师傅。算上今年，我练了差不多十年了。"

"怪不得，我看您练的是河南陈式太极拳的套路，原来咱们是同宗！"说罢，双手抱拳。两人神态激动兴奋。

"我喜欢中国的文化，喜欢中国的周易玄学，喜欢李白的诗。也喜欢中国的太极，因为它更像中国人的性格。当然，豆腐这种神奇的中国食品，让我的味蕾很兴奋。"

"中国武术博大精深、内外兼修、刚柔并济、相辅相成，不仅有太极，也有八极，还有天下闻名的少林。"

瓦洛佳虽然似懂非懂，但仍然专注地听着。

"如果您现在没有要紧的事，可否赐教几招，让我开开眼？"

"没问题，您这个朋友，我很愿意交！"说罢，岳立汉就起势练起了太极十八式，让瓦洛佳看得目不暇接。

不远处，两个头戴休闲帽的彪形大汉看着岳立汉交头接耳。

（俄语）"你看，那是个中国人吧？练的功夫软绵绵的，一看就是花拳绣腿，让我过去教教他怎么打拳！"

（俄语）"兄弟，我劝你还是别去，那个中国人我见过，他的功夫像Jackie Chan一样厉害，连巴克特手下的布拉特都不是他的对手，还有不少大人物是他的朋友。"

两个大汉一起悻悻地离开了。

岳立汉收势，瓦洛佳鼓掌称赞道："亲爱的朋友，这才是正宗的太极！您让我看到了！怎么样，咱们合作如何？搞一个中国太极武馆，学生不是问题。您也看到了，我有不少徒弟，有您来做师傅，会有很多人来学艺。在吉尔吉斯斯坦，喜欢中国功夫的人可不少。"

岳立汉说："谢谢您的信任，瓦洛佳！把中华武学推荐给全世界是每个习武之人的责任与义务，这段时间我们好好讨论一下，看看如何把合作放大，让更多的人受益。我们也非常想多交几位像您这样热爱中国文化的外国朋友。"

瓦洛佳兴奋地说："用你们中国人的话，叫'一言为定'！"

"绝不食言！"

两人哈哈大笑，握手、拥抱、告别。岳立汉望着瓦洛佳渐行渐远的背影，心里想：这真是个奇人。

***

天气多云，比什凯克市托克托古尔大街，中华人民共和国驻吉尔吉斯斯坦大使馆。

大使馆院内高高的旗杆上飘扬着五星红旗，大门口一侧的铜牌上篆刻着"中华人民共和国驻吉尔吉斯共和国大使馆"。

使馆领事部业务受理窗口前，前来办理业务的人们排起了长龙，工作人员耐心地回答来访者咨询，忙碌着办理各种手续。一位老态龙钟的老人手里拿着一本崭新的中国护照，在一家中国旅行社负责人的陪同下来到业务受理窗口。

老人留着雪白的长长的连鬓胡子，头上戴了顶黑牛皮做的乌兹别克小圆帽。旅行社负责人不停地给排队的众人做工作："能否让老爷子先办理？快90岁了！谢谢！谢谢……"

老人站在窗口前将护照递给了领事。领事翻看着干干净净的护照签证页，没有一处出境记录，但护照已经过了有效期。

领事问："老大爷，您一次也没有到过别的国家吗？"

"我到别的国家干啥？还要花钱。"

"您一直在这个国家吗？来这里几年了？"

"我来吉尔吉斯斯坦76年了。我用过中华民国时期的护照，也用过中华人民共和国的护照。"

"老爷子，您当时没有加入苏联国籍吗？"

"我家是直隶保定府的，家里还有不少亲人呢，我从来的那天，就天天惦记着要回去，谁知回不去了。"

"您为什么不办个绿卡？拿中国护照也不好办理合法居住。"

"办那个干啥？还得花钱。我在一九四几年日本人进中国的时候躲避战乱跑到苏联的，苏联换了那么多领导人，我都是拿着中国护照没变。我在卡拉巴达市，谁都知道我，我也不用办什么签证，都知道有个中国老汉。"

对话时间过长，后面排队的人开始躁动。

领事说："老爷子，换护照工本费15美元，我给您开票，您去交钱。"

老人说："啥？15美元？我没美元，我不换护照了。过去种点地还能收几个活钱，这十几年，老了，干不动了，也就没钱了。"

旅行社负责人说："别急啊老爷子，您的工本费，我来交。"

老人冲着旅行社负责人拱了拱手，颤颤巍巍地离去。

在人群中排队的岳立汉听到了这番对话，心中感叹不已，轻声地交代狗子："你排队，我去送送老爷子。"说罢，紧赶几步追上老人，搀扶着他走向自己的吉普车。

从此，岳立汉与老人建立了联系。在与老人的接触中，岳立汉得知老人叫蔡友福，是个有故事的人。

蔡友福告诉岳立汉，1942年，他才十五六岁，中国抗日战争到了最艰苦的时期，他目睹了日寇的飞机群、野炮群轰炸中国的城乡，日军如野兽般闯入村庄烧杀抢掠，百姓四散逃亡。为了逃避国军抓壮丁，他和几个小伙伴开始了逃亡生活，一路风餐露宿、忍饥挨饿。他们先跑到河南投亲，没料想河南出现了大饥荒，饿殍遍野，百姓流离失所。信阳、武汉等地都在和日本人打大仗，蔡友福他们只能一路向西。在逃亡的过程中，五个孩子病死、饿死、失散，最后只剩下蔡友福一个人惶惶如惊弓之鸟。

蔡友福回忆说："一次，我们几个衣衫褴褛的少年急促地在乡间小道上行走，几天的食不果腹让我们面露菜色、双目无神，一个倒毙原野，一个在国民党军队败兵大溃逃中走散。后来我发现，越往西跑，听到的枪炮声就越少。所以，但凡还有一口食、一口气，我就一路向西逃。经洛阳过潼关，本想在西安待下来，谁知日本飞机又过来炸了几次，吓得我继续一路向西，过河西走廊，翻越贺兰山，历尽千难万险，总算跑到了尽头——喀什噶尔。"

"西安古城、钟楼，贺兰山顶白雪皑皑，风吹戈壁沙漠，喀什古城，牵着骆驼、骑着毛驴的商人和巴依老爷……到现在我还都记得清清楚楚。"

再后来，蔡友福跟着来中亚贩运茶叶、丝绸的驼队，来到了苏联加盟共和国——吉尔吉斯苏维埃社会主义共和国，开启了他在异国他乡的别样人生。其实，他中间也曾回过老家河北保定，但回到了日思夜想的故乡，并未感到丝毫开心。据乡亲们讲，原本他在村里心仪的一个姑娘在日军大扫荡的时候，被禽兽不如的日军轮奸后掳走，从此生死不明。还有在与同村发小喝酒时，发小的一句醉话令他五味杂陈："那时候，全村的男女老少都起来打日本，你且跑苏联喝牛奶享福去啦！"就这一句话，斩断了蔡友福回归老家的念想，但对乡土刻骨铭心、魂牵梦绕的眷恋，又让他以保留中国国籍的方式心存幻想。中苏对峙的30年间，他的乡愁仿佛被冷冻了起来，待苏联解体，能够回家省亲的时候，他年事已高。用他自己的话讲："这都是命，逃不脱。一生漂泊，如同被大风吹走的树叶，归不了根啦。"

闲暇时候，蔡友福老人总是喜欢孤独地站在一处山岗上，向东边眺望。散落田野的奶牛卧在草地上倒嚼，老人满脸沧桑、老眼含泪，胸前的白胡子在微风中抖动。老人嘴里喃喃地说："这辈子搁这儿了，回不去啦……"

第十五章

礼拜天，冬，晴，早上九点半，比什凯克市玛纳斯大街基督教堂。教堂最顶端悬挂着橡木十字架，在灿烂的阳光下闪耀着圣洁的光辉。一群白色信鸽在城市上空盘旋，哨声久久回荡。

吉尔吉斯斯坦在地理上位于丝绸之路中段，处于不同文明的交汇处。历史上，来自世界各地的人在此汇集，不但带来了丰富的物质文明，也带来了不同的宗教信仰。无论是在文化方面，还是在宗教方面，都具有极强的包容性。

一阵钢琴伴奏的合唱声响起，这是教堂内传出的赞美诗。陆续有人走进教堂，其中有老人、小孩，还有不少长着中国面孔的年轻人。

"以色列的圣者，为我牺牲自己，神羔羊，你是弥赛亚……"

大厅内密密麻麻坐满了来做礼拜的人。布道台上，一位戴着眼镜、慈眉善目的牧师正用不太标准的普通话讲道：

"请大家打开《圣经·约翰福音》第一章1到9节，我们一起奉读。"

"太初有道，道与神同在，道就是神。这道太初与神同在。万物是借着他造的；凡被造的，没有一样不是借着他造的。生命在他里头，这生命就是人的光。光照在黑暗里，黑暗却不接受光。有一个人，是从神那里差来的，名叫约翰。这人来，为要作见证，就是为光作见证，叫众人因他可以信。他不是那光，乃是要为光作见证。那光是真光，照亮一切生在世上的人。"

布道台上是来自中国香港的黄唤牧师和他的夫人黄师母。信众席上，一排排虔诚的华人华侨信徒手捧着《圣经》，整齐地诵读着，郑小妹也在其中。

岳立汉和狗子驱车前往距比什凯克70多公里的卡拉巴达市郊，看望蔡友福老爷子，还给他买了不少食品和过冬的物资。

狗子问："哥，给老爷子买这么多东西，他一个人吃得完吗？"

岳立汉答："不止他一个人，是两个人，他还有一个快70岁的老伴，是当地的朝鲜族，40多年前，被前夫家暴离了婚，后来经人介绍，就搬到老爷子那儿一块过了，还带来了一个十来岁的小丫头。俩人都是苦命人，谁也不嫌弃谁。当年的小丫头，也已50多了，经常去照顾老两口。"

狗子说："在这里认识这么一个高寿的老华侨，也是缘分，今后有时间就多去看看他。"

基督教堂，礼拜活动进行了一个多小时。在容貌端庄的师母带领下，全体信众正一起做结束祷告……

郑小妹随着人群准备离开，被师母喊住："郑姊妹，你如果没有要紧的事，可以留下来交流一下吗？"

"当然可以了，师母。"说罢，郑小妹温顺地走了过去。

郑小妹和师母坐在连排木椅上交流。师母用慈母般的眼光看着郑小妹，解答她提出的一些信仰方面的疑惑。郑小妹认真地聆听着师母的教诲。

"今天小岳为什么没能和你一起来？"

"他今天去卡拉巴达了，去看一个快90岁的老华侨。上帝的时间表到了，他就该来教会了。"

师母赞赏地点点头。

***

三九严冬，瑞雪飘飘，比什凯克市川渝人家酒店。

酒店外宽大的长廊上，大包小包堆满了各类物资，包装箱上粘贴着醒目的标签"中国春苗慈善"。

狗子、陈总正带领一群由在吉华商、留学生组成的志愿者整理物资，这些都是在吉中资企业机构、华人华侨捐赠来的。每名工作人员头上都戴着一项印有"中国春苗慈善"字样的小红帽。

一个留学生说："截至目前，收到的捐赠物资有：面粉2.1吨、大米1.5

吨、3 升装食用油 185 瓶、白糖 600 公斤、饼干 80 箱、太空棉被 95 床、袜子 500 双，另有现金 56 万索姆。"

狗子说："现有的捐赠物资足足可以给 150 户特困家庭、残疾人、孤寡老人提供帮助，原先组委会定下的活动目标是捐助 100 户吉国弱势群体，看来要超额完成了！"

志愿者陈总说："没想到我们的同胞觉悟这么高，非常踊跃地参加这次活动，让我们很感动啊！"

这时，一段河南豫剧的手机铃声响起，狗子接听电话："胡总胡哥，对！捐赠物资的接收今天截止，下午两点举行个仪式，然后按照预先落实的名单，定点送到受助人手中。不晚！不晚，胡哥！"

电话那头胡总边打电话边上车："狗子兄弟，今后有做好事的活动，一定叫上我，让咱也尽点心意！咱在这里赚钱，在这里生活，也应该回馈这片土地不是！我真没看到倡议书，我很少看群消息。我除了工作，就是喜欢打麻将，好了好了，废话不说了。现在捐助物资还缺什么？我马上派人采购送去！"

"都差不多了，只是感觉品种不太多。马上过新年了，多增加一些品种，他们就能过个好年了。"

"明白了！我买一些饼干、糖果、茶叶、鸡肉和挂面咋样？"

"胡哥英明！"

参与捐赠的华人华侨、留学生、中资企业机构、孔子学院的中方院长和老师，以及吉国政府官员，受邀陆续来到捐赠仪式现场。岳立汉和商会的其他负责人身着正装、挂着胸牌，在会场忙碌着，胸牌上面印着"春苗慈善"及其 Logo。郑小妹则站在酒店门口给参会者发放"春苗慈善"活动帽和纪念章。

岳立汉抬手看了一下手表，轻声对商会的几个负责人说："时间差不多了，李大使该到了，我们到门口迎接一下。"

外面的雪越下越大，从远处驶来了中国驻吉尔吉斯斯坦大使馆的车。正红色的车牌和插在车头前面的五星红旗在银白色的积雪映照下格外醒目。

一位围着羊绒围巾的气质不凡的中年女士从车上下来，随行的还有中国驻吉大使馆经济商务参赞等工作人员。岳立汉等人迎上前去。

岳立汉说："李大使您好！欢迎您！下这么大的雪，想不到您亲自带队过来了！"

李大使说："瑞雪兆吉庆，你们这么多年坚持做公益慈善，使馆充分肯定，是要大力支持的！"

宾主鱼贯进入酒店大厅，吉国相关部门的官员也应邀来到现场并在前排落座。会场座无虚席，每位参会者都佩戴着"春苗慈善"的小红帽和纪念章。主席台大型 LED 屏幕上打出了"中国春苗慈善"字样及其 Logo。几台摄像机在会场不同角度架起，比什凯克四家主流媒体的采编记者在人群中穿行、拍照、采访着。

身穿红色旗袍、落落大方的主持人用汉俄双语宣布："各位领导、各位来宾！第十三届'中国春苗慈善'活动现在开始！首先，有请中华人民共和国驻吉尔吉斯共和国特命全权大使李平女士致辞！"

会场响起一阵热烈的掌声，李大使款款走向发言台，岳立汉带领'春苗慈善'组委会成员站在会场一侧鼓掌。

（俄汉双语）"尊敬的吉尔吉斯斯坦社会保障部副部长马克萨特·托克托古罗维奇先生，感谢您前来参加由中国社团组织、中资企业发起组织的'春苗慈善'这项有意义的社会公益活动！"

（汉语）"尊敬的各位同胞！感谢大家在'春苗慈善'公益活动中表现出的善心慈行。我早就听说在比什凯克有一个坚持了十年帮助吉国当地社会弱势群体的公益组织——'春苗慈善'，这个温暖人心的组织是由在吉的中资企业、华人社团组织、华人华侨共同发起的民间慈善机构。助人为乐、扶危济困，是我们中华民族的传统美德。对我们的同胞积极回馈当地社会的意识和行动，我代表中国驻吉尔吉斯斯坦大使馆给予充分的肯定、赞赏和支持！"

"中国与吉尔吉斯斯坦山水相连，睦邻友好，两国建交以来，无论是在外交关系还是各领域合作上，都谋求合作共赢、共同发展。国之交在于民相亲，民相亲在于心相通。'春苗慈善'公益活动是中国商人主动承担社会责任、帮助当地弱势群体、发展中吉友谊的一种方式，我们支持更多的中国商人、中资企业机构加入这个组织，让慈善成为我们的习惯。最后，感谢'中国春苗慈善'组委会的盛情相邀和精心组织。预祝这次活动圆满成功！"

热烈的掌声持续了很久，参会代表个个难抑激动。主持人的声音再次从麦克风传出：（俄汉双语）"下面我们有请吉尔吉斯斯坦社会保障部副部长马克萨特·托克托古罗维奇先生致辞！"

全场响起热烈的掌声。

（俄语）"尊敬的中国驻吉尔吉斯斯坦大使馆李平大使，尊敬的中国商人，尊敬的'中国春苗慈善'的组织者，下午好！非常荣幸能接受'中国春苗慈善'的热情相邀，来参加这个具有非凡意义的公益活动。在此，我首先代表吉尔吉斯斯坦社会保障部，向'中国春苗慈善'的组织者和参与者表示诚挚的感谢！"

"在好几年前，那时候我还不是副部长，"副部长一边说一边幽默地笑，引来哄堂大笑，"我就从我们国家的主流媒体上看到了关于中国商人组织'春苗慈善'的报道，这个组织帮助我们的孤儿院、残疾人福利院和特困家庭。后来，几乎每一年我都能收到'春苗慈善'公益活动的信息。我们注意到，'春苗慈善'活动的规模越来越大，这说明有更多的中国人自愿加入了这个有意义的活动，我由衷地感谢这些善良的中国朋友。"说罢，右手抚心，身体前倾，行穆斯林礼。全场鼓掌。

"吉尔吉斯斯坦是一个独立不久的年轻国家，我们在改善民生、发展经济的道路上困难重重，中国作为我们的好邻居、好朋友，每年都给予我们不少无私的援助，涉及医疗卫生、基础设施建设、文化教育、农业生产等领域。在此，我再一次感谢中国政府和中国人民对我国真诚的帮助。"

"正如李平大使所讲：国之交在于民相亲，民相亲在于心相通。人民是两国世代友好的基石，增进相互了解就能增进互信。'春苗慈善'活动拉近了中吉两国普通百姓之间的距离，向吉尔吉斯斯坦社会展示了中国人的真、善、美，这对加强中吉友谊将产生积极的作用。我有理由相信，中吉两国的全面战略伙伴关系牢不可破，会有更多的中国人和吉尔吉斯人加入'春苗慈善'公益组织，让中吉两国的民间交往更多、更近、更美好。谢谢大家！"

全场热烈鼓掌，与会嘉宾们纷纷离席。

会场外，捐助物资分发配送工作开始，现场志愿者们往车上装着一箱箱、一包包的物资。两辆装满了物资的小货车分别驶向吉尔吉斯斯坦南部奥什州和楚河州白俄罗斯区。

一位吉尔吉斯族中年妇女焦急地通过翻译与岳立汉沟通："先生，前几天我曾给你们打过电话，伊塞克湖州的一个村子有一位年轻的母亲，养育七个未成年孩子，丈夫多病，生活很困难。不知您安排了没有？"

旁边的郑小妹告诉岳立汉："有这个事，有登记，这家最大的孩子才15岁。"

岳立汉回应郑小妹："那就给这家安排两份物资吧。"

然后，转身对中年妇女说："大姐，您带车了吗？物资怎么转交给她们？"

"我是她家的亲戚，我没有车。"

狗子问："两份东西不少呢，怎么拿？"

岳立汉说："不行的话，就租辆车给她送过去！"

一个中国商人志愿者积极响应："我开车跑一趟送过去！"

岳立汉说："比什凯克市区和附近的捐助对象大都是孤寡老人、残疾人、特困家庭，给他们的物资还要靠你们这些志愿者送呢，估计你们得辛苦一天！我们另外租辆车好了！"

中年妇女在向周围围观的当地人介绍着……有两个当地人装束的年轻男人走过来，与岳立汉握手、问好，说道：（俄语）"我们是出租车司机，这些物资，我们可以帮忙运过去。"

岳立汉问：（俄语）"谢谢朋友！运到伊塞克湖巴雷克奇北边的一个村子，该给您付多少索姆运费？"

出租司机甲说：（俄语）"我一定会运过去，但我不收钱。"

郑小妹问：（俄语）"为什么？"

出租车司机乙说：（俄语）"因为你们中国人在帮助我们的百姓，我们和他们是同一个国家的，更应该出些力！"

出租车司机甲说：（俄语）"交给我们吧，我们一定送到！"

听到这番对话，现场的中国人和围观的当地人一起鼓掌。

＊＊＊

捐赠仪式结束后，八组志愿者驱车满载食品和生活用品，分别向各受捐家庭和地区驶去。

楚河州白俄罗斯区某居民点的负责人也组织了一群志愿者，他们冒着严寒，把物资搬送到弱势群体的家里。

比什凯克市列宁区某街道，三名中国商人志愿者从车的后备箱取出捐赠物资，走进一个破烂不堪的院落，将物资搬进房子里后离去。一个颤颤巍巍的老太太走到门口挥着手。

一群小孩跟在搬运物资的中国商人志愿者后面，有的小孩还帮忙拎着东西。一个小女孩在前边带路，一边用小手指着不远处的小土房子对志愿者说：（俄语）"你们找的爷爷就在那里。"

闻讯赶来的吉国记者对岳立汉提问：（俄语）"岳先生，我想提一个问题，你们的'春苗慈善'公益活动，完全可以不声不响地低调着来做，为什么要高调来做？"

"小妹，你来翻译一下，我怕我的俄语词不达意。"

郑小妹翻译道："'众心向善，助人施舍'是我们共同的价值观。为了带领更多的中国人加入这项有意义的活动，我们近两年才开始举行公开活动，以此扩大影响。让我们感到欣慰的是，活动得到了中吉两国相关政府部门的支持与肯定，也受到了吉尔吉斯斯坦老百姓的认可，收到了很好的社会效果。您看到了，已经有当地民众志愿加入进来。相信不远的将来，'春苗慈善'会成为一个更加有影响、有规模的公益组织。因为，春苗象征着生命，象征着希望。"

采访记者和围观者纷纷竖起大拇指。

比什凯克岳立汉住所内，大屏幕电视播放着 CCTV《新闻联播》，岳立汉聚精会神地看着。

2007 年 8 月 9 日至 17 日，来自上海合作组织各成员国的 4000 余名官兵、数百辆战车和近百架战机，在中国乌鲁木齐和俄罗斯车里雅宾斯克共同举行"和平使命 -2007"联合反恐军事演习。这是上海合作组织成立以来全体成员国共同组织实施的规模最大、投入兵力最多的一次演习。硝烟弥漫的演习场上，各成员国参演官兵密切协同，统一行动，充分展示了上海合作组织各成员国携手打击"三股势力"、维护地区和平稳定的决心与意志。

电视画面切入军演宏大场面：

在起伏的丘陵地带，成员国的坦克、步兵战车汇成钢铁洪流，在武装直升机的掩护下扑向预定目标。

成员国的将士们身着本国军队的作战服，神态坚毅地举着望远镜观察着。

天空上，轰炸机、强击机编队呼啸俯冲，对地面恐怖分子的集结地进行饱和轰炸。

演习结束后，举行了盛大的阅兵式和分列式。在《军队进行曲》伴奏下，成员国军队高举自己的军旗，成分列式，正步通过演习场阅兵台。

上海合作组织的成立，为促进世界和平与地区稳定做出了积极的贡献，在应对挑战、打击"三股势力"的合作中，向世界展示了其强大的生命力。

第十六章

中午，冬阳高挂，天气寒冷，来往的行人穿着厚厚的冬装。沿袭游牧民族特性和受苏联着装影响，当地居民，特别是女人们，还是比较喜欢穿戴各种各样的皮草衣帽，水貂皮、旱獭皮、狐狸皮做的，应有尽有。过往的小汽车喷着白色的尾气。

两位身着笔挺蓝灰色军大衣、头戴无檐羊羔皮棉军帽、手里托着锃光瓦亮的步枪的国民警卫队护旗手，正踢着高高的俄式正步走向国旗台换岗。鲜艳的吉尔吉斯斯坦国旗在 18 米高的旗杆上迎风猎猎飘扬。下方国旗台上，两位年轻的护旗手泥塑般站在那里，等待换岗。有不少行人驻足观看。

冬日的比什凯克依然那样迷人，极目向南，远方是覆盖着皑皑白雪的雪山。山谷中一条蜿蜒曲折的盘山公路向山顶延伸着，一辆辆小汽车喘着粗气、轰鸣着爬坡，由于道路积雪太厚、太滑，不时有行进的车辆突然漂移。

比什凯克南部丛山中的卡什卡苏滑雪场，天空湛蓝，太阳闪着耀眼的光。不太陡峭的山坡覆盖了厚厚的白雪，被改造成三条滑道，男男女女的滑雪爱好者们脚踏着滑板飞驰而下。

一群不大的孩子在一个 30 度左右的小滑坡上，坐着轮胎欢快地滑行着。他们在雪地里翻着跟头、打着雪仗。

缆车忙碌地上上下下，车厢里的游客穿着五颜六色的各式滑雪服、戴着滑雪镜，女人的嬉笑声和男人狂野的笑声在天地间回荡。

停车场停满了各式汽车，不远处有一座钢结构活动房，供游客换衣服、短暂休息、喝杯咖啡等。远处几个山丘上的小松柏林被大雪掩埋了一半高度，但依然顽强地傲立在那里。

穿着红色滑雪服、戴着墨色滑雪镜的库尔曼别克对准备冲下滑道的岳立汉说：（俄语）"瓦西里，你学得挺快的，没摔几个跟头就开始上滑道了。好奇怪，你不是中国的北方人吗？北方的冬天都应该是下雪的，难道你们那里的人不喜欢滑雪吗？"

（俄语）"你说的没错，我来自北方的中原地区，小时候的冬天，雪下得很多也很大，有时候雪可以把树枝压断。可全球气候开始变暖后，雪就越下越少了，有时候一个冬天不下一场雪，想滑也没有雪啊！"

（俄语）"我们这里的冬天雪也少了很多很多，**давай**[1]！"

岳立汉一个前倾，从滑道上方飞速滑下，行进中左右转着回旋着。

在另一条滑道上，身穿滑雪服、踏着滑雪板的郑小妹战战兢兢地挪动着。

同样穿着艳丽滑雪服的古丽米拉鼓励郑小妹：（俄语）"阿尼娅，不要怕，大胆一点！摔几次就学会了！"

郑小妹鼓足勇气向前滑行，不到十几米就摔倒在雪地上。

哈哈哈，两个姑娘大声地笑着……

冬阳慢慢西下，游客们开始收拾行装，上车，陆陆续续地准备返程。

***

驾驶室里，岳立汉开着车，小心翼翼地在山路上行驶。

一阵手机铃声响起，坐在副驾驶座位上的郑小妹看后对岳立汉说："是伊利达尔的妈妈哈米萨打来的。"

郑小妹说：（俄语）"阿姨，您好！您怎么啦？别着急，慢慢说。"

电话那头的哈米萨哭泣着：（俄语）"阿尼娅，你告诉瓦西里，我心爱的儿子伊利达尔病了，是肝癌！在英国伦敦确诊的，已经晚期了。他哥哥去接他了，今天夜里回到比什凯克，我的心都碎了……"

正在开车的岳立汉听闻心里一惊，赶紧将车靠右侧停下，表情痛苦地

---

〔1〕 俄语，此处意为：来吧！

呆坐着。

"你没事吧，岳哥？我们现在尽快赶回去，到他在比什凯克的房子那里，今天夜里就能见到他。我看你的状态不是太好，车我来开吧。我们都想想，看看能不能为他做点什么。"

"多好的一个小伙子啊，我的兄弟！不，不！我不相信他能得这个病。难道真是好人不长寿？"

"你闭上眼睛稳定一下情绪，一切出于上帝。"

郑小妹开着车在雪路上缓慢行进着，车驶下山，进入前往比什凯克的主干道。车里很静，两个人都不说话，只听见车轮胎与地面摩擦沙沙作响。

岳立汉微闭双眼，脑海里不时出现与伊利达尔交往的每一个瞬间：

穿着机长制服的伊利达尔英气勃勃；

真诚的双眼，发出善良的光；

婚礼上，他和新娘满脸幸福；

陪着岳立汉在卡拉科尔市伊塞克湖边上散步……

车已驶入比什凯克市区，岳立汉猛然睁开眼睛对郑小妹说："先到苏维埃大街上的鸭宝斋，买只新出炉的烤鸭给伊利达尔兄弟带过去，他最喜欢吃北京烤鸭！"

鸭宝斋饭店内，李民非常抱歉地对岳立汉说："对不起啊岳总！今天邪了门了，生意特别好，30只烤鸭全部卖光了，只剩一只是开超市的徐姐订的，准备拿回去招待客人的。"

岳立汉拨通徐姐的电话："徐姐，我去看一个非常重要的当地兄弟，他病得很厉害，想给他带只烤鸭，他喜欢吃。但李老板这儿全卖光了，您看可不可以把您订的烤鸭借给我？改天还您两只。"

"说啥呢岳总？你拿走好了，烤鸭我今天吃明天吃没啥区别！"

"谢啦，徐姐！烤鸭我拿走了。"

比什凯克市，华灯初上，天空阴沉沉的，飘着小雪。

在一幢两层别墅门前，岳立汉和郑小妹按着门铃，开门的是伊利达尔的妈妈哈米萨。她表情悲伤、两眼红肿，与郑小妹拥抱贴脸。

郑小妹在她耳边轻声道：（俄语）"不要难过，阿姨，都会好的。"

进到别墅客厅，伊利达尔闻声从卧室走出来，看到岳立汉后，脸上竟然露着兴奋，快步向前，与岳立汉紧紧拥抱。

（俄语）"我太高兴了！大哥您来看我了，还带来了我喜欢吃的烤鸭！"

（俄语）"兄弟，我感觉你的情况还不是太糟糕，我和你的家人会想尽一切办法帮你！如果你和你的妈妈同意，我想介绍你到中国去，中国的中医很神奇，说不定可以解决。让阿尼娅姐陪你和你妈妈一起去。"

伊利达尔若有所思，回答道：（俄语）"大哥，我接受您的建议去中国，只是麻烦您了。"

（俄语）"没有麻烦，因为我们是兄弟！"

郑小妹与哈米萨立即商量去中国的行程安排。

餐桌前，岳立汉洗了手，用饼皮卷起鸭肉、甜面酱、葱丝等食材，递给伊利达尔……

***

吉尔吉斯斯坦玛纳斯国际机场，中国南国航空公司的波音737客机起飞，目的地是乌鲁木齐地窝堡国际机场。

岳立汉仰望着飞机划过天际，心里默默地祈祷。

郑小妹陪同伊利达尔母子从乌鲁木齐转机飞往西安……

伊利达尔的病情，让岳立汉对这个鞑靼族兄弟产生了前所未有的心痛，他期盼伊利达尔这次去中国，奇迹能够发生，让这个异族兄弟起死回生。

比什凯克市，岳立汉公司。狗子和其他职员忙碌着处理公司的业务。

岳立汉在接听郑小妹从中国打来的电话，愁苦写在了他的脸上。他不安地一边打电话，一边来来回回走动。

"小妹，那几个有名的老中医一点办法也没有了吗？"

"没有任何办法，只是开了一些药，能延长几天就延长几天吧。省肿瘤医院又重新给伊利达尔做了个检查，情况很严重，病情在恶化，随时可能有生命危险。哈米萨阿姨说明天就订机票返回，害怕有意外发生。"

岳立汉怔怔地听着电话，内心充满了绝望，眼里噙满了泪水。

狗子进门，想找岳立汉谈个什么事，但一看岳立汉状态不佳，马上转身走了。

公司的法律顾问正准备进门找岳立汉汇报工作，被狗子拦住了。

（俄语）"好吧，我回头再来。"女律师说完便转身离去。

比什凯克，岳立汉居所。已经返回的郑小妹正一脸疲惫地给岳立汉讲述伊利达尔的病情。

"伊利达尔的病情正无法控制地恶化，在国内平均每隔两个小时，就要给他打一针哌替啶止疼，哈米萨阿姨很伤心，不停地哭。医生说，最多四个月，就到尽头了。"

"在疾病面前，我们人类是多么渺小！我们什么也做不了了，只能在他有限时间内，多去看看他，多去陪陪他。"

此后，岳立汉无比珍惜与伊利达尔最后的相处时光，他对这个走进他生命里的鞑靼兄弟，充满了无限的眷恋。他努力地尽可能多地抽出时间去陪伊利达尔。

外面刮着大风，手里拎着水果和烤鸭的岳立汉在按伊利达尔家大门上的门铃。

天空飘着绵绵细雨，已是第二年的初春了，岳立汉和郑小妹打着雨伞，手里拎着从中国超市买来的营养品，走进伊利达尔家的院落。

每一次，骨瘦如柴、一脸病容的伊利达尔都要挣扎着起来，送别岳立汉并拥抱告别。

一个早上，岳立汉和郑小妹又一次驱车来到伊利达尔家的大门前，出来开门的哈米萨满脸悲伤地告诉岳立汉：（俄语）"你们回去吧，他疼得几乎一晚上没睡，刚睡着，已经吃不下什么东西了，谢谢你们来看他。"

岳立汉强忍着悲痛与郑小妹离开，难过地说："今后，只能用电话了解伊利达尔的病情了。"

***

五月，天气变得越来越暖和，远山近岭披上了绿装，楚河盆地更是郁郁葱葱。狗子开着车，岳立汉坐在副驾驶座位上，俩人聊着天，正向卡拉巴达市方向行进。

"给蔡老爷子的东西，都买了吧？快半年没去看他啦。这样的年纪，也就见一次少一次了。"

"哥，你还没老呢，咋恁絮叨呢？给老爷子吃的用的全买了！我办事，你放心！"

卡拉巴达市入口，地标性建筑映入眼帘，城市风貌依稀能寻见苏联时期的繁华痕迹。吉普车走街串巷，最后在市郊的一个小院落门口停下。

小院没有院墙，只有已变成乌黑颜色的木头栅栏，可能是苏联时期修下的。不大的铁门上刷着蓝色的油漆，斑斑驳驳，已经失去了原来的颜色。

岳立汉和狗子从车上搬下东西，示意狗子敲门。狗子走到大门前，抬手刚想敲门，却发现门上不知什么时候装上了门铃按钮，便按了一下。

铁门的小门被打开了，走出来一个七八岁样子的小女孩，头上扎着绢花，身上早早地穿着碎花连衣裙。

小女孩好奇地问：（俄语）"您好！您找谁？"

狗子说：（俄语）"找一个长胡子老爷爷。"

小女孩嘻嘻一笑：（俄语）"您说的是圣诞老人吗？现在还没到圣诞节呢！"

狗子忙对岳立汉说："哥，你来问吧，整不成了！"

岳立汉说：（俄语）"小妹妹，我们找的是一个很老很老的中国老大爷，他也留着长长的胡子。"

小女孩恍然大悟：（俄语）"噢，我知道了！您找的是我的太姥爷，他没有了。"

狗子一脸焦急朝着岳立汉："啥叫没有啊，是不在了吗？"

这时，从里边又出来了一个 60 多岁的妇女，一看见岳立汉马上热情地打招呼：（俄语）"您好，瓦西里！"

（俄语）"您好，妮娜！你们都好吗？妈妈好吗？蔡老爷子好吗？很抱歉，这么长时间没来看你们。"

（俄语）"我的妈妈是去年夏天去世的，我的爸爸是今年年初去世的。我们要谢谢您总是想着来看我们。"

岳立汉一脸惊愕，心里想："还是没赶上！"

岳立汉说：（俄语）"对不起，我们不知道。"

（俄语）"妈妈活了 82 岁，爸爸蔡活了 101 岁。他们都没有亲人，原来有几个老朋友，也早就去世了，还是我丈夫找人帮忙把他们埋葬了。"

狗子说："都是高寿，活了个大岁数，够本了。"

岳立汉问老妇：（俄语）"老爷子没留下什么话吗？"

（俄语）"没有，老人走得很安详。晚上他还吃了一大碗面条，早上就再没醒来，一句话也没留下。噢！他活着的时候，一直叨叨，说他死后，一定把他的中国护照装在他身上一起埋了，还说：活的时候没能再回去，死后的魂还是要回归故里的，护照用得着。"

岳立汉听罢，一股酸楚涌向眼眶，但马上定了定神对老妇说：（俄语）"阿姨，您做得好，您辛苦了！蔡老爷子一定魂归老家了，他的亲人们都会等他，那里不要护照。我们就不进屋了，带了些东西，我给您搬过来。"

老妇十分诚恳地邀岳立汉进屋喝茶，岳立汉拒绝道：（俄语）"谢谢啦，不麻烦了，我们还要尽快返回比什凯克，有事情。"

岳立汉的车远去，老妇依然站在那里挥手，感慨万千的岳立汉坐在副驾驶座上紧闭着双眼，努力平复着自己忧伤的心情。

车在返回比什凯克的主干道上疾驰，狗子开着车，岳立汉仍然微闭双眼沉默不语。

狗子说："哥，你也太多愁善感了！蔡老爷子活了 101 岁，赚大发了！这会儿，人家正在那边与亲人们团聚呢！说不定啊，早喝上了，你操哪门子心呢？"

"我只是为老爷子感到惋惜，成天惦记着要回去，到了，还是搁这儿了。"

"一人一命，谁也抗不过命，哪里黄土不埋人！不过，我们无论走到哪里，走多远，最后都是要叶落归根的。"

"是啊，这就是中国人的活法。慢点开狗子，好香的槐花啊！"

岳立汉打开车窗，观望着道路两边，吸嗅着。突然指着右侧小河堤上一片开满了白花花的槐花的林子，对狗子说："狗子，你看，槐树林在那儿，把车慢慢开过去，咱们撸一些槐花，回去我给你做槐米炒饭！"

比什凯克岳立汉居所，郑小妹在厨房的砧板上切着菜，岳立汉一边与郑小妹闲聊，一边在水龙头下冲洗槐花。

手机铃声响起，郑小妹赶紧擦手接听，是伊利达尔的妈妈打来的。

郑小妹对岳立汉说："是伊利达尔的妈妈！"

（俄语）"喂，阿姨，瓦西里在。什么？伊利达尔今天下午两点去世了？"

岳立汉闻后一惊，眼泪和着水流一起滴落到手中雪白的槐花上。

电话那头的哈米萨坐在行进的车上，伊利达尔安静地躺在担架上，遗体盖着雪白的布。

哈米萨平静地说：（俄语）"他是在我的怀里去世的，就好像他小时候，我抱着他一样。走的时候，他安静得像个婴儿，没有痛苦，我现在带着他回家。"

岳立汉和郑小妹的眼泪夺眶而出……

***

通往伊利达尔家乡的环湖公路上，山上消融的白雪化作潺潺溪水，如泣如诉地流淌着，烟雨茫茫的伊塞克湖波涛呜咽，拍打着湖岸。白云环绕的群山和运送伊利达尔遗体的黑色灵车，在云雾中消失在远方。

岳立汉的脑海里一直回荡着哈米萨的话：（俄语）"瓦西里，伊利达尔在最后的几天，一直反复地念叨你。他说，从和你第一次见面，他的心就告诉他，这是中国大哥，一辈子的大哥。他还告诉我，你也有这种感觉。

他知道他要走了，知道你会很伤心，他让转告你，想他的时候，就叫叫他的名字，他就能知道大哥想他了。"

夜间，通向伊塞克湖卡拉科尔的路上，车灯闪耀，刺破长空。狗子开着车，岳立汉和郑小妹正日夜兼程赶往伊利达尔的家乡为他送葬。

次日，卡拉科尔市西郊的一片旷野里，伊利达尔家的祖坟地，一座座坟丘埋葬着伊利达尔的先人，青色大理石墓碑上刻着他们的名字，十几辆为伊利达尔送葬的亲戚朋友的车停在不远处。

穆斯林的毛拉（阿訇）手捧着《古兰经》，高声地诵读经文，带领着众人安葬伊利达尔。伊利达尔的侄子伊利努尔，双手抱着伊利达尔的黑白遗像站在前边。

岳立汉、狗子、郑小妹戴着墨镜，身着黑色衣服，手捧白色花束，上前弯腰将花束放在伊利达尔的棺材上。

郑小妹、岳立汉与哈米萨紧紧拥抱，悄声安慰……

葬礼上，吉尔吉斯民族弹拨乐器库姆孜如诉如泣弹唱，让人肝肠俱裂。

岳立汉悲痛万分，他在日记中写道：

　　我的鞑靼兄弟伊利达尔走了，如风干的槐花随风飘去。在与他最后一次见面时，我问他："兄弟，还怕不怕死？"他安静地告诉我："不怕，因为我将要回天家。只是留恋妈妈、大哥和您。"我说："人总是要离开这个世界的。虽然你在很年轻的时候离开了，但你收获了人世间最真诚的友谊、最无私的爱。当有一天上帝允许我离开这个世界的时候，我会到天家找你。"这就是我和我的兄弟伊利达尔最后的约定。

第十七章

盛夏，阴，云层很厚，上午十点，比什凯克玛纳斯国际机场候机大厅，熙熙攘攘的人群在等候登机。不断有隆隆的轰鸣声传来，跑道上不时有飞机在起降。停机坪上，机身和机翼涂有来自俄罗斯、土耳其、沙特阿拉伯、阿塞拜疆等国标志的飞机等待起飞。

岳立汉和郑小妹站在机场 VIP 候机室的落地玻璃窗前，向外张望。

岳立汉疑惑地问："小妹，河南考察团是今天的飞机吧？"

"没错，他们在上飞机前还给我发信息来着。考察团一行七人，是中原粮食学院陈教授组织的，都是中国当代粮油加工领域的领军人物，有学者，也有企业家。他们这次设定了中亚三国的考察路线，吉尔吉斯斯坦是首站，也是最重要的一站。"郑小妹肯定地说。

岳立汉接着说道："前几天与陈教授通话时，他特别强调考察安排要务实不务虚。咱们可以安排他们到三至五家大型粮食加工企业交流参观，把中国先进的加工工艺和技术告诉吉尔吉斯的同行们，这对提高他们的产品质量和产量将会大有帮助！"

郑小妹说："按照计划，首先会安排他们到企业参观，然后与吉尔吉斯斯坦农业部洽谈合作，之后有一场研讨会，以中吉粮油加工新技术、新工艺合作为主题。"

眼见着机场上空的云层越来越厚重，一阵大风袭来，铜钱大的雨点噼里啪啦砸向地面，机场周边的树木被风刮得左右摇摆、呼呼作响。机场上空的积雨云被闪电一次又一次劈裂。

岳立汉抬手看了看手表说："这种天气，是禁航天气，估计从乌鲁木齐过来的飞机没法降落了。"

郑小妹指着在跑道上疾驶、准备升空的俄罗斯航空公司的一架飞机说：

"看，有胆大的！"

岳立汉看了看说："战斗民族嘛，开飞机的胆大，坐飞机的也胆大！"

郑小妹说："胆大的不是一家，又来了几家！"

岳立汉顺着郑小妹的手指方向望去，只见天空云层中陆续又钻出几架其他独联体国家的客机，低空盘旋着准备降落。

这时，候机大厅的乘客们一股脑地涌到落地窗前，观看着这些客机的飞行员高超的降落技术。三架客机在电闪雷鸣的风雨中依次降落，正稳稳地滑行驶向停机坪。候机乘客不约而同一起鼓掌，祝贺客机平安降落。

岳立汉深有感触地说："鼓掌既是祝贺，也是祝福。按说这个时间，从乌鲁木齐飞来的南国航空公司飞机应该到了。"

郑小妹环视了一下候机大厅说："广播里没有通知，你看准备去乌鲁木齐的乘客都没动。"

叮，郑小妹手机信息提示音响起。郑小妹看了一眼，告诉岳立汉："陈教授来信息了，由于比什凯克机场上空有雷电积雨云，能见度低，所以飞机临时转飞到哈萨克斯坦阿拉木图机场降落了，等这里的气候条件适宜降落时再飞过来。"

岳立汉说："我们的南国航空公司做得对，安全无小事、更无侥幸，他们飞中亚的团队安全飞行了快20年了，就是用提高安全等级、坚守安全底线换来的。"

郑小妹赞同道："对，我想，无论在飞机上的乘客，还是准备坐这趟航班回国的乘客，都会理解的。"

玛纳斯机场国际出发候机大厅，等候飞乌鲁木齐航班的乘客，都安安静静地继续等待着。他们有的在看手机，有的在看书，有的来回散着步……

***

夜色将晚，风停雨住，几辆车快速地行驶在返回比什凯克的路上。

吉普车里，身材微胖、戴着深度近视眼镜、学者风度的陈教授正精神焕发地与岳立汉交流着。

岳立汉说："陈教授，辛苦了！今天差不多折腾了一天，又饿又累了吧！"

陈教授中气十足地说："这点苦算什么，1950年代我们小的时候受的苦可比这个苦多了！虽然折腾，但南国航空这个安全关把得好。出门在外，平安第一！对了，岳总，我们的行程安排好了吧？"

一旁的郑小妹应声答道："放心吧，陈教授，都安排好啦！到比什凯克后，先安排你们住下，然后到酒店给你们接个风，明早用过早餐咱们就开始活动！"

陈教授满意地说："得咧，就这么办！"

三辆车减速停在比什凯克达玛斯酒店门口，陈教授带来的企业家、学者们正从车上往下搬行李箱，酒店的两名男服务生推着行李车，帮助客人们搬运。郑小妹帮陈教授等人拿着护照在前台办理入住登记。

接风宴在一家当地特色的酒店包厢里举行，宾主围坐在一个长条餐桌边。餐桌上铺着雪白的台布，上面摆满了吉尔吉斯民族美食：蔬菜沙拉、羊肉抓饭、烤鱼、俄罗斯红汤……

岳立汉手端茶杯说："各位专家、各位老总，今天这天气把大家折腾得够呛，一路鞍马劳顿，再加上明早就要开始参观考察了，今晚咱就以茶代酒敬各位！请大家好好享用这里的美食，有什么要求和需要，请大家一定提出来，我们会提供好服务！"

天气燥热，通往索库鲁克区伏龙芝村的道路拐角处，一排大遮阳伞下摆满了西瓜、甜瓜、桃子、樱桃等时令水果。满头大汗的小贩们喜悦地忙碌着。附近原野里是一片小麦收割后留下的麦茬地。

俄罗斯人维克多开办的班处理250吨小麦的面粉厂就在这附近。厂房高三层楼，宽大整齐的车间里自动化程度较高的面粉加工设备正在运转。在原粮清理间，小麦被提升至清洗设备进行去杂水洗，而后，干净的小麦通过传送设备运至制粉车间。加工好的面粉，在包装车间自动灌装、称重、包装……

维克多、岳立汉、郑小妹和陈教授等人都换上白大褂，在机器的轰鸣声中仔细地查看每一个生产环节，并不时地给维克多解释着什么，维克多频频点头。

在班产 25 吨非油炸方便面的车间里，穿着短袖工装的工人们忙碌着。陈教授一行在维克多、郑小妹的陪同下参观。

在维克多宽大的办公室内，维克多指着陈列柜里的产品样品，通过郑小妹的翻译，向陈教授等人一一介绍。

陈教授说："通过今天对维克多公司的实地考察，我们欣喜地看到，几乎每个产品的加工设备都是中国制造，而且生产工艺一点也不差。由于原粮的生长环境无污染、无公害，所生产的食品品质比较高，我们认为可以定性为绿色食品。当然，这需要通过专业的检验机构出具最终的检验结果，才具有法律效力。不过有一点可以肯定，这些与千家万户有关联的大众化食品，比较适合我们中国的市场。"

维克多站起身诚恳地说道：（俄语）"刚才，尊敬的陈教授，对我们公司的生产能力和产品质量进行了高度赞赏，在此表示感谢！另外，我还要特别谢谢瓦西里大哥！十几年前，我和两个朋友凑了 2 万多美元从他的公司订购了第一套面粉加工小设备，让我赚得了人生第一桶金。第二年，他又帮我上了一条非油炸方便面生产线，由此奠定了我公司在食品加工行业里的地位。第四年，他又帮助我以分期付款的方式购买了中国河南生产的兴胜牌 250 吨面粉加工设备，让我在行业里更有竞争力。他还把中国改革开放发展经济的宝贵经验告诉我，让我的公司在十几年之内从最初的几个人发展到现在差不多上千人工作，形成了从农业种植到农产品加工，再到养殖业的循环经济发展模式。目前，我公司已成为吉尔吉斯斯坦最著名的利税大户之一！曾经有三任总统、两任总理来我们公司视察过，这里边有瓦西里大哥的功劳！时间见证了我和瓦西里兄弟般的友谊，我们的孩子，从小就看到了什么叫真正的朋友！"

在座的所有人都为这番话所动容，禁不住拍手鼓掌。

岳立汉面带羞涩："今天这个老实巴交的维克多咋这么能说？"

陈教授欣喜地说："看得出，他讲的是心里话。这才是真正的民相通啊！岳总不但在做生意，也在交朋友，充分体现了合作共赢、共同发展的理念！"

岳立汉说："我们合作过程中也有争执，但很快就回归理性，相互包容、相互理解、相互尊重，求同存异，最终都能达成一致，所以我们才能合作这么久。"

考察团继续在维克多公司的奶牛场、养猪场参观……

***

下午三点，烈日当空，比什凯克阿拉套广场。地表温度比较高，但车辆一如既往地多，路边行人稀少。人们躲在树荫下或者遮阳伞下，大口地喝着冷饮。

阿拉套广场上，横刀立马的玛纳斯雕像高高耸立，冷眼看着这炎热浮躁的世间。雕像后的白色建筑是吉尔吉斯斯坦国家历史博物馆，建造于1984 年，建筑主体与位于莫斯科的列宁墓十分相像，只是规模更大。

博物馆大厅宽大明亮，郑小妹和岳立汉陪同陈教授一行参观。这里主要的展品是吉尔吉斯民族志和考古收藏，有青铜时代的武器，如青铜制作的头盔铠甲、残破的青铜刀具；有生活用品，如女人用的铜镜、木质马鞍、榆木做的弓箭；还有以动物主义风格制作的撒克逊时代的宝石首饰和民族大迁徙时期的藏品。这里还展出古代游牧部落遗址挖掘中发现的岩画、石雕、陶器和其他文物。

博物馆展现了吉尔吉斯民族服装、刺绣的发展历程，特别是 19 世纪和20 世纪初由毛毡、皮革、羊毛和芨芨草制成的传统纺织品，引人驻足欣赏。

让人印象尤深的是吉尔吉斯民族近代史展区，讲述了十月革命、列宁生平和苏联历史时期的重要事件。这个展区向参观者展现了吉尔吉斯如何摆脱沙皇统治，并成为吉尔吉斯苏维埃社会主义共和国。军人出身的岳立汉对一战、二战时期吉尔吉斯族革命者的活动记载和他们使用过的手枪、土枪、来复枪、野炮、马克西姆水冷式重机枪，以及衣物、日用品等特别感兴趣。

陈教授说:"每到一个国家,想了解它的前世今生,有必要去三个地方:第一个是博物馆,第二个是图书馆,第三个就是到它的市场,了解市井生活。通过这三个地方就基本上可以了解这个国家的总体状况。"

考察团成员在岳立汉、郑小妹的陪同下自动分成了两组在博物馆里参观,博物馆的讲解员熟练地用俄语或英语讲解。

一位考察团成员用英语问讲解员:(英语)"这些草原石人雕像,我在蒙古国乌兰巴托博物馆和哈萨克斯坦阿拉木图博物馆都曾见过,他们也讲过这是他们的历史,是他们的祖先留下的。到底是谁留下的呢?"

漂亮的女讲解员用流利的英语回答:"只根据这些草原石人雕像,我们当然无从考证,也无法追溯是哪个民族留下的,但可以肯定的是,他们曾经有一个共同的名称——游牧民族。蒙古族、哈萨克族、吉尔吉斯族和乌兹别克族等等,都属于游牧民族。古时候,他们的语言、生活方式和文化习俗都有共同之处,所以这些历史遗产是全世界的,也是全人类的。"

考察团全体成员,也包括正在参观的欧洲人模样的游客都向这段讲解报以热烈的掌声。

陈教授感叹道:"博物馆这些讲解员,看来都受过高等教育,水平素质都不错啊!"

不远处传来叽叽喳喳的童声,一群五六岁的幼童在老师的带领下来到博物馆参观。

考察团中的一位企业家问道:"这些古老久远的文物,这么小的孩子们能看得懂吗?老师的讲解他们听得懂吗?"

陈教授说:"孩子们现在可能搞不懂,但将来他们一定能搞懂。重要的是,他们通过这些文物认识了自己的祖先,认同了自己的民族,这种学前教育是有益的。"

考察团成员在参观的同时也时不时拿起相机拍照,并与讲解员交流。

陈教授又对讲解员说:(英语)"谢谢你出色的介绍!姑娘,还请问,你们这个国家博物馆没有卖门票吗?"

女讲解员回答：（英语）"是的，博物馆是国家的，国家是人民的，博物馆里所有的文物，都是人民的祖先留下来的，现在后辈们来看祖先的东西，怎么可能收钱呢？"

"那博物馆的维修、运营费用，也包括你们的工资等等，都是国家拨款吗？"陈教授用英语问道。

女讲解员：（英语）"当然啦！尽管我们国家财政比较困难，但国家很努力地在支撑，不想把这个领域市场化。"

陈教授意味深长地对大家说："看到了吗？一个国家再困难，也有它的风骨和志气。钱有时候真不是万能的，市场经济并不适合所有的领域。经济要发展，但是要让它朝着正确的方向。"

一位考察团成员问："什么是正确的方向？"

陈教授回答："我们也是在摸索中前行，改革开放让我们的经济发展了，老百姓过上好日子了，这个道路就是正确的。人类就是在不断改正错误、修正方向中前进。"

准备离开时，陈教授问道：（英语）"姑娘，明年我们再来这里参观，你还会在这里吗？"

女讲解员答：（英语）"不一定。"

陈教授又问：（英语）"为什么？这个岗位很适合你啊！"

女讲解员面带喜悦和羞涩答道：（英语）"我喜欢这个职业，但我准备结婚了，我要首先当好一个妻子、一个母亲，才能把工作干好。"

哈哈哈！众人在祝福姑娘的欢声笑语中结束了博物馆参观之旅。

***

天气晴朗，天空湛蓝，湖水湛蓝，白色的湖鸥掠过湖面，追逐着一艘白色的游轮。戴着墨镜和太阳帽的考察团成员在游轮上兴致勃勃地交流着，木制台桌上摆满了时令水果：草莓、黄杏、桃子、樱桃和西瓜……

岳立汉和郑小妹站在甲板上扶着围栏向远处眺望。

岳立汉对郑小妹说："陈教授这次来收获满满，当地客户也受益匪浅啊！根据陈教授为他们提供的工艺改造方案来调整生产，他们的产量和质量都将得到大幅提升！"

"是啊，经过对吉尔吉斯斯坦的粮食生产和粮食市场的调研，我们中国专家们的论文数据将更加完善，这将为中吉两国今后在农业领域的合作提供更加明确的方向。"

"待会儿下船后，我们和陈教授他们一起到伊塞克湖南岸，晚上就落脚在瓦洛佳的民俗村里，正好他那儿在举办第六届李白诗词国际研讨会，有来自 11 个国家的代表参加。瓦洛佳盛情邀请了好几次，再推辞也不好，正好陈教授也对这个活动很感兴趣。这个瓦洛佳一直说，来了 11 个国家的人，唯独没有和李白有密切关系的中国人，他特别希望我们能与其他国际友人分享阅读诗仙作品的心得。"

傍晚，夕阳西下，瓦洛佳的民俗村内，一幢幢用纯天然环保材料建成的毡房林立，院子里的小道用精致的鹅卵石铺就，花圃里栽满了奇花异草，太阳能庭院草坪灯闪着柔和的光。

一个可以容纳百十人的大毡房内灯火通明，地上铺着厚厚的地毯，环周壁上挂着各种各样的毛毡画，透过敞开的穿顶能看到外面繁星点点的夜空。

其他 11 国的代表，加上岳立汉、陈教授一行，共 32 个人盘腿围坐一圈，担任志愿者的几个姑娘在为众人端茶倒水。既是东道主又是主持人的瓦洛佳神采奕奕地步入中间。

（俄语）"我宣布，第六届李白诗词国际研讨会现在开始！首先，欢迎大家的到来！"

（俄语）"今天，我们十分荣幸请到了来自中国的专家学者们出席本次研讨会，让我们这次活动更加有意义。因为，中国是李白成长生活的地方，他的所有流传至今、脍炙人口的诗歌都是在中国广大的区域内完成的，他的作品是属于全人类的……"

（俄语）"现在我们进入第一个环节，自左及右，每个参会者用自己的母语背诵一首李白的诗。"

音响里传出悠扬的中国古筝弹拨乐曲。

一个文静的吉尔吉斯族女人用吉语背诵着：（吉语）"《静夜思》。床前明月光，疑是地上霜。举头望明月，低头思故乡。"

接着，一个戴着小眼镜、留着整齐发型的日本男人背诵着：（日语）"《望庐山瀑布》。日照香炉生紫烟，遥看瀑布挂前川。飞流直下三千尺，疑是银河落九天。"

一名来自英国伦敦的金发碧眼的学者铿锵有力地背诵着：（英语）"《早发白帝城》。朝辞白帝彩云间，千里江陵一日还。两岸猿声啼不住，轻舟已过万重山。"

每个人吟诵后，都赢得大家热烈的掌声。

岳立汉对陈教授耳语道："陈教授，我们大家共同推举您代表我们中方上台背诵。"

陈教授嗔怪道："哎哟，你们这些年轻人成心算计老头子！"

考察团成员甲诚恳地说："那不能，以您老人家的资历，背诵这首诗会更有味道！"

陈教授不再推让，整理衣服走到会场正中间，向与会者鞠躬，稍微调整了一下状态，便开始了声情并茂的背诵："《望天门山》。天门中断楚江开，碧水东流至此回。两岸青山相对出，孤帆一片日边来。"

瓦洛佳、各国学者都认真聆听着陈教授的吟诵，并报以赞许的掌声。

瓦洛佳侧头对一名参会者说：（俄语）"虽然我听不太懂汉语，但他背诵得挺有味道，因为我们所知道的李白的诗，都是从汉语翻译过来的。"

夜幕下的瓦洛佳的民俗度假村，三五成群的人们酒足饭饱散着步，微风轻拂着杨柳树，一群小孩子在园子里戏耍嬉闹。

***

早上六点，晨曦初现，又是一个晴朗的好天气。伊塞克湖南岸，瓦洛佳民俗度假村东侧一块空地上，两个身穿中式白色练功服的男人在练太极，晨光中两个人练得如痴如醉，宛若天人合一。

瓦洛佳虚心地学着岳立汉的一招一式，岳立汉很有耐心地给他讲解示范。

（俄语）"瓦洛佳，这位从日本来的先生，想加入你们的晨练，可以吗？"不知什么时候，一个吉尔吉斯族的日俄翻译带着那个背诵唐诗的日本学者来到了瓦洛佳和岳立汉面前。

瓦洛佳热情地说道：（俄语）"可以啊，地方这么大，随便练吧。"

日俄翻译说：（俄语）"不，他说他想用他练的武功与这位中国先生切磋一下。"

岳立汉说：（俄语）"他练的是什么武功？是太极吗？如果是，我和他练练太极推手，怎么样？"

日本学者不屑地叽里咕噜说了一堆。

日俄翻译说：（俄语）"他说他不知道什么太极，只知道武士道都是拿实力说话，他在日本是练散打的，拿过很多次冠军。"

岳立汉眉头一皱，顿时明白这个日本人是来挑衅的，但仍面带微笑地对日俄翻译说：（俄语）"你问他，想怎么比赛？我们中国人讲究的是以武会友，拳脚无情，点到为止。"

日俄翻译说：（俄语）"山崎先生说了，他们日本练武之人从不想什么以武会友，比赛就是比赛，不会手下留情。"

岳立汉闻言道：（俄语）"看来山崎先生很认真！你告诉他，我很乐意与他切磋一下！"

山崎面露满意的笑容。

旭日已从山峰露出了头，岳立汉和山崎站在相距不到六米的距离对视着，山崎摘下了眼镜，小眼睛里透着冷漠的凶光。岳立汉心里迅速对这个山崎进行了初步判断，冷静地示意山崎出招。铆足了劲的山崎挥舞着双拳，吼叫着像狼一样地扑了过来。岳立汉闪身避开，使出无影掌将山崎的狠招化解。

岳立汉内心独白："拳脚有些力度，但欠火候。出招挺狠，但求胜心切。

心浮气躁，比赛型的，实战经验比较差。"

这时，山崎又一记猛拳打过来，岳立汉一个玉龙缠臂加铁山靠，将山崎击出一丈开外，他重重地摔倒在地。

日俄翻译赶紧上前将他扶起，山崎拍了拍身上的尘土，一脸不服，调整好姿势挥拳想扑过来，被瓦洛佳上前挡住。

瓦洛佳好心劝解道：（俄语）"山崎先生，不要再打了，您根本不是他的对手。您练的功夫和瓦西里目前的武功完全不在一个等级上。虽然我不是功夫高手，但我能看出，刚才他反击您的一招，只用了五成力。"

日俄翻译与山崎交流着，山崎面部表情复杂，最后走上前，冲着岳立汉鞠了一躬。

（日语）"谢谢岳先生手下留情，请您别在意，我们只是一场友好比赛。想不到在吉尔吉斯斯坦还能遇到像岳先生这样的武术大师，真是幸会了！"

岳立汉谦虚地说：（俄语）"山崎先生，我不是什么武术大师，只是武术爱好者。像我这样的人，在中国有很多，希望您今后抽时间到中国好好看看，您就会明白，天下功夫出中国。中国功夫名扬四海，南武当、北少林、中太极，至刚至勇是八极，各种武学博大精深，我也只练了个皮毛，今天承让了！"

说罢，岳立汉双手抱拳行礼，瓦洛佳和山崎也学着岳立汉抱拳行礼。

四个人边谈边走，准备吃早餐。

山崎突然问道：（日语）"岳先生，您可以教我几招吗？"

岳立汉半开玩笑地说：（俄语）"当然可以，不过，您要先请我喝酒！哈哈哈！"

山崎诚惶诚恐地赶紧回答：（日语）"没问题，我从日本还带了几瓶清酒！"

岳立汉说：（俄语）"我不喝，你们日本的清酒跟水似的，没劲！"

瓦洛佳马上来了兴致附和道：（俄语）"还是喝我的伏特加吧！高度的！"

众人一起大笑。

第十八章

比什凯克，2010 年 4 月 6 日。雨过天晴，空气中散发着泥土的香味，城市绿比带的草坪被雨水冲刷后郁郁葱葱。岳立汉和狗子开着车在城市的主干道苏维埃大街上行驶，街道两旁停满了车。

"狗子，今天的车咋这么多？"

"是呀，这外地牌照的车也不少，塔拉斯的、纳伦的、伊塞克湖的，还有不少从南边奥什州和贾拉拉巴德州过来的。哥，你看，大多数都停在偏僻街道两边，也不知道有啥重大活动。"狗子一脸疑惑地说道。

岳立汉接着说："你发现了没？这几天比什凯克的人也一下子多了不少，不知道咋回事。"

吉普车继续行进着，沿途不少建筑物前聚集了不少人，远远看见有组织者站在高处慷慨激昂地演讲，周围同样站了不少情绪激动的集会者。人群中还有些人高举着吉尔吉斯斯坦国旗，呐喊声、掌声此起彼伏。

岳立汉掏出手机拨号：（俄语）"喂，库尔曼别克兄弟，这几天比什凯克来了很多外地人，是有什么活动吗？"

（俄语）"瓦西里大哥，是的，来了不少外地人，他们就是准备举行大规模集会游行。瓦西里大哥，这期间你们最好多准备一些吃的喝的在家，尽量少出门！"

岳立汉回答道：（俄语）"知道了兄弟，谢谢你！"

"我也通知商会的会员和认识的中国人，让大家都相互转告一下，注意安全，备足粮草！"狗子见状，深知事态严重。

岳立汉想了一下，又拿起手机打电话给郑小妹："小妹，你马上通知一下你认识的几个中国留学生，让他们相互转告，不要去市中心地带，多买些吃的用的，有条件的最好几个人住在一起，也好有个照应。如果有什么突发事件，让他们马上联系大使馆领事部和我们商会，我们会尽全力帮助这些孩子！"

站在公司院内的郑小妹说："好的，我马上给他们打电话！"

夜里，岳立汉的住处，整个小区一下子安静了很多，大家都在家里收看新闻了解局势。

岳立汉、郑小妹、狗子和最近才来比什凯克的狗子的未婚妻左丽，一个长相清秀的姑娘，正全神贯注地盯着电视看时事新闻，郑小妹不停地翻译着。

电视画面里大批民众高举着国旗向阿拉套广场聚集，场面几度失控，不时有集会者与手持盾牌维护现场秩序的警察发生肢体冲突。为了遏制骚乱，警方使用了闪光弹。

郑小妹一边看一边忧心忡忡："局势不容乐观！民众情绪好像越来越激动，再发展下去恐怕会失控！"

岳立汉说："我们作为外国商人，在骚乱中首先要考虑的是做好应急准备，紧紧依靠中国驻吉尔吉斯斯坦大使馆，调动一切可调动的力量，保护我们和同胞的生命财产安全。"

深夜，俯视整个比什凯克城区，灯火通明，车流依旧。寂静中的长夜，似乎在孕育着一场惊天变革……

***

2010 年 4 月 7 日，比什凯克市区，上午十点半。

焦虑不安的岳立汉频繁地接听电话，郑小妹持续关注电视新闻，判断着局势发展。狗子则在安慰因害怕闹着要回国的未婚妻左丽。

岳立汉给冯总打电话："冯哥，局势看来不乐观啊，恐怕要出大事，咱要早做打算！"

接听电话的冯总正站在窗前向外张望："估计今天会发生大事，感觉不太好呀！你们和你们的商会要提前合计合计，做好应急准备吧！"冯总身后的工作人员正忙碌着收拾文件。

岳立汉继续拨打电话："喂，陈总，现在启动我们商会的应急指挥机制！你和赵总负责比什凯克列宁区、十月区这两个区内咱们商会成员和中国同胞的集合、撤退，我和黄总负责斯维尔德洛夫区和五一区，狗子和商会几个小青年组成后勤保障组，购买食品、纯净水、蔬菜和药品。如遇突发事件，咱们立即将同胞撤到托克马克方向的亚洲之星农业园区，我已经与那边管理层沟通好了……对！那里有很多空房子，有水有电，也有食品，收拾一下就能容纳一千多人没问题……是的！另外，咱们预先联络的三家私人保安公司最少可以给咱们提供 80 名持枪保安，负责安保护卫！按照这个方案进行，有什么情况随时沟通！注意安全！"

窗外，突然从西北方向的阿拉套广场传来阵阵枪声，哒哒哒……哒哒哒……

狗子问："啥情况，这时候还有人结婚？放什么鞭炮？"

岳立汉说："这是枪声，兄弟，是 AK-47 的枪声！动武了，情况严重了！"

郑小妹说："电视也一下子没了信号！"

狗子问："谁跟谁打起来了？"

岳立汉说："情况不明朗，我打电话问问当地的几个朋友。"

这时，市区的枪声越来越密集，呐喊声此起彼伏。目击者称，一辆装有枪支弹药的无牌照卡车在胜利广场在向行人发放枪弹，许多人手里端着武器、棍棒等冲向目的地。人群中不断有人中枪倒地，惨叫声不绝于耳……

比什凯克的所有营业场所纷纷关门停业，绝大多数市民都躲在家里不敢出门。

这是岳立汉在比什凯克经历的第二次骚乱。这次骚乱几乎是在毫无征兆的情况下突然爆发，又在一片枪声和血腥中回归了平静。一切都发生得那么快，快得让你来不及去想。国家机器停止运转，比什凯克又一次陷入到了无政府状态，强盗横生，纵火、抢劫、偷盗、火并时有发生。

比什凯克的无政府状态进入第二天。通往胜利广场的街上行人稀少，车辆也少了很多。

一辆无牌照的黑色越野吉普风驰电掣般地行驶在空荡荡的路上，车上坐了三个面目凶狠的壮汉，他们头戴黑色旅行帽，身穿运动装，鹰一般的眼睛盯着前方，每人手里都握了一支苏制 AK-47 折叠式自动步枪。他们的头儿一边开车一边下达指令：（俄语）"乌兰别克他们住在 306 房间，你们必须在 4 分钟之内把活干完撤出来！因为别的楼层也有他们的人，动作要迅速！"

吉普车迅速冲进位于胜利广场东侧的友谊宾馆的侧门，三名持枪杀手飞身下车，冲进宾馆大厅。开车的头目将车迅速掉头，车不熄火，等在那里，同时从旁边座位上的包里掏出一把手枪，拉栓上膛放在一边。

宾馆大厅服务总台的小姐刚想问冲进来的杀手什么，一名杀手马上将枪口对准服务小姐，吓得两个姑娘腿一软蹲到了地上。

另外两名杀手上电梯直奔三楼，三楼电梯门开，两人迅速找到 306 房间，对视了一下，一个上前敲了三下门后闪到一边，两人将 AK-47 对准门内，4 秒钟后一齐向里边扫射，哒哒哒哒哒……房间内发出阵阵惨叫。一名枪手一脚将打成筛子的门踹开，端着枪冲进去又是一阵狂扫，哒哒哒哒哒……

只见房内的两个人，一个浑身是血倒在门口的地上，一个倒在了床上，鲜血从床上往下流着。

两名杀手从下车到上门杀害再到全身而退，前后用了不到 4 分钟。

4 月 9 日《比什凯克晚报》头版刊登了这条黑社会组织趁骚乱之际进行火并的新闻。

夜里，喝醉酒的作案者三五成群，明火执仗地进行盗窃、抢劫。市区内一些商铺再次遭受了和第一次骚乱一样的境遇，被洗劫一空。丝绸之路大街上的国英商贸城被洗劫后放火。

位于比什凯克某小区的房间里，郑小妹紧盯着电视屏幕，分析了解着局势的变化。屏幕里，这次骚乱的组织者、指挥者正与其他组织的负责人进行激烈的对话，讨论尽快成立临时政府、让警察复岗，以恢复比什凯克的社会秩序。

岳立汉不停地与商会的几个负责人联系着。

"王总，咱们分头通知一下其他商会成员和中国同胞，目前骚乱者主要针对的是商业目标，还没有骚扰抢劫居民区，转告大家不要恐慌，但是一定要待在家里，有什么生活必需品与狗子联系，我们安排本地的朋友给他们送过去。另外，一定要有心理准备，如果局势进一步恶化不可控了，我们就会组织同胞撤离骚乱地区，到临时安置点，千万不可大意！"

忠厚老实的维克多在自己的办公室给岳立汉打电话：（俄语）"喂，瓦西里，安全吗？如果感到不安全就来我这里，我的工人们组成了护厂队，我这儿不放假，工人们都在上班生产！再怎么样也要吃饭的，对吧！"

岳立汉感激地说：（俄语）"亲爱的朋友，感谢您了！您总是这么关心着我们！现在大部分商店都不开门，市民在抢购食品等生活物资，物价上涨得厉害，我可能要从您那儿采购几吨食品给我们中国同胞吃。不不！维克多，我一定付款！朋友是朋友，账要算清楚的，谢谢您，朋友！"

郑小妹突然兴奋地喊道："好消息！好消息！警察重新上岗了，临时政府也成立了！"

狗子说："慢慢就会稳定！哥，让左丽给咱整几个菜，咱们好好吃顿饭！喝点酒，压压惊！"

郑小妹说："我到厨房帮忙做饭去！"

狗子忙说："别价，姐！你还是盯着电视了解新闻吧，就指着你了解外面的局势了！"

午夜，小雨飘飘洒洒，雨水冲刷着骚乱留下的污垢。

亮着警灯的警车哇啦哇啦地响着警笛四处巡逻着，荷枪实弹的警察在重要街口设立了检查站，背着长枪的武装特警守卫着重要的场所。街上的行人和车辆逐渐多了起来，商店和服务场所都在有选择性地营业。

岳立汉公司的值班保安打来电话："老板，有个叫阿曼的人来过，说他从伊塞克湖州来，给您送来了一只宰好的羊和一大包鱼，让我转交您，他就走了。"

岳立汉对身边的郑小妹和狗子说："这个阿曼是个厚道人，总是不声不响地做事情。小妹，你给人家打个电话谢谢人家。"

次日上午十点，岳立汉、狗子、郑小妹三人打着雨伞，一边说话，一边步行去公司，在十字街口被两名背着长枪穿着雨衣的武装军警拦下检查证件。

军警甲说：（俄语）"您好！请出示证件。"

岳立汉三人将护照递过去。

军警乙边翻看边说：（俄语）"噢，是中国人，来比什凯克做什么？"

岳立汉说：（俄语）"我来比什凯克 14 年了，前面不远处就是我的公司。"

军警甲将护照递还给岳立汉等人说：（俄语）"这么说经历过不止一次骚乱了，你不怕吗？为什么还留在这里？"

岳立汉说：（俄语）"没有什么可怕的！一个国家的经济要发展，老百姓的生活水平要提高，首先需要的就是稳定。这个稳定是老百姓的愿望，也是你们政府的愿望，更是我们外国投资者的愿望。"

两名军警冲着岳立汉竖了竖大拇指，做了一个放行的手势。

快走到公司的时候，岳立汉远远看到公司大门口停着一辆厢式小货车，一个老太太正在指挥司机和保安往院子里搬东西。

（俄语）"哈米萨阿姨，您来啦！"郑小妹赶快上前，与已故飞行员伊利达尔的母亲哈米萨拥抱、贴脸。哈米萨也和岳立汉、狗子一一拥抱。

（俄语）"比什凯克发生骚乱的时候，就想打电话接你们来卡拉科尔，沙夫卡特（伊利达尔的哥哥）说他与瓦西里联系过了，你们暂时没有事。我就想着来比什凯克，给你们送些吃的。这不，给你们带来了四箱苹果、两箱鸡腿。没想到你们过来了！"

（俄语）"哈米萨阿姨，谢谢您啦！送了这么多东西！"

（俄语）"我们是一家人！这又在我们国家，有什么事，一定要帮忙的！"

（俄语）"好好好，我收下！阿姨，请到办公室喝杯茶再走。小妹，快去把给阿姨准备的茶叶和给沙夫卡特大哥准备的两瓶酒拿出来！"

（俄语）"不进去了，我和客户约好的时间快到了。下次来，你请我吃火锅就行了！哈哈哈！"哈米萨开玩笑地说。

岳立汉将茶叶和两瓶包装精美的酒递给哈米萨，说：（俄语）"这是您喜欢的绿茶，这两瓶好酒请您带给沙夫卡特大哥！"

厢式小货车渐行渐远，岳立汉、郑小妹、狗子站在道路旁挥着手。

第十九章

2010 年 6 月 5 日。群山连绵，天空湛蓝。

岳立汉和库尔曼别克开着吉普车，在崇山峻岭掩映下的比什凯克至奥什市的盘山公路上飞速行驶。沿途高原美景，美不胜收：苏联时期修建的托克托古尔水库清澈见底，碧波荡漾；阿拉贝尔山口可见险峻的山峰和近在咫尺的雪山山顶。

岳立汉一边开车一边说道：（俄语）"库尔曼别克兄弟，一年前，我们公司卖给奥什市一个客户一套一级葵花油加工设备，质保期是一年。我们提供的设备是比较适用可靠的，设备试生产时，这套设备油脂产量和质量都能达到双方在合同中约定的要求。但是，据了解，这个客户手下的技术工人不断辞职，原因我不知道，不过这就导致这套设备因长期缺乏专门的技术人员操作，而故障不断。但这个客户反咬一口，说我们的设备有问题，是次品！为了解决这个问题，才麻烦兄弟和我去趟奥什。"

（俄语）"你应该麻烦我，瓦西里大哥，我们是好朋友、好兄弟！只要你保证你的设备没问题，剩下的问题我来解决！"库尔曼别克安慰岳立汉说。

（俄语）"我们提供的中国设备，质量是完全可靠的。为了帮客户解决技术问题，我还专门从乌兹别克斯坦塔什干请来了正在那里安装油脂生产线的中国工程师到奥什，他今天也会到！"

（俄语）"那就好，我也通过奥什的朋友找到了一位苏联时期在榨油厂做过技术员的老人，有专业人员把关会更好些。"

汽车在山路疾驰，远处隐隐约约的城市慢慢浮现在视野里。

从盘山路俯瞰奥什市，建造于苏莱曼圣山上的苏莱曼国家历史考古博物馆和奥什清真寺尽收眼底，远眺是白雪皑皑的列宁峰和吉尔吉斯 - 阿塔国家公园。奔流不息的卡拉苏河在默默地流动，城市街道游人如织，商贾如云。

2010 年 6 月 10 日，傍晚，奥什市东郊油脂加工厂厂区宽阔的后厂院内，一群吉尔吉斯族男女正忙碌着宰羊、烧羊排、做抓饭，空气中弥漫着烤羊肉的香味。

岳立汉、库尔曼别克和油脂加工厂的主人别克塔什谈笑风生地从车间里走了出来。

别克塔什笑容满面地说：（俄语）"不错不错！经过中国工程师的调整和技术培训，我们的生产线已经连续无故障运转了 48 小时，产量和质量，我都很满意，非常感谢您，瓦西里！"

库尔曼别克说：（俄语）"别克塔什巴依盖，你的技术工人，一定要想办法留住！设备再好，也是需要懂技术的人操作的！"

（俄语）"那就把中国专家和俄罗斯大叔这两位技术人员都给我留下吧！我给他们开高工资，天天给他们烤肉吃！"别克塔什一脸真诚又开玩笑地说。

哈哈哈哈哈，大家开心地笑着。

房间里的餐桌上摆着丰富的时令水果，大盘子盛满了烤肉和抓饭等吉尔吉斯民族美食。餐桌边围坐着八个人，大家尽情享用美食，宾主热烈地互相敬酒，一杯接一杯，墙壁上的电子钟表显示 23：05。

岳立汉与库尔曼别克交换了一下眼神，岳立汉起身祝酒：（俄语）"朋友们，首先感谢别克塔什巴依盖对我们的热情招待！榨油设备工作得很好，我们在这里吃肉喝酒都是香的！"

大家一阵哄笑。

岳立汉继续说道：（俄语）"好朋友关系，是在相互信任、合作共赢的基础上发展起来的。你们相信我们公司，从我们这里订购了中国设备，我们就有责任和义务为你们提供质量可靠的设备。现在看来你们和我们的选择，都是正确的！虽然到这个月的 20 号，你们的设备就过了我们合同约定的质量保证期了，但今天我郑重向你们承诺，我们会一直为你们的设备提供技术保障。不为别的，就因为我们是朋友，朋友就应该以诚相待、互相帮助。

最后，我建议，为了朋友、为了友谊，干一杯！"

大家兴致勃勃地站起来一起碰杯。

别克塔什刚准备拿起伏特加酒瓶子往岳立汉的杯子里倒酒，被库尔曼别克拦住。

库尔曼别克：（俄语）"巴依盖，差不多了，都喝得不少了，明天一早还要赶路回比什凯克，让大家都早点休息吧！"

别克塔什说：（俄语）"兄弟，一定要让客人吃好喝好，这是老祖宗留下的待客之道！"

（俄语）"喝酒喝到这儿啦，吃肉吃到这儿啦，真的！"岳立汉连说带比画……

午夜的奥什城区，送岳立汉和库尔曼别克回宾馆的车在街道上穿行着。

啪啪啪！啪……突然从城市的西南方向传来了阵阵爆响，坐在小车后排闭目养神的岳立汉和库尔曼别克一下子惊醒。

岳立汉警惕地说：（俄语）"是枪声！"

库尔曼别克说：（俄语）"对，是枪声！"

开车的司机则不以为然道：（俄语）"好像是鞭炮声，我们这里的人结婚，经常在半夜三更放鞭炮的。"

车到宾馆门口，岳立汉和库尔曼别克下车，直奔三楼房间。外面持续传来的枪声响彻夜空，外面的街道上不断有人群叫喊着朝一个方向赶去。

宾馆房间内，库尔曼别克打开窗户，边打电话边向外张望着。

（俄语）"兄弟，估计是出什么事了！"岳立汉有些担忧。

（俄语）"是的，刚才我看到不少人开着车，拿着家伙往西南方向去了！我奥什的朋友告诉我，有人故意挑起了械斗，现在参与的人越来越多，规模也越来越大，双方甚至动起了刀枪，已经出现了人员伤亡！"

窗外的枪声越来越密集，有房屋被点着了，火光映红了半边天。

宾馆楼顶上，路灯的光和远处房屋燃烧的冲天火光映照着岳立汉冷峻的脸庞。他也不停地打电话联系奥什的中国商会组织负责人和当地的一些朋友，打听事态的发展。

岳立汉打电话给在比什凯克的郑小妹："小妹，奥什看来要出大事，情况越来越严重，我暂时先不回去了……不要紧！库尔曼别克没有走，他和我在一起。我等等看，这里有几千名中国同胞，一旦被困，后果不堪设想！"

郑小妹说："这个时候我不想拦你，也拦不住你，你就记着活着回来就行了。我和狗子他们会把公司守好的。"

岳立汉继续拨打着电话，不时向远处火光处张望着。

宾馆里中国房客紧张不安地聚在一起，大约十几个中青年男女。宾馆黄总在安慰大家："不要怕啦，可能是黑社会聚众斗殴啦！大量的警车警察过去啦，黑社会一看到警察就会散的！"

男房客甲摇摇头："黄总，没那么简单！好像挺严重的，十几辆救护车哇啦哇啦地来回跑着运伤员。"

男房客乙说："是啊！这一动枪就不是小事情！你们听，到现在枪声还没停！"

男房客丙问："这是谁跟谁在打？"

中年女房客说："警察跟黑帮在打呗！"

男房客丁说："不可能！警察跟黑社会枪战的话早结束了！我的当地朋友告诉我，是当地的两个团体打起来了，参加械斗的人越来越多！"

年轻女房客操着一口江浙普通话："我刚去了门口一趟，看见一辆小货车拉了几个受伤的人，那些人鬼哭狼嚎地惨叫，血从车厢流到路上！吓死人了！"

夜，俯视奥什市街道，警车、救护车鸣着笛来回跑，一辆又一辆卡车上站满了手拿刀枪棍棒的人，正朝着一个方向飞奔。

当当当！一阵钟响，宾馆内钟表的指针指向凌晨四点钟。

已是凌晨，但紧张的人们毫无睡意。这注定是一个让人无法入眠的夜晚，人们也无法知晓这场骚乱的起因和最后的结果。让岳立汉根本想象不到的是，这个事件正以惊人的速度发酵并蔓延，终究酿成了一场大灾难。

***

清晨六点半左右，骚乱中的奥什市，被烧毁的房屋残垣断壁还冒着烟，外边凌乱地扔着被损坏的生活用品，到处一片狼藉。路上，几辆汽车被烧得只剩下黑乎乎的铁架。空气中散发着焦煳味和血腥的味道。

站在宾馆楼顶上的岳立汉，一边观望远方，一边打着电话。

"喂！喂！终于通了，林会长！你去哪里了？我打了两天的电话也找不到你！"

一个留着短胡须的中国中年男子坐在国际大巴车上，操着南方口音接听电话，这是吉尔吉斯斯坦奥什中国商会会长林烽。

飞驰的大巴车在蜿蜒曲折的公路上行驶，剧烈地摇晃着。林烽旁边坐着一个容貌端庄的中国年轻女人。车上各式装束的男女乘客神态各异，惊恐地望着车外。路上有几十辆大大小小的中巴车、卡车、小轿车，满载着青壮年男人，向奥什方向疾驶。

林烽说："对不起啊，岳会长！我这儿才有信号！我和孟丽副会长三天前解救了四个被黑窑主强行扣押、折磨得死去活来的中国劳工，把他们送到伊尔克什坦中方口岸，赶紧连夜返回，这才下山准备回奥什！"

"昨天晚上奥什出大事了，林会长！目前市区至少三个地方在进行激烈枪战，骚乱的范围还在扩大，事态很严重，估计要出大乱子！中国驻吉尔吉斯斯坦大使馆高度关注奥什的事态发展，并密切与各大商会保持着联系。咱们在奥什的中国社团组织要早做准备啊！"

"我一下山就感觉不太对劲，看到有上千人手里拎着家伙，乘车的、步行的，一股脑地往奥什方向赶！不时还有冷枪从头上飞过啊！挺吓人的！"

只听"砰啪"，又一声冷枪从大巴的上空掠过。

大巴司机一边开车一边大吼：（俄语）"想活的，都趴在座位上别动！"

林烽说："听到了吧，岳会长？还在打枪！"

早上约七点半，奥什城区。街上少有行人，几乎所有商业场所都关门闭市了。

这场发生在奥什地区的骚乱已进入第三天，规模越来越大，参加的人数也越来越多。骚乱开始蔓延到奥什市内，甚至蔓延到了贾拉拉巴德州，形势愈演愈烈。整个区域陷入混乱，骚乱人群开始哄抢商品。这对于刚刚经历了骚乱、迫切需要社会安定的吉尔吉斯斯坦老百姓，无疑是雪上加霜。

一辆破旧的拉达轿车里，坐着几个卖馕饼的年轻人。五六个包着头、穿着长裙的中老年妇女围着车，与车里的人讨价还价。

一个身材肥胖的中年妇女说：（吉语）"哎，年轻人！你卖的馕饼是金子做的吗？要 1000 索姆一个！"

（吉语）"老奶奶，世道乱了，没有人冒着生命危险出来做买卖！现在整个奥什谁还在卖馕饼？关键时候，钱救不了命，但馕饼可以让你活下来！"卖馕饼的年轻人嘀咕道。

一个中年女人递给车里的年轻人 2000 索姆，拿了两个馕饼，不声不响地走了。

……

这时，不知从哪里窜出一个五大三粗的汉子，他来到卖馕的拉达车跟前，大声地嚷嚷：（吉语）"卖馕的，你有多少个馕我全买了！"

卖馕的年轻人回答：（吉语）"我们总共带了 120 个馕，卖了一些，还有 110 个左右。"

买馕大汉蛮横地说：（吉语）"都给我拿出来！"

年轻人说：（吉语）"你先把钱给我！"

买馕大汉勃然大怒，从腰里掏出一把手枪，上膛，并冲着天空开了一枪，啪！然后将枪口对准车上的小伙：（吉语）"快把馕饼给我，不然打死你！"

吓得浑身哆嗦的小伙子赶紧下车打开后备箱，把两个编织袋的馕饼拿出来交给了大汉。大汉接过来，从怀里掏出一把大面额索姆钞票，扔进了车里，喊道：（吉语）"不白要你们的东西，没少给你们！"

大汉说完准备离开。

一个老年妇女壮着胆问大汉：（吉语）"小伙子，你都拿了，我们吃啥？"

大汉迟疑了一下，马上把口袋放在地上，从里边拿出了 20 个馕饼，分给了围观的中老年妇女，并说："这个不要钱，送给你们了！"说完扬长而去。

***

奥什市大唐市场位于奥什市东北部，突发的大规模骚乱让在该市场经营的 200 多名中国各民族商人和当地帮工惊恐万分，无处躲藏。他们聚集在一起，一边与外界联系求救，一面商量对策。

傍晚时分，有大批手持各类武器的武装民众被煽动前去大唐市场抢劫，形势万分危险，华人群体中哭泣声、求救声一片。

林烽一边跑一边接听大唐商户电话："喂，我知道了，知道了，大家不要害怕，我们马上赶过去！"

林烽打电话给岳立汉："岳会长，奥什大唐市场情况比较危急，我们打算赶过去！"

库尔曼别克开着车，岳立汉坐在车上接听电话："知道了，林会长，我们也赶过去！"

大唐市场门口，由岳立汉、林烽、库尔曼别克和其他商会负责人，以及吉尔吉斯族翻译努尔兰大叔和来自中国的柯尔克孜族小伙乌兰别克组成的谈判小组站在前边，200 多中国商户和吉方工人站在后边。谈判小组成员手里拿着中吉两国的小国旗，迎着躁动汹涌的武装民众走了过去。这是生死一线的时刻，稍有闪失，就会酿成血光大灾。

担任翻译的努尔兰大叔，大声地用吉语讲：（吉语）"老少爷们，这可是我们的邻居中国人啊！他们跟咱们无冤无仇，他们对我们的国家和民族只有帮助和友谊，从不危害我们！去年，我的小女儿得了重病，需要很多钱，是这些中国兄弟们集资帮助她捡回了一条命！所以他们都是好人，请不要伤害他们！"

武装民众中也有人悄悄地说：（吉语）"我的儿子正拿着中国给的奖学

金在北京上学呢！"

另一个持枪大汉说：（吉语）"中国喀什噶尔和克州也有我们民族的兄弟！咱们奥什发生几次大灾难，我们的邻居中国都是在第一时间援助我们的！"

首领听罢，举起 AK 冲锋枪朝天打了半梭子，哒哒哒……然后说道：（吉语）"都听着！这里是咱们的中国朋友，谁也不准伤害他们！这个市场接受我们保护，谁敢欺负他们，我就杀了他们！"哒哒哒哒哒……说罢又朝天射出了半梭子弹。

武装民众离去后，岳立汉、林烽、库尔曼别克、翻译努尔兰与众人握手拥抱，庆祝化解了一场灾难。

奥什地区的骚乱持续加剧，普通民众都躲在家中，无法出门采购食品和生活用品，很多华人华侨家里的食品也已经基本耗尽，他们只能四处求助。

奥什市一处偏僻院落的门口和院里停了五辆轿车，奥什中国商会的负责人林烽、孟丽和中国维吾尔族同胞买买提明、卡特拉吉等人在这里讨论应对方案。地上堆满了他们通过各种渠道采购来的食品，有大米、面粉、面包、空心面、土豆、胡萝卜、洋葱，还有一大包羊肉。

他们几个人紧张地不停地接着电话。

林烽接听电话："什么？两天前都没吃的了？好、好、好！我们马上派人给你们送点吃的！"

孟丽对伙伴们说："我听说，有几家在市场做小买卖的华商把生了虫的蔬菜都吃掉了！"

买买提明说："现在奥什所有吃的东西都很紧张，有钱也搞不到，我们是花了大价钱才搞到这些，再也搞不到什么了！"

卡特拉吉忧心忡忡地说："如果再过几天骚乱还不停止，天气这么热，又没吃的，事就大了！要赶紧想办法，不行的话，就组织车辆把中国籍的同胞往比什凯克运吧！"

林烽说："从比什凯克来的岳立汉会长就在奥什，他现在正与当地朋友寻找集中地和撤退路线。他说，现在进出奥什的所有通道都被封锁了，奥什到比什凯克有差不多上千公里的路程，路上不可预见的状况随时都有可能发生，所以不建议撤到比什凯克。"

孟丽激动地说："比什凯克中国大使馆警务参赞专门打来电话，向骚乱地区所有同胞转达慰问，说党中央非常牵挂在奥什的同胞安危，很快会发布解决办法，我们不孤立！"

林烽语气坚定："现在我们按照统计来的名单，分头将这些食品给咱们的人送去。千万注意安全，不行的话每辆车都找几个当地吉尔吉斯族朋友护送一下。开始干活吧！"

几个人忙碌着往车上搬东西。车上主街道后，分头驶向各自目标。

***

比什凯克，晴，气温 37.5 摄氏度。

在通往玛纳斯国际机场的路上，挂着大使馆红色牌照的三辆黑色越野车赶往飞机场，车上一个穿便装的中年男子在打电话。这是中国驻吉尔吉斯斯坦大使馆警务参赞赵军。

"喂，林烽会长吗？现在奥什的同胞都好吗？有没有人员伤亡？你们辛苦了！由于奥什地区的骚乱加剧，可能会对在奥什地区的中资企业和中国各民族同胞造成危害，因此中华人民共和国国务院成立了撤侨小组，准备派专机飞往奥什接同胞们回家。我和撤侨小组的领导正在赶往玛纳斯机场的路上，预计两小时后到达奥什机场！请转告奥什中国商会的几个负责人，从今天开始，将骚乱区域里的中国同胞进行集中，然后分批送到奥什机场！"

车上另一个青年男子手机铃声响起。"喂，岳会长，什么？你也在奥什，啥时候过去的？哦，骚乱后堵那儿走不了了？也好，正好你和林烽会长能帮上忙！国务院下令从奥什撤侨了，我们撤侨小组正赶往奥什，到后联系！"

撤侨小组一行八人走进机场，依次登上吉尔吉斯斯坦航空的支线飞机，飞机起飞直插云霄。撤侨小组在飞机上继续讨论着撤侨细节。

吉尔吉斯斯坦奥什等南方几地相继出现的大规模骚乱，给人民的生命财产造成了巨大损失。吉尔吉斯斯坦临时看守政府开始向国际社会请求援助，吉尔吉斯斯坦北部地区，包括首都比什凯克在内的各地老百姓自发地组织起募捐活动。在吉华商也略尽绵薄之力。

第二十章

比什凯克市，岳立汉公司院内，郑小妹和狗子在指挥公司员工往一辆大货车上装各种物资，有面粉、大米、面条、白砂糖、蔬菜、棉被等。

狗子说："小妹姐，这差不多有四吨多救援物资，把车都装满了！咱们公司的七个当地员工一看我们要给奥什的灾民捐助，每个人非要捐5000索姆！"

郑小妹说："同族同宗骨肉亲，他们一定会伸出援手的！告诉司机，路上小心，务必将物资送到灾民手中！"

大货车启动出发后，郑小妹掏出手机打给岳立汉。

"喂，岳哥，平安吗？按照你的指示，我们买了四吨多的食品和其他物资，今天发往奥什了！什么？中国政府决定撤侨了？太好了！祖国没有忘记那里的同胞，你多注意安全！"

奥什北京宾馆，每个楼层都有不少集中过来的中国商人，男男女女、老老少少，人声嘈杂。

岳立汉和奥什的几个中国商会负责人马不停蹄地统计、安顿着一切。

林烽、孟丽、卡特拉吉和买买提明等人正分头接运散住在奥什市区的中国侨胞到北京宾馆。三五成群的武装民众手里拿着刀枪在街上晃悠着，随意将车拦住检查。

林烽的车刚接上一对中国夫妻上主干道，远远被四个手握刀枪的武装民众挡住，并示意他们下车接受检查。

（俄语）"停车，下车！你们是外国人吗？护照！"

（俄语）"我们是中国人，我们准备回国，请你们帮忙提供方便，让我们走。"林烽说罢，向领头的递上了护照。

领头的粗略看了一下，就将护照还给林烽，但他用一把短刀顶在林烽的脖子上说：（俄语）"我们要确保你们没带武器，你们才能走！"然后对同伴大声喊：（俄语）"查他们的车！"

立刻上去两个人，一个上前打开车门，在车上来回翻检着，另一个绕到车后面示意让林烽打开后备箱盖。除了行李箱里的衣服和生活用品，他们什么也没有搜到。两人冲着领头的摇了摇头。

领头的又一声吼：（俄语）"把他们的索姆都拿过来！"

三个武装民众立刻又扑上来搜身，把林烽三人身上所带的所有索姆搜刮干净后，把头一摆说："你们可以走了，不准回头！"

一批批拎着行李包的中国人，陆陆续续地来到奥什市北京宾馆集中。每个楼层、每个房间，甚至走廊上都坐满了人，宾馆大门口两侧也坐满了人。

岳立汉、林烽满头大汗地打着电话联络。

林烽说："喂，赵参赞，现在北京宾馆的中国同胞集中得越来越多，再不往机场送，吃喝都成了大问题！"

赵参赞在奥什机场摆渡车上满脸焦急："林会长啊，现在奥什机场通往奥什市区的道路已经被武装分子封锁了！如果强行通过，肯定会有伤亡！祖国派来的撤侨飞机再有一个小时就到了，咱们得想个硬招，把同胞们安全送到奥什机场登机！我听说，比什凯克的岳立汉会长也在奥什？那太好啦！你多与他商量，他上过战场打过仗，有经验！"

林烽说："他和我在一起，好几天了！"

林烽问买买提明："两辆大巴车找好了吗？"

买买提明回答："找好啦！很不容易，其他大巴车给再多的钱，人家也不出车，都说要命不要钱！"

岳立汉说："通往机场的道路被武装分子封锁了，强行闯过去会有很大危险。咱们现在要考虑武装护送了，这样才能确保人员安全。"

孟丽说："武装护送？靠谁？只能靠军警！"

卡特拉吉说："我们要想办法找现在的奥什城防司令阿桑别克，只有他才有这个权力！"

林烽说："我们需要立刻与他建立联系协商。"

岳立汉说："对，现在我们需要尽快和他商定，不惜一切代价保护同胞安全！让他派出军警，武装保护我们到机场！"

林烽说："好，就这么定！我们向使馆赵军参赞汇报，然后马上找阿桑别克商量！"

***

奥什城防司令部临时指挥处，一身戎装的城防司令阿桑别克和林烽、岳立汉、买买提明、孟丽一起围坐在门口小树林里边的行军桌边。

林烽说：（俄语）"阿桑别克先生，由于奥什的骚乱越来越严重，为了保护中资企业、中国同胞的生命安全，中国政府决定派飞机来奥什接中国公民回国。但是通往机场的路被武装分子封锁了，我们需要您的帮助，希望您能派出武装军警护送我们的人到奥什机场。当然我们知道，你们也正处于困难时期。我们会尽一点心意。"

城防司令认真地听取中方人员的叙述。

岳立汉接着补充道：（俄语）"从军事的角度来看，我们的车辆行在路上，在明处，而武装分子藏在公路旁边的制高点上，在暗处。一旦发生状况，肯定会有人员伤亡，所以，我们需要绝对的火力压制。"

阿桑别克一边听一边赞许地点头：（俄语）"好的，我答应你们！不论是哪届政府，都应该保护投资者，更何况是我们的中国朋友！为了保证你们的绝对安全，我决定派一辆 T-80 坦克在前面开路，两辆满载中国人的大巴车紧随其后，后面再配一辆装甲车压阵。另外，每辆大巴车上安排五名武装军警。这样的安排怎么样？"

林烽、岳立汉、孟丽、买买提明一起站起来，欣喜地齐声道：（俄语）"非常好！"

阿桑别克一边走一边向助手安排：（俄语）"告诉坦克、装甲车车长和护送军警，发现可疑目标，直接开火！告诉中国人尽快登车，40 分钟后出发去机场！"

助手向城防司令行军礼后离去。

奥什北京宾馆门口，林烽、岳立汉和奥什中国商会的负责人们正在组织中国同胞排队登车，不知谁喊了一声"让妇女儿童先登车撤离"，人群中一片附和："对！让他们先走！"

又有人在喊："让岁数大的、身体弱的先走！"

人群中又是一片附和。

林烽、岳立汉眼里含着感动的眼泪，冲着他们竖起大拇指："好样的，爷们儿！"

这就是我们的同胞，在生命遭遇危险的关头，总会有人挺身而出，把生的希望让给他们认为更需要的人。这就是铮铮铁骨的民族之气、浩然正气。

俯视奥什市通往飞机场的公路上，T-80 坦克车在轰隆隆的马达声中冲在前面，坦克车体上还搭坐四名手持 AK 自动步枪的武装军警。一名枪手手握着炮塔上方的重型机枪，只要发现公路两侧山丘上有异常，就扣动扳机一梭子打过去，哒哒哒哒哒，一路扫射。后面装甲车上的武装军警听到前面的枪声后，也马上从射击孔里伸出枪来，朝着目标再补几枪，哒哒哒……

卡特拉吉惊叹道："这火力，先别论有没有武装分子，就是有也给吓跑了！"

林烽掏出手机："赵参赞，第一批同胞再有 20 分钟就到机场了。祖国的飞机到了吗？"

赵军参赞说："好样的！林会长，向你们致敬！祖国的飞机刚降落，你们赶的时间非常好！我代表使馆撤侨小组谢谢你们！"

坦克车和装甲车在机场入口处停下。两辆大巴鱼贯进入机场，赵军和撤侨小组的所有成员站在路两边迎接。

撤侨小组接手后，立即组织同胞们开始登机。林烽、岳立汉和奥什中国商会的负责人们与撤侨小组成员一一拥抱，眼含热泪地目送同胞们依次登上飞机。

机舱内两侧行李架上插着一面面五星红旗，乘务组拉开条幅，上面写着"祖国母亲接你们回家"。顿时，登上飞机的中国同胞哭成一团。

"回家了！我们要回家了！……"

两架中国南国航空的飞机依次在跑道上滑行、起飞。林烽、岳立汉眼望着飞机直冲云霄，消失在云层里。

驻吉使馆孙领事手里拿着一套防护用品对林烽说："林会长，这是防弹衣，这是头盔，穿上吧！奥什还有1000多同胞还没出来呢，他们需要你们！"

林烽、买买提明、孟丽异口同声："我们不会让一个人剩下的！我们回去接人！"

北京宾馆门口，中国侨胞继续登车。

通往机场的路上，坦克车依旧在前面扫射，给后面的大巴车带路，紧随其后的装甲车殿后护送。俯视奥什城区，不远处几个地方，依然冒着滚滚的浓烟，不时还有冷枪响起。

从2010年6月14日晚8点40分第一架包机从乌鲁木齐起飞，到17日凌晨1点35分最后一架包机在乌鲁木齐降落，50多个小时的时间内，中国政府派出九架次飞机，先后前往奥什、卡拉苏和比什凯克等吉尔吉斯斯坦城市，共安全接回1299名中国公民，其中包括210名维吾尔族同胞，无一人伤亡。在中国政府派出的撤侨小组和中国驻吉尔吉斯斯坦大使馆的领导组织下，吉尔吉斯斯坦的中国商会组织空前团结，特别是奥什的中国商会，勇于担当、冲在最前，帮助骚乱地区的中国公民全部安全撤离，无一伤亡，书写了感天动地的时代经典。他们平凡而又伟大，为了同胞的安危，他们选择不求回报，冒着生命危险，无畏逆行，居功至伟。

第二十一章

万米高空，蓝天白云，俯瞰雪山，连绵成画。

一架中国南国航空公司的波音 747 飞机在云端平稳飞行。机舱内，郑小妹和狗子未婚妻左丽正在翻阅杂志。郑小妹伸手看了看手表，对左丽说："快到了。原以为六月份那场骚乱最少要折腾一年半载的，没想到不到两个月就平息了。"

左丽说："早知道这么快就结束了，咱们就不用回去了！"

"还说呢！你一天到晚又是害怕，又是哭哭啼啼的，把狗子整得六神无主的！不过，这从四月到六月，骚乱不断，是挺恐怖的，所以我又特别能理解你。你们大哥为了安全，才让咱们撤回国内的。"

"听奥什那边市场里的几个南方朋友说，回国的商户也开始慢慢返回去做生意了！"

机舱外，飞机的引擎轰鸣声持续，飞机开始盘旋下降……

岳立汉和狗子戴着墨镜仰望着天空。

狗子说："来啦！来啦！今天天气好，航班准时。走吧哥！再有半小时，小妹姐他们该出来了！"

熙熙攘攘的人群中，郑小妹、左丽推着行李车从到达口走了出来。狗子兴奋地飞奔过去，张开双臂抱着左丽转了一圈，然后接过行李车。

岳立汉走到郑小妹面前，接过行李车，两个人深情地对视。

"都顺利吗？"

"都好呢。比什凯克都正常了吗？"

"都正常啦！政府机关都正常工作了。只要和平了，日子还得好好过！"

吉普车上，狗子开着车，左丽坐在副驾驶座位上，两个人热烈亲切地说着话。

岳立汉和郑小妹坐在后排，两个人的手紧紧扣在一起，眼睛盯着窗外。

"道路依旧，比什凯克依旧！"

"你才走了几天？咋这么多感慨？"

"之前的骚乱令我们和这座城市，都有点浴火重生的感觉，特别是你，在奥什经历了真正的生死考验。感谢上帝吧！"

岳立汉忽然问："对了，你还记得阿道夫吗？"

郑小妹说："咋不记得？就是那个长得像肯德基创始人的犹太老人嘛！"

岳立汉说："他的夫人玛丽亚打来电话，说你和左丽今天回来后，邀请咱们下午两点去阿拉阿查河谷他们的别墅，他们要设宴招待你们。"

郑小妹问："你答应人家啦？刚过来就去麻烦人家！"

狗子说："盛情难却啊，小妹姐！老汉一周前打了好几次电话约好的，看得出来老汉挺绅士的！"

***

俯视比什凯克南部山区阿拉阿查国家森林公园河谷别墅区，满目翠绿，成片成片的观赏树和各类果树相映成趣，苹果树上挂满了青红相间快要成熟的果实，中亚特有的欧洲李树上也是果实累累。

凉风习习，阿道夫宽大的别墅庭院内，木制凉亭下面，铺着白色餐布的长条桌上摆满五颜六色的时令水果和丰富的各式菜肴，桌子上甚至赫然摆着一盘北京烤鸭。

玛丽亚开玩笑地说：（俄语）"我知道阿尼娅喜欢吃北京烤鸭，就在比什凯克的烤鸭店里订了一只。"

郑小妹双手合十连声说：（俄语）"谢谢！谢谢！"

阿道夫将伏特加斟满酒杯，起身祝酒：（俄语）"瓦西里知道，我们这里的人和客人在一起吃饭的时候总是没完没了地轮流说祝酒词。这是苏联留下的习惯，很浪费时间，但用意是好的，就是要多说祝福的话。习惯于祝福别人越来越好的人，自己也会收到很多祝福。今天我为什么要为阿尼娅举行一个欢迎宴会？因为我有一个好消息要告诉你们，我的土豆片、土豆条、土豆泥等土豆系列产品，在莫斯科举行的国际食品博览会上获得了金奖！"

岳立汉、郑小妹、狗子和左丽听闻，一起鼓掌。

阿道夫接着说：（俄语）"我想表达的是，四年前你们给我提供的土豆加工生产线帮助我获得了这项荣誉。是你们的帮助，使我公司的生意蒸蒸日上，我们才会在莫斯科国际食品博览会获得金奖！我相信，今后我的生意会越来越好！你们中国不是有句话叫什么吃水不忘挖井人吗，所以我要向你们表示最最诚挚的感谢！你们是我遇见的最诚实的中国商人，我们打交道这么多年，都能够把对方当成真正信任的人。所以，请接受我和夫人对你们的感谢！"

阿道夫和玛丽亚站起来，同时举杯敬酒。岳立汉、郑小妹、左丽和狗子也一同站起来，端起酒杯和他们碰杯。

阿道夫家的两个厨娘还在一盘一盘地上着菜。大块的烤肉，香气四溢的烤鸡腿，金黄色的烤鱼让人垂涎欲滴。

阿道夫的酒量非常好，人也非常风趣，一遍一遍地说着祝酒词，每次都能把玻璃杯里足足二两的伏特加一饮而尽。

狗子说："哥，这种整法顶不住啊！老汉太能整了！"

岳立汉起身祝酒：（俄语）"尊敬的阿道夫，尊敬的玛丽亚，首先感谢你们的盛情邀请，其次，祝贺你们的产品能在莫斯科国际食品博览会上获得金奖。你们的诚实能干、精益求精，是获得这份荣誉的关键。当然，好的生产设备也是必不可少的，我为我的国家能够制造出让客户满意的生产设备而感到自豪。你们收获了利益和荣誉，我同样收获了利益和信任，咱们真正实现了合作共赢。和你们老两口打交道这几年中，我非常敬仰你们的诚实守信，这和你们的信仰和品德有关系。我看着你们一步一步地从小到大、从弱到强，我们之间的合作是成功的，我相信我们今后的合作也一定会越来越好。阿尼娅刚回来，过几天我们要一起到你们的工厂车间去，看看还有什么要解决的问题，我们会尽量为你们解决，因为这是我们的责任和义务。"

阿道夫和玛丽亚冲着岳立汉竖起大拇指。

阿道夫连声说："哈拉少！哈拉少！咱们要干一个满杯！"

玛丽亚劝阿道夫：（俄语）"老头子，酒不要喝得太多了。人家阿尼娅刚回来，别妨碍了她和瓦西里亲热。"

阿道夫诙谐地说道：（俄语）"难道你忘了俄罗斯人的一个谚语？伏特加是男人的加油机，他会点燃汹涌澎湃的激情，把喜欢他的女人融化！"

哈哈哈哈哈！大家笑作一团。

玛丽亚说：（俄语）"我是被你融化了，但被你融化的结果，就是原来苗条迷人的姑娘，现在变成像啤酒桶一样粗壮的老太婆了！"

哈哈哈哈哈！大家笑得前仰后合。

***

比什凯克之夜，万家灯火。岳立汉居所，时钟指向 11 点，自鸣钟整点报时，当当当……

岳立汉洗漱完，上床准备睡觉，手里拿起一本书看着。

忽然，一阵急促的手机铃声响起，来电显示是商会陈副会长，岳立汉心里一紧，马上接听。

"喂，陈总，发生什么事了吗？"

比什凯克市列宁格勒大街上一个民用住宅院子里，一片狼藉。房屋内，地毯上浸着鲜红的血，躺着两个浑身是血的中国小伙子，一些家居用品散落在地上，惨不忍睹。陈总浑身是血站在房内，颤抖着打电话。

"岳会长啊！今天晚上 10 点半，我们家来强盗了！他们一共五个人，手里都拿着枪和刀。首先在前面办公室把我的一个小伙子控制了，然后劫持他来到我的主房内，二话不说，直接开始杀人抢劫。我们奋起反抗，并用防暴手枪开枪，这才没有被他们完全灭口！我们和这伙 ×× 娘养的打斗了七八分钟，最后这帮匪徒看开枪了、动静大了，才赶紧跑了。我和两个小伙子都受了伤，其中小孙受伤最严重，他被戳了两刀，已经没有了呼吸！麻烦你们赶紧过来帮帮我们吧！"

"陈总，我们马上过去！你和受伤的小伙子先互相包扎一下。我让人马上报警！不用怕，不用怕，我们很快就到！"

岳立汉安慰完陈总，挨个房间喊道："狗子，马上起床！陈总出事了！小妹，小妹！你马上打 102 报警电话，把商会陈总的电话和地址告诉警方！告诉他们那里遭受杀人抢劫了，已造成人员伤亡！左丽你在家不要动！"

岳立汉、郑小妹和狗子三人一起来到电梯旁，一看电梯还在 12 楼，马上从楼梯跑了下去。

岳立汉的吉普车大灯闪着耀眼的灯光，划破夜空，车子急促行驶着。三辆闪着警灯的警车也向着出事地点飞奔而去。

列宁格勒大街陈总的住宅门口停满了车辆，穿着白大褂的急救人员正用担架将两个倒地的人抬上车。大门口三名警察在持枪警戒。

房屋里，三名警察在现场取证、拍照。陈总浑身是血，身上有四处刀伤，伤口外翻，滴着血。

看到岳立汉赶来，陈总马上跑过去，哭着说："这帮 ×× 养的太狠了！两个孩子那么年轻，他们就下得去手！估计小孙是没救了，他还是个孩子呀，我怎么跟他父母亲交代？他们就这一个独生儿子！岳总，你们一定要为我们做主啊！"

岳立汉眼里喷射着怒火，嘴巴里牙咬得咔咔响。他快速抚平情绪，安排陈总赶快向中国驻吉大使馆领事部报告所发生的血案，然后交代狗子负责照顾陈总。他自己则带着小妹与领队的内务部刑侦总局的负责人现场交涉……

第二天早上 9 点，几乎彻夜未眠的岳立汉坐在公司沙发上接听着中国驻吉尔吉斯斯坦大使馆孙领事的电话。

"岳会长，今天一早，使馆领导已经安排了分别向吉尔吉斯斯坦外交部和内务部发送外交照会，强烈要求吉方尽快缉拿杀人凶手，切实保护中国投资商在吉尔吉斯斯坦的人身财产安全。同时领事部还派出了两名领事，专程前往医院去探望两名受伤的同胞。"

"感谢使馆领导的大力支持和帮助！我们必须坚决地、强烈地要求吉方高度重视，将杀人抢劫犯缉拿归案，还死者家属和受伤家属一个交代。死者小孙的奶奶听到消息当天就住进了医院，估计情况非常不好。这是一场性质极其恶劣、影响极坏的伤害我同胞的抢劫杀人案，必须一追到底，一定要与这些黑恶势力斗争到底！我们已专门为受害者陈总请了两名刑事律师，现已经介入了内务部专案组的前期调查。有什么进展我会随时向你们汇报！"

岳立汉、郑小妹和律师四处奔波着。

＊＊＊

一个半月后。秋天，比什凯克，内务部大楼。

身材高大的专案组负责人达尼亚尔与刑事律师面对面地坐在办公室。

达尼亚尔说：（俄语）"告诉你一个好消息，朋友！第一名犯罪嫌疑人已经被抓获归案了，我们是根据他遗留在犯罪现场的一个警察工资卡找到他的！"

刑事律师惊诧道：（俄语）"什么？他是个警察？"

（俄语）"是的，他是一个区警察局的巡警。这不奇怪，警察队伍里也有败类！尽管到目前为止，他什么都不承认，但他无法提供案发时间内他不在现场的人证，并且我们在他的家中搜查出了他作案时戴的头套等物品。再给我一些时间，我相信用不了多久，这些杀人越货的人渣们会一个一个被抓住！安拉会帮我们的！"

（俄语）"这真是一个好消息，巴依盖！一个多月了，案情没任何进展，我和你都承担着很大的压力，几乎无法面对我的委托人。死者的奶奶经受不了打击，住进医院不到两周就去世了。我所不理解的是，他们既然是去抢钱的，为什么还要杀人？也请你的侦查员在审讯的时候，问一问犯罪嫌疑人。"

（俄语）"我会问的。我们经常面对这种犯罪嫌疑人，他们的狠毒和疯狂完全突破了做人的底线。这就是畜生和人的根本区别，而这些人渣连畜生都不如！"

刑事律师与受害人陈总和岳立汉在办公室交流。

岳立汉说："到现在为止，第一名凶手还不开口，但警方已经给他上了手段。通过所掌握的信息排查，目前已经锁定了第二名、第三名凶手，第四名凶手目前下落不明。这次警方还是比较给力的，我们的大使馆为了这起案件已经向吉方发了四次外交照会。"

刑事律师说：（俄语）"现在办案的阻力还是挺大的，犯罪嫌疑人的家属也在调动所有的力量活动。他们也找了两名辩护律师，打算为凶手做无罪辩护，而且不断有上面的力量给办案人员施加压力。"

陈总说："这是一个人命案，不管压力有多大，我们都要跟他们斗争到底！"

刑事律师说：（俄语）"等他们抓住了第二名、第三名犯罪嫌疑人后，整个案子就会明朗化。我们要做好心理准备，准备与这些犯罪嫌疑人在法庭上较量。这是一起公诉案件，相信我们的法庭能做出公正的判决！"

在比什凯克远郊一处偏僻的小村庄里，长得肥头大耳、体态魁梧的第二名犯罪嫌疑人藏在村子里的一个小土房子内，憋了一天的他正鬼鬼祟祟地东张西望，准备到村里的一个小卖铺去买烟。买完烟刚转身准备返回，就被等候在那里的三名便衣刑警堵住，刑警迅速将他扑倒在地并给他戴上了手铐。

行动小组负责人掏出手机向达尼亚尔报告："头儿，第二号犯罪嫌疑人已被抓获！"

吉尔吉斯斯坦南部奥什卡拉苏通往乌兹别克斯坦的吉方海关边检窗口，一个身材颀长、戴着帽子的年轻人正在通过边检，给边防检查员递上了自己的护照。边检员拿着护照，仔细地与电脑里通缉令上面显示的照片进行比对，然后对旁边的助手悄悄说了几句话，助手快速离开，向外面走去。

高个儿小伙子见状不妙，闪身飞快地从人群中往回跑，但没跑几步，就被身着便衣的刑警扑倒在地。他一边使命挣扎，一边叫喊着"为什么抓我"，但还是满身尘土地被便衣刑警从地上抓了起来。

　　领头的刑警低吼一声：（俄语）"安静，不会抓错你的！"

　　领队掏出手机："头儿，我们已成功抓获第三名犯罪嫌疑人！"

第二十二章

比什凯克西郊看守所，厚重的大铁门显得阴森森的，三米高的围墙上密密麻麻地架着带电的铁丝网。院内四角分别建有六米高的岗楼，除了安装大瓦数的探照灯外，还分别有一名荷枪实弹的警察虎视眈眈地坐在上面。院内是一排排的监室和来回巡视的警员。

三名被抓获的犯罪嫌疑人被内务部刑侦总局的预审警官轮流提审着，预审室里，那名体胖如猪的犯罪嫌疑人吐尔逊别克拒不配合警官们的问话，甚至几次暴躁地跳起来发作，但都被旁边的两名警察强行控制。

内务部办公大楼内，刑侦总局重案组达尼亚尔组长正在向内务部副部长做案情汇报。

达尼亚尔组长边整理材料呈报给副部长边说：（俄语）"副部长，现在我向您汇报案情的进展情况。经过了六个多月的抓捕和预审，我们已将涉案的三名有组织犯罪成员全部抓获。经过 22 次的提审问讯，除领头的犯罪嫌疑人阿奇列克在大量的人证、物证面前仍拒不认罪外，其余两名犯罪嫌疑人均对犯罪事实供认不讳。根据相关规定，我准备将案情相关的全部资料移送给检察机关，由检察机关向所在辖区法院提起公诉。"

副部长看了一眼案卷，抬起头说：（俄语）"达尼亚尔，好样的，干得不错！我对你们的工作非常满意！没办法，这个案件是命案，影响很大，而且受害人是外国投资商，中国大使馆已经多次给我们外交部和内务部发外交照会。我知道你们是顶着各种压力来办案的，我们当警察的，职责就是维护社会安定和保护人民。保护外国投资者也是我们工作的重要内容之一，为他们创造一个和谐安定的投资环境，是我国政府要求我们必须做到的。这样，按照相关规定，你尽快整理案卷，交给检察院，开始进入法律程序。另外，还有一个犯罪嫌疑人，有没有线索？"

达尼亚尔回答：（俄语）"经过侦查，已经获得了一些信息。第四名犯罪嫌疑人目前藏匿在俄罗斯莫斯科一个居民区里。第一名嫌疑人被抓获后，他闻讯躲到了一个边远的小山区，并在那里改名换姓，办了一本新护照逃走了。我们已启动了与俄罗斯警方的合作机制，现已将他锁定，等我们进一步核实后，即可通知俄罗斯警方将其抓获。到时候，我们这边会派出警察前往莫斯科，将其引渡回来。"

（俄语）"非常好！如果有什么困难及时向我汇报，我会全力为你们解决！"副部长满意地说。

达尼亚尔起身敬礼离去。

比什凯克市斯维尔德洛夫区法院庭审现场。

法庭上方高悬吉尔吉斯斯坦国徽，主审法官、陪审员、书记员一一出庭，公诉台前坐着检察官。三名犯罪嫌疑人依次被带到庭审现场，三名被告的辩护律师正在翻阅材料做准备。旁听席上坐满了三名被告的亲戚和朋友。

检察官起立，开始宣读对三名被告嫌疑人的刑事公诉书。

三名被告的律师开始绞尽脑汁地为三名犯罪嫌疑人做无罪辩护，他们巧言善辩、信口雌黄。三名被告的家属及朋友在旁听席上为此鼓掌起哄。

主审法官对观众席上的起哄提出严厉的警告。

三名被告律师继续卖力地为三名被告辩护，中方委托的受害人刑事律师也慷慨陈词，数算着三名被告的犯罪事实。

两个多小时后，法庭休庭，经过合议，主审法官宣读了对三名犯罪嫌疑人的判决结果。

主审法官起立宣判：（俄语）"被告人阿奇列克、吐尔逊别克、阿斯兰，作为有组织犯罪的组织者、参与者，私购并非法持有枪支，以非法抢夺并占有他人财产为目的，夜入民宅，持械对中国投资者的居所发起暴力行为。过程中，吐尔逊别克用尖刀将中国公民孙某某刺死，其余两名中国公民均被他们打成重伤，手段特别残忍，情节非常恶劣。为了维护吉尔吉斯共和国《宪法》的尊严，保护投资者及人民的生命财产安全，严惩犯罪行为，根据吉尔吉斯共和国《刑法》第 × 章第 × 条、《刑事诉讼法》第 × 章第

×条，依法判处犯罪嫌疑人阿奇列克有期徒刑15年，依法判处犯罪嫌疑人吐尔逊别克有期徒刑15年，依法判处犯罪嫌疑人阿斯兰有期徒刑15年。斯维尔德洛夫斯法院。"

旁听席上骤然响起一片起哄声。犯罪嫌疑人阿奇列克的律师气急败坏地喊着：（俄语）"我们要上诉！"

一个多月过后，比什凯克市中级法院庭审现场。宽大的审判庭内，主审法官、陪审员、书记员依次端坐。

三名被告又一次被带到现场，旁听席上坐着三名被告的不少家属和朋友，但也来了不少中国商人旁听，包括岳立汉和郑小妹等。陈总和另一名受害人作为证人，也来到了现场。

庭审现场，公诉员宣读对三名被告的指控书。

原告和被告律师针锋相对地辩论着，相互指责对方材料里漏洞。但最后的庭审结果，又一次让三个犯罪嫌疑人及其家属大失所望。

主审法官起立宣读判决结果："驳回三名被告的上诉请求，维持原判。"

就这样，这起骇人听闻的严重伤害中国商人的刑事案件，在公正的法庭面前，在庄严的吉尔吉斯共和国《宪法》面前，无论在初级法院，还是在中级法院，三名犯罪嫌疑人均被依法判处承担相应刑事责任。但是三名犯罪嫌疑人又一次表示准备上诉到吉尔吉斯斯坦最高法院，企图在那里寻找胜算，那将是最后的较量。

***

比什凯克中国商会办事处会议室内，岳立汉和14名商会主要成员正在开会，两名刑事律师也受邀列席会议，并通报案情进展情况，郑小妹在给大家做翻译。

刑事律师甲说：（俄语）"各位朋友，三名被告的律师上诉后，我们已接到了最高法院给我们下达的通知，一周后下午三点，在最高法院刑事审判庭举行庭审。届时有几家知名媒体将出席并采访。还有两个消息。第一，中国驻吉尔吉斯斯坦大使馆已经向吉尔吉斯斯坦最高法院和国家议会分别发了外交照会，对即将到来的庭审表示关注，并希望能够看到公平公正的判决结果。第二，内务部刑侦总局重案组的达尼亚尔告诉我们，第四名犯罪嫌疑人已被俄罗斯警方缉拿归案。吉尔吉斯斯坦方面已派出了两名警员前往莫斯科，最近就会把犯罪嫌疑人引渡回国接受审判。"

刑事律师乙接着说：（俄语）"我们需要高度重视，做好思想准备。根据我们获得的消息，三名被告嫌疑人的律师和家属正在四处活动找大人物帮忙，最高法院的判决结果是最终结果。"

岳立汉说："非常感谢两位正义的律师为我们这个案子付出的辛勤劳动。我们相信，庄严的吉尔吉斯斯坦《宪法》会做出公正的判决。从初级法院到中级法院，我们已经看到了法律的公正性和严明性。不管三名犯罪嫌疑人的律师如何辩护，也不管他们的家属找到什么了不起的大人物，我只相信一条，他们改变不了他们杀人抢劫的罪恶勾当和事实！吉尔吉斯斯坦没有死刑，像这类杀人害命的恶劣刑事犯，在中国是会被枪决的。人的生命只有一次，应该得到尊重。不管谁用罪恶的手夺取了他人的生命，都应该付出代价。像这种杀人还不认罪的犯罪分子，是要下地狱的！请大家树立信心，也请两位尊敬的律师树立信心，我们会与罪犯斗争到底！如果最高法院做出了不公正的判决，我们将通过各种手段、各种渠道，向吉尔吉斯斯坦的总统和国家议会写信，进行申诉，维护我们的合法权益！"

全体参会人员被这番话所感染，激动地鼓掌。

比什凯克，吉尔吉斯斯坦最高法院刑事审判庭。现场旁听席上坐满了人，几家知名新闻媒体被允许进入庭审现场拍摄采访，记者们安装好摄像机，从不同角度对准庭审现场拍摄。

三名被告神情沮丧地坐在被告席上，他们的律师在受害人律师的强大攻势下，基本上理屈词穷了。

受害人律师精彩专业的发言不断赢得旁听席上的阵阵掌声。

（俄语）"尊敬的法官，各位前来旁听的朋友，最后我想说的是，这些来到我们国家的中国投资商和被告一样，都是爹娘生养的，都是经历妈妈十月怀胎后，来到人间慢慢成长的。他们和被告素不相识，但被告在贪欲和暴力心态的支配下，闯入人家的房子杀人抢劫，他们这么干，就已经不再敬畏我们的安拉，也不再敬畏我们的法律！生命是安拉所赐，是应当受尊重的，不是哪一个人随随便便就能夺去。夺去他人的生命，就必须受到法律的制裁。在安拉和法律面前，无法推脱！你知道吗？吐尔逊别克，由于你的残忍，你不但杀害了才 21 岁的中国小伙子，你还杀了小伙子 80 多岁的奶奶！我很奇怪，你不内疚吗？你难道没有一点点负罪感？你还找人来为你做无罪辩护？假如有人杀害了你家里年轻的兄弟或者亲人，你们会有什么反应？所以我想请你好好反思一下，什么叫人道。只有这样，你才能认清自己的罪恶。我们国家没死刑，可能你进监狱服完刑后会获得自由，你也会娶妻生子，但你的双手曾经沾满过别人的鲜血！我无法想象将来你该怎样面对你的孩子，你有勇气告诉你的孩子，你曾经因为杀人抢劫被关进监狱里吗？"

观众席上，除三名被告亲友外的其他人，包括在场的媒体人，都在热烈鼓掌。

主审法官起立宣读判决结果："驳回三名被告的上诉请求，维持区初级法院和市中级法院的判决结果。"

次日下午，吉尔吉斯斯坦《法制报》和《共和国报》报道了本案庭审情况。

经过了长达九个月的艰难追捕、庭审，四名犯罪嫌疑人被一一送上法庭，送进监狱。这是一场没有硝烟的战争，是正义与邪恶的争斗和较量。面对罪恶，中吉两国政府和两国人民表现出了高度的责任感和协作精神。

***

中国深圳宝安国际机场，在一片片轰鸣声中，一架架飞机井然有序地起飞、降落。宽大别致的航站楼内人流涌动，一片繁忙景象。

穿着休闲夏装的岳立汉和库尔曼别克拉着行李箱正走出航站楼，走向前来接他们的车辆。岳立汉走上前去，与一个外表精干的小伙子握手问好，随后三人坐上轿车。轿车启动，即刻汇入茫茫的车流中。

库尔曼别克目不转睛地看着车窗外高楼林立和车水马龙的景象，赞叹道：（俄语）"瓦西里大哥，这座城市真大！飞机降落时，我看到下面是一眼望不到边的高楼大厦，比阿拉木图还大，像莫斯科一样！这里人口有几百万吧？"

（俄语）"不是几百万，而是超过1600万，差不多是中亚人口的四分之一。"

（俄语）"真的无法想象，这么多人口的城市，经济又这么发达！"

（俄语）"1970年代末，中国的改革开放就是从这里开始的，这里也是中国经济发展的晴雨表。"岳立汉自豪地说。

（俄语）"我上网查了一下相关资料，在中国，品种最全、价格最低、质量最好的电子产品基地就在这里。"

接他们的小伙插嘴说：（俄语）"你们的选择没有错！我们公司的产品一直远销东欧和独联体部分地区。你们在电子邮件中确认的五种产品的样品，已经拿到办公室了，待你们安顿好后，就可以到我们的办公室参观。"

"小伙子，俄语讲得不错啊，比我强！"岳立汉赞许道。

库尔曼别克也冲着小伙子竖了竖大拇指。

小伙子腼腆地说："您谦虚，我在俄罗斯圣彼得堡学了六年俄语，毕业后应聘到深圳这家公司工作。"

库尔曼别克问：（俄语）"可否先到办公室看样品，再安排住处？"

（俄语）"当然没问题！我们尊重客户的意愿！"小伙子回应道。

岳立汉：（俄语）"库尔曼别克，好样的！能够把工作放在第一位。"

（俄语）"跟你学的，跟中国人学的！"库尔曼别克调皮地冲着岳立汉挤了挤眼说道。

哈哈哈！行驶的车内传出愉快的笑声。

次日上午十点，深圳这座雄伟壮观的现代化城市又开始了生机勃勃活力四射的一天，锦绣中华、世界之窗、中英街、蛇口工业区等标志性建筑，让初到深圳的库尔曼别克目不暇接。

在深圳的时间，是高效率、富有成果的，岳立汉陪同库尔曼别克分别参观电子产品生产车间、发货库房、大型电子产品批发市场，还顺便到美食街品尝独具特色的岭南美食。

岳立汉与库尔曼别克身着正装，与深圳某大型公司进行商务洽谈。

为了帮助库尔曼别克完成与外高加索地区一位客户的电子产品供货订单，岳立汉专门安排了这次中国深圳之行，业务进展非常顺利，兄弟两个非常高兴。

（俄语）"库尔曼别克，今天晚上我带你到一个非常有名的海鲜酒店去品尝那里的美食，怎么样？我相信你一定很喜欢！"

（俄语）"瓦西里大哥，这几天你让我把中国南方的海鲜吃遍了！这些菜，我甚至叫不出它们的名字，每种菜都是那么好吃，我真的一辈子都忘不掉！但是大哥，你知道我现在最想吃什么？"库尔曼别克言辞恳切。

岳立汉问：（俄语）"什么？"

库尔曼别克毫不掩饰道：（俄语）"抓饭、烤羊肉和馕，当然如果再来500毫升伏特加，那是最好的！"

（俄语）"哈哈哈！我能够理解，就好像你请我到你们当地餐厅吃饭一样，满桌的美食，吃几次的确又香又好吃，但连续吃几天就吃不动了！看来，上天早就给每个民族预备好了适合他们自己的美食。只是在这个南方城市，找抓饭、找馕饼估计会很难呀！"岳立汉面露难色。

（俄语）"没关系，反正我们现在也不太饿。我们就多走走，多看看，顺便找找抓饭和馕饼！哈哈！"

（俄语）"没问题！走吧！"

二人在深圳的大街小巷穿行着，打听着。忽然，库里曼别克停下脚步，鼻子用力地嗅了两下。

库尔曼别克神秘地说：（俄语）"等一等，瓦西里大哥！我闻到了抓饭的味道！"

（俄语）"兄弟，你可能是想抓饭想疯了吧？"

（俄语）"跟我来吧！"

二人又穿过一条街，看到不远处左侧一座建筑物上面霓虹灯闪烁，"新疆饭店"四个大字赫然显现。他们快步走过去，走进了这家中国西域民族风格的酒店。

一个头戴小花帽身穿维吾尔族服装的漂亮姑娘迎上前问好："赛俩目[1]！"

库尔曼别克非常兴奋地说：（俄语）"找到了！找到了！这地方一定有我们想吃的东西！"

新疆民族装修风格的饭店大厅侧桌上摆满了馕饼、抓饭和手抓羊肉。

兴奋的库尔曼别克胃口大开，吃得不亦乐乎。他边吃边对岳立汉说：（俄语）"你别笑话我，瓦西里大哥，咱长的这挂肠胃只适合装这些东西！"

（俄语）"我理解，就好像在比什凯克的中国人偶尔也去当地餐厅去品尝美食，但还是往中国餐厅跑得比较多一点。只是兄弟，晚上了，不要吃得太多，明天早上咱们就坐飞机经乌鲁木返回比什凯克了。"

库尔曼别克连忙用纸巾擦拭了油乎乎的手说：（俄语）"哎哟！差点忘了！待会儿你陪我转几个超市，给妈妈、古丽米拉和家人们买些好东西带回去！"

（俄语）"好的！兄弟，你和古丽米拉的事怎么样了？准备什么时候结婚？"

库尔曼别克认真地说：（俄语）"古丽米拉的爸爸总算接纳了我，想让我尽快和古丽米拉结婚，并到他公司帮助他料理生意。你知道我的性格，我怎么可以靠着妻子的娘家人来过生活？所以我在拼命地做生意赚钱，我要证明给古丽米拉看，我有能力让她过上体面的生活。这次朋友给我介绍的订单，利润非常不错，干上一年，我就准备买上一个大房子和古丽米拉结婚！大哥，关于你的利润我也给你留好了。买方结算后马上给你！"

（俄语）"兄弟，不要考虑我的利润，我有地方赚钱。我这次完全是为了帮你的忙，把供货渠道给你打通了以后，你做转口贸易就容易啦！"岳

---

〔1〕 维吾尔语音译，意为：安好！你好！

立汉真诚地说道。

（俄语）"那不行！生意是生意，兄弟是兄弟，两码事，要分清！"

（俄语）"如果要分清的话，前几年你给我介绍了两笔设备生意，我给你提成，你为什么不要？"

库尔曼别克一脸真诚：（俄语）"因为我没做什么，只是介绍你们认识了。我怎么可以收大哥你的钱呢？"

岳立汉顺势说道：（俄语）"同样道理！我只是把你带到深圳，帮你找到了供应商。我又怎么可以收你的钱呢？算了，我们两个别争了！等你结婚的时候，请我喝酒就可以了！"

（俄语）"那你和阿尼娅结婚的时候也要请我喝酒！我可不能吃这个亏！"

哈哈哈哈！夜幕中传来兄弟二人真诚的笑声。

第二十三章

比什凯克市，晴，时间退回到 5 月 8 日，卫国战争胜利日前夕。

这是一个崇尚英雄的国度。整个比什凯克城区的大街小巷都悬挂着苏联卫国战争时期的宣传画，以及曾经参加过抗击德国法西斯战争的吉尔吉斯斯坦各民族英雄的画像。

5 月 9 日是苏联战胜德国法西斯的光荣纪念日，为了纪念那场神圣的战争，以及为国家和人民流血牺牲的英雄们，大多数独联体国家都会在这一天举行隆重的纪念活动。虽然随着时间的推移，那些参加过卫国战争的老兵们相继离开，尚在人间的大多也是 90 岁以上高龄，且由于身体原因大都无法出门。

比什凯克市的一个小区内，一位穿着吉尔吉斯斯坦军礼服的上校军官带着十几名军乐手来到院子内列队站好。在乐队指挥的指挥下，军乐手开始演奏二战时期的军队歌曲：《神圣的战争》《斯拉夫女人的告别》《喀秋莎》。

一栋居民楼的三楼和四楼分别有两个窗户被打开，从楼下可以清楚地看到窗前站了两位古稀老人，他们头戴苏联时期的大檐军帽，身穿笔挺的苏军军服，上面挂满了勋章。上校看见后，马上带着助手到楼上看望两位老人。助手手里提着蛋糕，还拿了装满现金的信封。

上校来到位于三楼的老人家门口，非常有礼貌地敲门，当当当！

开门的是一位年事已高的老妇人，她也很有礼貌地请上校和他的助手进门。

上校进门后，首先冲着站在客厅的身穿苏军军服的老人敬了一个标准的军礼。

（俄语）"尊敬的博洛特·库尔曼别科维奇先生，我奉总统先生和吉尔吉斯斯坦武装力量总司令的命令，为您送来节日的问候，感谢您为国家和民族所做的一切，并祝您节日愉快！"

老军人神态安详，抬起右手颤颤巍巍地回了一个军礼。

楼下院子里，军乐队仍在持续演奏，引来了不少居民和孩子。大家一边欣赏军乐，一边相互祝福节日快乐。几个戴着苏联船形军便帽的小男孩学着大人的样子，向军乐队敬着礼。

5月9日，胜利日，比什凯克万里晴空，阳光明媚，整个城市都在认真地对待这个不同寻常的节日。

鲜花装点下的比什凯克胜利广场更是充满了浓浓的节日氛围，这里即将举行胜利日纪念活动，附近的几条街道实行临时交通管制。

胜利广场一侧搭建了临时主席台，总统和内阁成员一一就座。

上午十点，阅兵式、分列式开始。由60名军乐手组成的军乐队高奏二战军歌《斯拉夫女人的告别》走在分列式的最前面。一队队身着各兵种军服的步兵方队迈着苏式正步，高喊着口号通过主席台。紧随其后的是装甲部队方阵，一排排苏制T-72坦克和装甲运兵车在隆隆的轰鸣声中接受检阅。

道路两旁，身着军礼服、脚蹬高筒军靴的列兵像雕塑一样站在那里，纹丝不动。

远处天空传来巨大的马达轰鸣，六架俄式"米-"系列直升机列队通过主席台上空。

最后是"不朽军团"方阵，数千人组成的群众游行队伍高喊着"乌拉"向前移动。这些二战老兵们的后代高举着参战祖辈们的戎装照片，自豪满满地游行。库尔曼别克和古丽米拉也高举着他们爷爷的照片站在游行队伍里。

这一天，不论成年人还是孩子，都怀着无比崇敬的心情前来参加庆祝活动。许多人在胸前和手臂佩戴一条橙色与黑色条纹相间的"圣乔治丝带"，还有一些人手拿鲜花，见到参战老兵，就会走上前向老兵献花，并恭敬地道一声："谢谢您，爷爷！"老兵是这个节日真正的主角，也是最受尊敬的人。

岳立汉和郑小妹站在人群中，神情肃穆地看着这一切。

郑小妹问："怎么样？是不是挺受感动？"

岳立汉说道："感动是一定的。虽然，那是一场久远的战争，但那场战争让苏联浴火重生，成为超级大国。原来的苏联虽然解体了，但不论它们变成了哪个国家，采用哪种国家制度，这种深入基因、深入骨髓里的红色记忆，永远在传承，不会改变！特别是像我这样经历过军旅生涯和参加过战争的人，感触会更深。纪念历史，人们才能真正地感受到，和平是多少先辈们用流血牺牲换来的，后辈唯有珍惜！"

***

比什凯克，多云转阴，下午五点半，准备下班的岳立汉对狗子说："狗子，今天咱们早走一会儿！那个胜利军工厂的经理叶甫根尼，约了好几次了，说要请咱们喝酒，感谢咱们给他的工厂提供一些来料加工的活，才使他的工人不必被迫放假！"

"这有啥好感谢的？咱们和他们合作是共赢，那些部件咱们如果从中国拉来，又是运费又是关税的，在这里加工就可以省去这两项成本。这一合作，他的工人们也有活干了。两全其美嘛！"狗子不以为然地说道。

岳立汉说："理，是这么个理。但叶甫根尼诚心诚意地邀请我们，从礼数上来讲，我们也应该去，何况还可以探讨一下更深更高的合作嘛！他们原先是军工企业，机械加工能力可是很强的！"

狗子说："没问题，哥！今天你主要和叶甫根尼喝酒，我来开车。再说了我这小肚子小身板，跟那个大块头比酒量，可能会差点！嘿嘿！"

"走吧！咋话那么多？"岳立汉拉着狗子说。

比什凯克市胜利工厂，是苏联时期设在中亚的一个大型军工厂，专门生产加农炮和鱼雷。苏联解体后，工厂仍归国有，但由于资金短缺工艺落后又无新产品推出，一派破败景象。

总经理叶甫根尼办公室内的布置仍充满了苏联元素，桌子上甚至还摆放着一尊列宁的铜像。

个头差不多有两米、体格肥硕健壮的叶甫根尼十分正式地招呼岳立汉和狗子坐下来，转身从文件柜里拿出了一瓶 1.5 升的俄罗斯产伏特加和一瓶两升装的美国产可口可乐。

叶甫根尼幽默地说：（俄语）"今天请你们喝两个超级大国生产的饮品！"

说罢，又摆上了一沓纸杯。

"就在这儿喝呀？菜也没有？"狗子嘀咕道。

岳立汉示意狗子别多讲。

叶甫根尼拿起酒瓶子往纸杯里哗啦哗啦地倒着伏特加，一边倒一边还嘟囔着：（俄语）"好酒啊！真香！"

然后，他端着酒杯站起来，发表祝酒词。叶甫根尼很直接也很随意，但又不失礼貌地说道：（俄语）"首先，我要感谢瓦西里能够接受我的邀请，让我有机会表达对您和贵公司的感谢！您可能不知道，我们胜利工厂在苏联时是一个非常大非常有名的军工企业，当时有几万名工人在这里上班，到处都是劳动的工人，到处都是机器的轰鸣声，我喜欢那种繁忙！那时候我们工人的收入很高，市场的物价也很低，我们的生活除了上下班，几乎都是参加各种酒会和各种舞会。那时候我们每个人都很有尊严地活着，国家都包圆了，但我们的苏联在一夜之间没了，很多人辛辛苦苦攒下的卢布变成了一包废纸。偌大的工厂，被大买办、大投机商给瓜分了很多，小的设备被人偷去拿到市场当废铁卖了，大的设备被某些掌握权力的官僚以低于市场废铁的价格卖到了国外。工厂里没有订单，很多技术好的工人失业了，他们有的带着全家回到俄罗斯，有的去欧洲的其他国家谋生了。但大多数人哪里也去不了，因为口袋里没钱。在我们最困难的时候，是瓦西里和您的公司给了我们一些加工的活，我的工人才能够有了一些吃饭的钱。事情不大，却是在我们最需要的时候，所以，请接受我的敬意！"

说罢，叶甫根尼举起酒杯，把足足有三两的伏特加毫不犹豫地倒入口中。

放下酒杯后，马上又端起盛满可口可乐的杯子，又灌了一通。

出于礼貌，岳立汉也举起酒杯一饮而尽。

狗子小声嘟囔着："妈呀，就这样干喝！"

叶甫根尼又倒满了一杯说：（俄语）"我知道你们中国人喝酒，桌子上会摆很多菜，但我们俄罗斯人喝酒，特别是请好朋友喝酒，就非常随意和简单。喝酒就是喝酒，不吃别的！如果您不习惯，想吃菜，我这儿没别的，只有两个洋葱！"

说罢，他转身又从文件柜里拿出了两个红皮洋葱和一把水果刀，还有一个装着白色结晶体的玻璃瓶子。

叶甫根尼说："这是盐，撒在洋葱上味道会好些！"

岳立汉说：（俄语）"叶甫根尼，我完全可以按照俄罗斯人的习惯喝酒，您不用太客气！我们委托你们加工的那批东西，数量不大，根本不值一提！我们期望着和你们有更大的合作，因为你们的技术和你们的加工能力真的都是很棒的。所以，我在考虑说服中国的生产商，可否把整机订单放在您这里生产。我们是优势互补、合作共赢的关系。您同意吗？"

叶甫根尼大喜道：（俄语）"这样太好了！我非常愿意和你们这样的公司合作，感谢您能相信我们！这样，为了我们的合作和友谊，也为了大家的健康，干一杯！"

岳立汉说：（俄语）"干！"

俩人碰杯一饮而尽。

一旁的狗子着急道："哥，控制点吧！不到 20 分钟，干进去九两了！

在酒精的作用下，叶甫根尼和岳立汉异常兴奋地聊着天。岳立汉讲着毫无语法的巴扎俄语[1]连说带比画，叶甫根尼连蒙带猜，两个人居然饶有兴致地聊到了"黑社会"的话题。

叶甫根尼说：（俄语）"黑社会是一定阶段经济和社会发展的产物。我给你讲一个故事，涉及华人黑社会，我相信你会非常感兴趣。"

---

〔1〕 指在吉尔吉斯斯坦市场上经商的中国商贩所讲的蹩脚俄语。巴扎，意为市场。

（俄语）"哦？那我可要听听！"岳立汉非常期待地说道。

叶甫根尼说：（俄语）"苏联解体后，由于当时的法制不健全，政局也不稳定，社会治安陷入一片混乱，于是就滋生出很多由社会流氓、退役运动员和退役军人组成的所谓黑帮组织。他们欺行霸市，强买强卖，危害社会。1990年代哈萨克斯坦阿拉木图的巴扎上，走得最好的商品是皮夹克、皮鞋。有个美籍华人从上海运来一批皮夹克，在阿拉木图的巴扎上销售。由于款式新颖、质量好、价格也比较公道，几乎每周都能走几个货柜。生意太好了，就把当地的黑社会招来了：'我们给你两条路！一条是从今往后我们收购你全部的货，让你有利润，但你不准卖给第二家。另一条路是你从哪儿来滚回哪儿去，不准待在阿拉木图！'这个美籍华人姓唐，也是一个见过世面的人，立即就向美国唐人街那边的黑帮组织汇报了。那边的黑老大咬牙切齿地说：'不要害怕，只管做生意！'于是，这个唐先生根本不理会阿拉木图黑老大的威胁，继续在市场上卖货。但后来连续三天，所有的批发商都不从他那里拿货了，他又了两天，还是没有一个人去他那里拿货。他终于明白，是阿拉木图的黑老大出手了。一天傍晚，他下班开车回家的时候，跟在他车后面的一辆车突然超速，和他平行时，车上两个面目凶恶的青年拿出手枪指着他！他吓坏了，回到房子里立即向美国唐人街的华人黑老大紧急汇报。这黑老大马上召开会议，商量怎么处理这件事情。一个负责人马上说：'让唐经理先撤回上海，我们再找一个华裔特种兵到阿拉木图，把那个所谓的黑社会头目干掉！用100万美元买他的性命！'"

叶甫根尼瞪大眼睛说：（俄语）"100万美元啊，朋友！要知道，苏联解体后，在东欧，1万美金就可买一条人命！等等，咱们干一杯酒再继续讲！"

叶甫根尼与岳立汉碰杯，一饮而尽。

叶甫根尼继续说道：（俄语）"那个特种兵与唐人街华人黑老大见面后，拿到50万美元的定金，简单做了准备，就飞往莫斯科了。莫斯科的黑社会为他提供住处，并安排去往阿拉木图的通道。你们知道，黑社会之间往往都是有来往有联系的！这个华人杀手在莫斯科的居所里深居简出，从不与外界联系，他根据从俄罗斯和阿拉木图其他黑帮组织得到的信息进行分析，最后发现，原来侵犯唐先生利益的黑帮组织是由一个叫亚历山大的俄罗斯人和他的兄弟米莎把控的。这个黑帮心狠手辣，发展得比较快。为了能够精准地把这兄弟俩干掉，华人杀手通过阿拉木图的眼线摸清了兄弟俩的活动规律。这个杀手武功高强，枪法准，几乎没失过手，在圈儿里也是小有名气。正当他准备完毕，到阿拉木图准备下手的时候，信息链的其中一个环节还是走漏了风声。消息传到了亚历山大耳朵里，他和兄弟顿时吓破了胆，马上躲在一个非常隐秘的地方，紧急遥控指挥外面的兄弟低价抛售财产，并收拾金银细软，跑到欧洲的一个小国躲起来了！"

岳立汉问：（俄语）"结束了？然后呢？"

（俄语）"当然还有后续，看来我的这个故事吸引了你！来，喝上一杯，听我跟你讲完！"

两个人又一次碰杯，一饮而尽。

叶甫根尼接着说：（俄语）"也就是说，在华人杀手动手之前，阿拉木图黑帮的这两个兄弟就被吓跑了。有意思吧？更有意思的是，阿拉木图一个新闻记者也觉得这个事很有意思，就写了一篇长篇报道，标题是《来自美国的华人杀手吓跑了阿拉木图的黑社会老大》，文中用非常惊心动魄的语言描述了整个过程。最后的结语是这么写的：黑社会组织在全世界，包括在中国，都已经存在多年了。比如在中国的宋朝，就有一个由农民、手工业者和小吏等组成的黑社会团伙，他们专杀坏人。他们住在一个叫梁山的山上，山下还有面湖，后来他们的队伍不断发展壮大，当时宋朝的皇帝也拿他们没办法，几次派兵去围剿，都没有成功，最后把他们招安了。他们的首领叫宋江！"

叶甫根尼最后这精彩的陈述，让岳立汉和狗子为之一愣，随后爆发出一阵畅快的笑声。

狗子说：（俄语）"哈哈，宋江被他写成黑社会头子啦！"

岳立汉说：（俄语）"叶甫根尼，你这个段子很精彩。"

第二十四章

比什凯克，晴，吉尔吉斯斯坦国立民族大学孔子学院汉语文化中心。

伏龙芝大街车流不断，街道两旁繁花似锦，绿植郁郁葱葱。街道北侧坐落着国立民族大学主体楼，这是一座俄式风格建筑，六根巨大的柱子支撑起楼前的柱廊。洋溢着浓烈青春气息的男生女生进进出出。

主体楼的正前方有一座栩栩如生的雕像，这是著有《福乐智慧》的11世纪伟大的维吾尔族诗人玉素甫·哈斯·哈吉甫。这位诗人的画像也被印在吉尔吉斯斯坦面值1000索姆的纸币上。

孔子学院汉语文化中心内，正红色的中国结、古色古香的中式家具、玲珑剔透的茶具、各式中国字画……中国元素比比皆是。

进入文化中心主会场，舞台背景绚丽多彩，五颜六色的灯光熠熠生辉，幕布上用汉、俄两种文字写着: 吉尔吉斯斯坦国立民族大学孔子学院"汉语桥"中文比赛。

观众席上座无虚席，密密麻麻地坐满了人。

由比什凯克华人社团组织、中资企业代表和中国驻吉尔吉斯斯坦使馆外交官组成的评委团，正在认真地观看学生们的中华才艺展示。郑小妹作为受邀嘉宾，也坐在评委席上。

学习汉语的吉尔吉斯族中学生和大学生们，一个个落落大方，信心满满地向观众和评委展示着自己的中华文化才艺。

一个身体修长的吉尔吉斯族小伙子身穿银灰色中式对襟服装，在中国古筝乐曲的伴奏下表演太极拳。

六个云鬟高挽、身穿汉服的吉尔吉斯族姑娘手舞折扇，跳起了荷花舞。

一个穿中式长衫的吉尔吉斯族小伙子用标准的汉语声情并茂地朗诵《岳阳楼记》: "先天下之忧而忧，后天下之乐而乐……"

学生们的精彩表演博得了观众席上的阵阵掌声，评委们也打出高分。

郑小妹侧身与邻座的评委交流："这些孩子们学汉语、学中华才艺的确都下了真功夫，特别是这个朗诵《岳阳楼记》的小伙子，你几乎听不出他的外国口音！真棒！"

一位女评委说："还有那几个跳荷花舞的姑娘，无论神韵，还是舞蹈动作，都堪比专业！不能不给她高分啊！"

"看得出来，这些孩子们真的是热爱汉语，否则也不会把中国歌曲和舞蹈表演得这么有模有样。真的不错！"一位中年女评委说道。

代表华人华侨社团的男评委说："这些学生都通过了汉语水平考试，而且分数都不低。9月份将会赴中国知名高等学府留学，而且都获得了中国政府全额奖学金呢！他们就是中吉两国友谊的友好使者呀！"

一位戴着眼镜的男评委说道："对，现在每年大概有500多名吉尔吉斯斯坦学生获得中国政府提供的全额奖学金到中国上学，他们在中国开阔了眼界，改变了自己的人生轨迹和生活质量。孩子们学成回国后，都成为薪金比较高的群体。"

这时，一名中学生在舞台上演唱中国歌曲《我爱你，中国》，美妙的歌声赢来了阵阵掌声。七名评委举牌给出了9.5分、9.7分、9.8分……

中国与身处中亚地区的吉尔吉斯斯坦建交后，为加强人文教育领域的合作，新疆大学与比什凯克国立大学，新疆师范大学与吉尔吉斯斯坦国立民族大学分别共建了两所孔子学院，并同吉尔吉斯斯坦南部的贾拉拉巴德州和奥什州的国立大学共同创建了孔子学院，在吉尔吉斯斯坦的大中小学中设立了16个孔子课堂和几十个教学点。通过中文教学、中华才艺培训和文化活动开展，两国人员往来紧密，文化交流频繁，教育合作水平不断提高。目前，有5000多名吉尔吉斯斯坦大中小学生接受了中文教育，2000多名吉尔吉斯斯坦大学生在中国政府全额奖学金的帮助下，来到中国各地的高等院校学习深造。

***

比什凯克已进入初夏，天高气爽，爱美的姑娘们换上了五彩缤纷的夏装。

岳立汉在办公室接听电话：（俄语）"您好，哈米萨阿姨，最近都好吧？不会忘记，永远不会忘记你们！"

正在伊塞克湖州卡拉科尔市的哈米萨，一边在自己的厂区视察，一边打着电话。

（俄语）"瓦西里，给你介绍一对俄罗斯族老夫妻，他们几乎天天收听中国国际广播电台的俄语节目。中国发生了很多大事，他们都知道！遗憾的是，他们只听过中国人的声音，就是没见过真正的中国人！我向他们介绍了你们，他们很想和你们见见面。他们今天正好去比什凯克，现在已经走到你的公司门外了。你去把他们接进来好好聊聊，他们都是很好的人。"

岳立汉和郑小妹闻讯赶快来到大门外，一眼就看到了一对 60 多岁的俄罗斯夫妇。两位老人看到有中国人走出来似乎很激动，马上上前与岳立汉紧紧握手。

（俄语）"你好，中国朋友，我叫阿列克谢，这是我的妻子克谢尼娅，我们与哈米萨是多年的老朋友，年轻时候我们就认识了。"

（俄语）"哈米萨阿姨给我说了，请到里边喝茶！"

办公室内，老两口礼貌地坐在沙发上，郑小妹给他们端上茶。克谢尼娅端起茶杯，轻轻抿了一口，马上兴奋地说：（俄语）"中国绿茶！叫铁观音！当年在圣彼得堡国立大学时，一个中国留学生曾经请我们喝过这样的茶！"

阿列克谢说道：（俄语）"苏联时期，我们夫妻在列宁格勒国立大学，也就是现在的圣彼得堡国立大学学习植物研究。1970 年代，我们来到了伊塞克湖州的卡拉科尔，在原始森林进行植物研究。我们刚来的时候，就好像走进了一幅美妙的山水画，那里令我们非常陶醉，甚至流连忘返。后来，我们决定把家安在卡拉科尔大山里的一个小村庄里，这一住就是几十年。那里有将近 10 万公顷浩瀚的原始森林，有苏联宇航员尤里·加加林疗养的地方，又是徒步探险结伴旅行的好去处。那里远离闹市，与山与树为伴。可是，超乎想象的平静让我们又有几分寂寞。有一天，我们随意旋转着一部超短波收音机的按钮，无意中收听到了来自遥远而又神秘的中国的消息。"

克谢尼娅说：（俄语）"现在我们才敢说出来，在那个时代，我们收听中国的广播电台，是要坐牢的！"

阿列克谢说：（俄语）"从此以后，收听中国国际广播电台俄语广播就成了我们打破寂寞、打发时光的重要生活内容，我们这一听就是 30 年。从中国方向传来的电波，让我们知道了中国发生的一切大事，比如改革开放、香港和澳门回归、伟人邓小平逝世、加入 WTO、申奥成功、办奥成功、汶川地震等等。总之，收听中国广播让我们走近了中国，我们也经常向周围的人和远在俄罗斯的亲朋好友介绍一个真实的中国，传播从无线电波里感受到的友善。这已经成为我们日常生活的一部分。"

岳立汉用尊敬的口吻说道：（俄语）"尊敬的阿列克谢大叔，您这番话真是让我们非常感动，想不到在遥远的卡拉科尔大山里，还有你们这样热爱中国的俄罗斯友人。更难能可贵的是，你们不但热爱中国，还帮助我们讲述中国故事。只有互相了解才能增进互信，才能推动中吉友谊长久维系。所以请允许我，向您和您的妻子表示最诚挚的感谢。下次我们去卡拉科尔，一定登门拜访你们！"

***

蓝天白云下，比什凯克至楚河州克明市宽敞平坦的柏油马路上画着崭新的标识标线，车流涌动。即将成熟的农作物在道路两旁的田地里摇曳。

克明市东郊一块空地上搭建起临时舞台，幕布上分别用汉语和吉语喷绘着：热烈庆祝吉尔吉斯斯坦南北公路 D 线贯通。

一辆辆汽车驶入现场，人群簇拥。头戴安全帽、身穿工作服的中吉两国筑路工人们有序排队入场。两辆悬挂中国国旗的红色外交牌照汽车驶进，从车上下来的是中国驻吉尔吉斯斯坦大使、经济商务参赞等使馆工作人员。随后，悬挂吉尔吉斯斯坦国旗的一列车队也驶进会场，这是吉尔吉斯斯坦政府副总理的专车车队。两国官员一同在主席台入座。

一位吉方官员作为主持人，宣布吉尔吉斯斯坦南北公路 D 线贯通仪式开始。

（俄语）"下面请吉尔吉斯共和国第一副总理阿扎马特·塔利耶夫先生发表讲话。"

（俄语）"尊敬的中华人民共和国驻吉尔吉斯共和国大使李平女士！尊敬的各位来宾、各位朋友！尊敬的劳动者们！大家好！我们今天在这里隆重集会，庆祝我国的南北公路 D 线贯通，这是我们国家交通史上的一件大事。这条路是由我们的友好邻邦——中国为我们无偿援助、无偿修建的，中国和吉尔吉斯斯坦的道路建设者们通力合作，保质按时完成了这条高等级公路的建设。在此，请允许我代表吉尔吉斯共和国政府，对自吉尔吉斯斯坦独立以来不断给予我国经济援助的中国政府表示感谢。此外，我们还要感谢为修建这条公路而辛勤劳动的建设者们。这条公路在建设过程中用到的先进工艺和技术是我国道路建设史上的重大创新……"

（俄语）"下面请中华人民共和国驻吉尔吉斯共和国大使李平女士发表讲话。"

（俄语）"尊敬的吉尔吉斯共和国政府第一副总理阿扎马特·伊申别科维奇先生！女士们，先生们，朋友们！各位建设者们！首先，请允许我代表中国驻吉尔吉斯斯坦大使馆，对南北公路 D 线的贯通表示衷心的祝贺！这条路不但凝聚了中吉两国建设者的汗水，还凝聚了中吉两国牢不可破的友谊，为中吉务实合作增添新的成果……"

台上台下响起一阵热烈的掌声。

随后，文艺表演开始。

一群身穿吉尔吉斯民族服装的姑娘随着吉尔吉斯民族音乐翩翩起舞，把众人带入欢快的氛围中。会场彩旗飘扬，人头攒动。

中国歌曲《天路》悠扬的前奏响起，吉尔吉斯斯坦国宝级女高音歌唱家古丽亚站在舞台上，用汉语演唱：

> 清晨我站在青青的牧场，
> 看到神鹰披着那霞光……
> 一条条巨龙翻山越岭，
> 为雪域高原送来安康。
> 那是一条神奇的天路……

吉国歌唱家的歌声宛如天籁，回响在会场上空。伴随着歌声，一辆辆小轿车和一辆辆载重汽车行驶在平坦的盘山公路上。《天路》的歌声渐行渐远，天际边飘来欢乐的吉尔吉斯民族弹拨乐曲……

第二十五章

伊塞克湖州乔尔蓬－阿塔市，这个本该过了旅游旺季的小城，突然一下子又繁华了起来。不太宽的街道上车水马龙，到处停放着车辆，街两边的超市、饭店、民宿和度假村的客流量暴增。

小城变得生机勃勃，整个伊塞克湖水天一色，依旧湛蓝迷人。各式各样的度假村沿湖而建，欧式、苏式和吉尔吉斯风格建筑林林总总，千姿百态。

原本一马平川的乔尔蓬－阿塔跑马场涌现出几座现代化体育场，大门口竖起一排高高的金属旗杆，上面悬挂了不少国家的国旗。2014年9月9日，由东道主吉尔吉斯斯坦发起的首届世界游牧民族运动会，经过一年半的筹备后，在这里召开。

月初，比什凯克市某体育场，身穿摔跤服的库尔曼别克一头大汗，正与岳立汉通电话，旁边的古丽米拉正温柔地为他擦汗，并随手递给他一瓶矿泉水，两人含情脉脉地对视。

（俄语）"瓦西里大哥，我和古丽米拉郑重地邀请你和阿尼娅姐，还有伊万兄弟，在9月9日来乔尔蓬－阿塔观看我们国家举办的第一届世界游牧民族运动会开幕式！有几十个国家参赛呢，你们中国也派了代表团！我报名参加中亚式摔跤比赛，并且我非常有信心能够拿到名次。所以大哥，请你一定过来替我加油！"

接听电话的岳立汉正与郑小妹在比什凯克街头散步。

（俄语）"我一定去！库尔曼别克兄弟，我相信，以你的实力和勇气，你一定会夺得摔跤项目的冠军！我和阿尼娅、伊万会提前一天到达！等运动会全部比赛结束后，我还要邀请你和古丽米拉一起去伊塞克湖南岸山上一个叫巴尔斯科恩的小山村，去看望一对俄罗斯老人。我承诺过要去看望他们，顺便陪着你在那里好好休息几天，听说苏联宇航员尤里·加加林曾在那里的疗养院休息。我这个建议怎么样？"岳立汉非常高兴地说。

库尔曼别克也非常兴奋地说：（俄语）"太好了，古丽米拉前几天还吵着说比赛结束以后，我们要找一个地方好好休息几天。您知道我为了备战这场比赛，每天在教练的指导下艰苦训练，精神特别紧张。我知道，大家对我寄予的希望很大，所以我必须赢。"

（俄语）"思想压力不要太大，兄弟。我评估过你的实力，你是完全可以取胜的，你不能怀疑自己！目前你的体力、体能都是最好的，缺的就是良好的参赛心理素质。我准备好了两瓶很好的中国白酒，等你比赛结束后我给你庆功！"

电话那头传来库尔曼别克愉快的笑声：（俄语）"哈哈哈，好的，大哥，一言为定！"

＊＊＊

2014年9月9日，晴，万里无云，伊塞克湖州乔尔蓬-阿塔赛马场，第一届世界游牧民族运动会开幕式举办。

在悠扬的乐曲中，参赛运动员们在举着牌子、身穿民族服装的吉尔吉斯礼仪小姐的引导下步入现场。共有来自20多个国家和地区的运动员参加这一盛会。

吉尔吉斯斯坦的艺术家们在开幕式上表演着激情四射的歌舞和团体操。节奏感很强的乐鼓声像战鼓一样让人兴奋不已，无论是运动员还是观众都是那样兴致勃勃。

观众席上座无虚席黑压压一片，岳立汉、郑小妹、狗子和左丽戴着旅行帽、太阳镜坐在观众席上观看比赛。

跑马场上出现当天比赛的沸点，只闻一声枪响，各国选手骑在各色的马匹上，开启了风驰电掣般的奔跑模式。马蹄声声，场面宏大，所过之处沙土地上扬起冲天飞尘。看台上声嘶力竭的喊叫声和响彻云霄的口哨声交织在一起。

在射箭比赛场上，各国选手凝神定气，将手中的箭精准地射向远方的目标。后排观众席上的不少观众拿着望远镜观看比赛。每一次射入靶心的瞬间，都能招来观众席上雷鸣般的掌声。

在另一个比赛场地，赛马叼羊比赛正如火如荼进行着。参赛双方马队娴熟地驾驭着自己的马匹，针对"活羊"展开激烈的争夺，一支队伍凭借更胜一筹的速度和力气，把夺来的"活羊"奋力投入指定平台的坑里。胜利的一方，不论是人还是马，趾高气扬溢于言表。这是属于草原游牧民族勇敢者的体育活动。

狗子说："哥，这个赛马叼羊，如果让库尔曼别克来比赛，绝对可以拿到第一名！"

"当然，库尔曼别克有这个实力。他说了，他不能参加两种强体力的比赛，相比之下，他更喜欢中亚式摔跤。"岳立汉说道。

乔尔蓬-阿塔，首届世界游牧民族运动会第五天，中亚式摔跤决赛现场。

岳立汉、郑小妹、古丽米拉、狗子等人早早地入场，坐在观众席上等候。

主持人宣布：（俄语）"马上要进行的是中亚式摔跤冠亚军争夺赛，冠亚军将在两名选手中产生，一名是来自东道国吉尔吉斯斯坦的库尔曼别克·瑟德科夫！"

身穿摔跤服的库尔曼别克气势如虹地走到比赛场中间。

主持人接着说：（俄语）"另一名是来自俄罗斯联邦鞑靼斯坦共和国的哈桑·乌鲁索夫！"

体格壮得像一头河马的哈桑走到比赛场中间，示威般地举起了铁桶一样的双臂。

主持人说：（俄语）"比赛现在开始！"

哈桑与库尔曼别克礼节性地握手，随后各自后退一步，并做好搏击准备。

"库尔曼别克的对手长得跟藏獒似的，老库要费点劲了！"狗子不无担心地对岳立汉说。

赛场上，两名选手已经扭在了一起，势均力敌，双方发力时的吼叫声令人胆寒。

这是一场力量与智慧的比拼，鞑靼选手的速度和技术都十分优秀，一看就是经常参加比赛的老手。库尔曼别克在比赛之初比较拘谨，似乎在试探对方的实力。几番较量下来，双方的体力都有些透支，但势头都没有减弱。

库尔曼别克求胜心切，几次向对方发动凌厉的进攻。而对方显然是有意在消耗库尔曼别克的体力，等待时机准备给他致命一击。

观众席上的岳立汉发现了这一点，不由得为库尔曼别克捏了一把汗。

赛场上，沉寂的哈桑突然反守为攻，几个力道十足的专业动作逼得库尔曼别克连连后退了好几步。原本坐在场边的一排啦啦队打扮的男女青年一下子齐刷刷站起来，一起高喊："库尔曼别克，加油！""库尔曼别克第一！"

岳立汉、郑小妹、狗子和左丽也随着啦啦队一起高喊。顿时，整个观众席上群情激昂，"库尔曼别克第一！"的声音回响在比赛场上空。

比赛场上，库尔曼别克犹如神力灌体，双臂紧紧绞住对手，连续三声大吼，生生将哈桑重重地摔倒三次，最终取得了胜利。库尔曼别克高举双拳，然后右手抚心，向观众席的支持者们表示感谢。

领奖台上，库尔曼别克满怀欣喜地从颁奖者手中接过奖杯，吉尔吉斯斯坦国旗升起，吉尔吉斯斯坦国歌奏响。头戴白色毡帽的库尔曼别克右手抚胸，一脸庄重地注视着徐徐上升的国旗。

库尔曼别克走下领奖台，与对手哈桑紧紧拥抱，并在哈桑耳旁轻声讲了一句话，哈桑兴奋地点头。

在通往伊塞克湖南岸的路上，坐在副驾驶座上的古丽米拉轻声问正在开车的库尔曼别克：（俄语）"能告诉我吗？你给哈桑讲了什么？"

库尔曼别克神秘地说：（俄语）"我给他讲，请他不要介意我国观众的热情，如果他愿意，任何时间都可以与我联系，我们两个找个没人的地方，单独摔一次跤。他答应我了，草原上的勇士都应该这样！"

***

下午三点，两辆吉普车在崇山峻岭间的山路上颠簸行驶。去往山里的道路年久失修，坎坷不平。虽然已是初秋，但满山依然苍翠。

情绪激动的狗子说："哥，这种路，上世纪80年代，咱们老家好像到处都是这样的。你还别说，这一颠啊，把小时候的感觉给颠出来了！"

岳立汉含笑不语，但狗子把郑小妹和左丽逗得笑个不停。

库尔曼别克的车开在前面引导，两辆车减速慢行，进入一个叫巴尔斯科恩的小山村里。一群狗热情地追着车欢叫着，阿列克谢和妻子克谢尼娅正在村口等候。

岳立汉边开车边给郑小妹和狗子交代："别忘了给老两口的铁观音和礼物。"

"带着呢，忘不掉的！"郑小妹和狗子齐声回答。

岳立汉、郑小妹、库尔曼别克、古丽米拉和狗子、左丽一一与阿列克谢老两口热情拥抱、问好。

阿列克谢说：（俄语）"欢迎你们，远方来的贵客！"

又用吉尔吉斯语对库尔曼别克说："你就是今天上午在世界游牧民族运动会上夺得中亚式摔跤金牌的库尔曼别克吧？非常荣幸能见到你！"

库尔曼别克和古丽米拉惊讶道：（俄语）"您的吉尔吉斯语讲得这么好！"

（俄语）"我在这里生活了几十年，我的邻居、朋友全是吉尔吉斯族，我怎么能学不会？"阿列克谢骄傲地说。

两辆车在阿列克谢的引导下，停在一座木质结构的别墅前。众人下车，并从车上搬下东西。

阿列克谢介绍道：（俄语）"这栋别墅里有四个大房间和一个餐厅，够你们住的了。一些从欧洲和莫斯科过来的客人，都喜欢住在这里。今天的晚饭我们已经准备好了，有好菜，还有我们自酿的葡萄酒！你们安顿好以后，顺着这条小道就可以到我家。"阿列克谢转身用手指向一个方向。

岳立汉说：（俄语）"非常感谢您，阿列克谢大叔！"

众人一起往房子里搬东西。狗子和岳立汉把几筐水果、肉和蔬菜搬到厨房。

古丽米拉对郑小妹、左丽说：（俄语）"怎么样，姑娘们？晚上我们三个人睡一个房间？"

库尔曼别克说：（俄语）"晚上山里气温还是比较低的，我会把房间里面的壁炉点燃。"

站在窗口的郑小妹用力吸嗅几下，说："空气真好，天然大氧吧！"

晚上七点，阿列克谢家的客厅，灯火通明，墙壁用纯天然木材装修，依稀还能嗅到松香味，上面挂着苏联时期的铜制工艺品、吉尔吉斯民族的羊皮画和羊毛工艺品。一张木制桌子上摆放着一个苏制巴扬手风琴和一个吉尔吉斯民族弹拨乐器库姆孜。铺着白色塑料桌布的长条桌上摆满了五彩缤纷的水果：车厘子、苹果、葡萄、草莓，还有一大盘诱人的黑紫色覆盆子浆果。一大盘香喷喷的手抓饭和一大盆红彤彤的俄罗斯红菜汤也已摆上桌。克谢尼娅自己烤制的苹果馅大列巴散发着纯纯的麦香味。

院子里，被阿列克谢请来帮忙的几个同村男人和女人正在烤制大块的羊肉串，空气中弥漫着诱人的香味。

阿列克谢提着一桶暗红色的葡萄酒放在桌上，给每个人面前摆了一个0.5升的玻璃啤酒杯，然后提起葡萄酒酒桶哗啦啦地往玻璃杯里倒。

阿列克谢说：（俄语）"我知道你们颠簸了一路，肯定是饿了。先吃点东西，才有力气喝酒！"

克谢尼娅热情地给每个人的碗里盘里夹着食物，古丽米拉和郑小妹也很有礼貌地给两位老人倒茶水、夹菜。

阿列克谢起身祝酒：（俄语）"我这个祝酒啊，很苏联，也很吉尔吉斯斯坦，但它的目的是一样的，就是欢迎远方来的客人！瓦西里，你兑现了承诺，一个中国人的承诺，还把我们国家的摔跤冠军和三位天仙般的姑娘带到了我这里，用中国的一句话叫，让我这里蓬荜生辉啊！我是第一次接待中国人，以前只在广播电台里听过中国人的声音，后来又在电视里看到中国人的样子，但是总是看得见却摸不着。现在，中国人和我近距离坐在一起喝酒吃饭，就好像是在梦中！对，我做过这样的梦，应该来讲，我的愿望也实现了。来，为了我们的相聚，为了我们的缘分，也为了我们三个民族的友谊，也祝贺我们的勇士库尔曼别克赢得了摔跤比赛，一起干一杯！"

大家纷纷站起来举杯，碰杯。

阿列克谢一口气将杯中的葡萄酒喝干，岳立汉和库尔曼别克陪着阿列克谢一口喝尽。

郑小妹抿了一口，说："味道不错，度数也不是太高，放心喝吧！"

狗子提醒道："还是注意点吧，这玩意后劲大着呢！"

阿列克谢似乎看明白了，笑着安慰道：（俄语）"这个葡萄酒是纯天然的，我和我的老太婆平时当啤酒喝呢！老太婆一次能干两升，大家放心大胆地喝！哈哈哈哈！"

阿列克谢的家宴准备得丰富、周到，大家兴致勃勃地一边吃喝，一边谈笑。

在院子里帮忙的几个吉尔吉斯族中年男女，也被阿列克谢邀请入席，气氛更加欢乐。

一个男人对阿列克谢说：（吉语）"唱首歌吧，老伙计，您和克谢尼娅两个人的弹唱，我们永远也听不够！"

兴头正浓的阿列克谢马上答应，起身走到木桌前，挂上巴扬手风琴，并随手将库姆孜递给克谢尼娅，幽默地说：（俄语）"来，老太婆，咱们给他们露一手吧！咱们弹一首中国朋友能听得懂的。"

阿列克谢和克谢尼娅非常默契地弹奏起了苏联歌曲《莫斯科郊外的晚上》，众人和着这首曲子，不约而同地分别用汉语和俄语放声唱着。一曲结束，大家愉快地一起鼓掌。接下来又是碰杯，喝酒。

意犹未尽的阿列克谢和克谢尼娅又弹起了节奏欢快的吉尔吉斯民歌，早已按捺不住的吉尔吉斯男女立即起身，随着乐曲兴奋地手舞足蹈，每个人的脸上都洋溢着真诚、纯真和幸福。

有点不好意思的岳立汉、郑小妹、狗子和左丽也被拉入场，融入欢乐的气氛中。

　　一曲终了，大家重新回到座位上，阿列克谢说：（俄语）"1990年代的时候，我从中国国际广播电台听到了一首我非常喜欢的中国歌曲，是一位叫毛阿敏的女士唱的，歌名叫《思念》。歌手唱得非常棒，不愧是你们中国的大歌星！我非常喜欢这首歌曲，很快记住了旋律，之后我和克谢尼娅多次排练，终于成功复制这段旋律！这首歌的歌词也写得很美：你从哪里来，我的朋友？好像一只蝴蝶，飞进我的窗口……下面，我和我的妻子来给大家演奏这首曲子，请两个漂亮的中国姑娘来为我们演唱，怎么样？"

　　大家连声叫好，并一起鼓掌。

　　郑小妹和左丽面色羞赧，岳立汉鼓励她们："唱吧，这首歌你们都会！"

　　狗子说："我和你们一起唱！在歌厅唱这首歌的时候，我经常被人献花！"

　　左丽说："吹吧，你！"

　　悠扬的巴扬手风琴声和库姆孜声响起，撩人心弦。郑小妹、左丽和狗子非常默契地唱起了这首中国经典老歌。

　　　　你从哪里来，我的朋友？
　　　　好像一只蝴蝶，飞进我的窗口……

　　歌声在寂静的小山村上空回荡着，在夜幕中，传得很远、很远。

第二十六章

　　大山里的清晨，让人耳目俱新，巴尔斯科恩大峡谷僻静清幽，依稀传来悦耳的鸟鸣和小动物叫声。这里树林茂密，野草茂盛，峡谷两侧是陡峭的悬崖峭壁，水流从巨石间飞流而下。

　　巴尔斯科恩，旧时称巴尔斯汗，曾是可汗的居住地。巴尔斯科恩村位于巴尔斯科恩大峡谷的入口处，是伊塞克湖南岸最远的一个村落。峡谷与纳伦河上游和伊塞克湖相连，这里在中世纪曾是重要的贸易驿站。古老的丝绸之路从这里经过，一阵阵呼啸的山风仿佛在诉说着丝绸之路上的爱恨情仇。

　　这里流传着一个关于巴尔斯科恩的传说。老人们说，很久以前，一个名叫鲍里斯的俄罗斯人定居在伊塞克湖边。他在这里建造了一所房子，垦荒种花种菜，西红柿、土豆、甜瓜和西瓜等各种蔬菜水果在花园中生长。这在该地区是前所未有的新现象。不久之后，一户吉尔吉斯家庭迁来附近定居，家族首领从未见过鲍里斯花园里种植的这些水果，十分好奇，也很想尝一尝。于是，一个秋天的下午，待鲍里斯离开，一个男人来到园中摘西瓜。男人用力一掰，成熟多汁的西瓜啪的一声裂开了，这裂开的声音接近于吉尔吉斯语的拟声词"巴尔斯"。随着时间的推移，越来越多的家庭迁往这里定居，他们把这里命名为"巴尔斯科恩"。"科恩"，是吉尔吉斯语中"甜瓜"一词的音译。这就是巴尔斯科恩村名字的由来。

　　远眺山谷，几个小点在移动。

　　岳立汉、郑小妹、库尔曼别克和古丽米拉各个一身旅行装打扮，背着鼓鼓的行囊，正沿着山谷小道徒步前行。

　　岳立汉边走边问库尔曼别克：（俄语）"库尔曼别克兄弟，以前来过这里吗？"

（俄语）"在我很小的时候，爸爸妈妈带我来过这里，但是那时候我太小了，没什么记忆。这次也算是旧地重游吧！"库尔曼别克回答说。

跟在后面的郑小妹和古丽米拉一边走一边说着话。

岳立汉回头大声地叫着她们："你们两个累不累？要不咱们走到前面休息一下，吃点东西！"

郑小妹回答："我们早就累啦！这种徒步登山，对我们这种缺乏锻炼的人真是太辛苦了！还是狗子聪明啊，他说他和左丽在家给我们准备吃的！"

库尔曼别克鼓励道：（俄语）"你们再坚持一下，我在地图上看到前方1000多米的位置有一个山坳，那儿有一大块平平的石头，我们就在那上面休息！"

两棵巨大的松树下面，横卧着一块巨大的椭圆形石头。黝黑的表面写满了风霜岁月，靠近溪水的一侧，长满了青苔。周围还长满了各种各样叫不上名字的杂草。

郑小妹和古丽米拉蹲在小溪旁洗手。郑小妹刚把手伸进水里，马上倒吸了一口凉气："啊，咋这么冷！"

岳立汉说："这都是高山上的雪融化后的水，肯定会很冷。"

库尔曼别克从背包里取出望远镜，站在大石上，向两边和前方张望着。

库尔曼别克问：（俄语）"前方还有很远，我们继续往里走吗？我们现在已经深入峡谷有十几公里了。"

（俄语）"前方可能没有人烟，不用往前走了！再往前走，返回时天就黑了，不安全！咱们就在这里活动。"岳立汉回答。

郑小妹从背包里取出照相机："这里的景色太美了，随便拍一张都是大片！"（俄语）"走，古丽米拉，咱们到前面照相去！"

岳立汉说："去吧，不要走远，注意安全！有什么需要帮助的，就喊我和库尔曼别克。"

郑小妹拉着古丽米拉，兴冲冲地往前面跑去了。

在大石上，在草丛中，在溪水旁，古丽米拉摆着各种姿势，郑小妹不停地按着照相机的快门，一边拍还一边赞不绝口："好漂亮的姑娘！"

巨石上，库尔曼别克从背包里掏出一瓶伏特加、一包俄罗斯红肠和一罐酸黄瓜。他摆好两个纸杯，拧开酒瓶盖子，往纸杯里哗啦哗啦倒着伏特加。然后，铺上一块塑料餐布，拿小刀将俄罗斯红肠切成一片一片的，再将酸黄瓜摆放在一个小纸碟里。

（俄语）"Давай！[1]瓦西里大哥，别辜负了眼前的美景！美酒加美景，咱们一起干一杯！"

（俄语）"咱们可说好了，我准备了最古老的中国白酒给你庆贺！"

说罢，岳立汉从背包里掏出一瓶中国产的 52 度的山西汾酒。

（俄语）"哎哟，把这个事忘了！来，咱们先把杯子里的伏特加喝掉，再品尝你的中国美酒！"

两个人盘腿坐在巨石上，碰杯后一饮而尽。

（俄语）"这地方太美了，如人间仙境！库尔曼别克兄弟，你告诉我明年五月份的时候你会和古丽米拉结婚，是真的吗？"岳立汉问道。

（俄语）"当然是真的！我的父母亲和他的父母亲都见了面，一起定下的日子。我在比什凯克南边买了一个大房子，现在正在装修。我非常非常爱古丽米拉，她就好像我的生命一样！你呢，大哥，你和阿尼娅姐什么时候结婚？"

岳立汉笑着说：（俄语）"我也是打算在明年回国结婚。"

库尔曼别克兴奋道：（俄语）"为什么要回去结婚？和我们一起办结婚仪式好了！哈哈哈哈！"

（俄语）"我们家和阿尼娅家都有很多亲戚，我们中国和吉尔吉斯斯坦举行婚礼的风俗一样，也是需要邀请很多亲戚朋友参加的。我们在中国结完婚后，会来到比什凯克把这里的朋友们好好宴请一下，当然也包括你和古丽米拉！"

（俄语）"但是我们两个人的婚礼你是能参加的，对吧？"

---

〔1〕 俄语，此处意为：干杯！

岳立汉肯定地说：（俄语）"那是一定的！"

两个人就这样边喝边聊，谈天说地，不亦乐乎。

岳立汉抬手看了一下手表：（俄语）"怎么回事？都一个多小时了，这两个姑娘还没玩够啊！"

（俄语）"对啊，她们该回来了！我给古丽米拉打电话。"说完，他掏出手机，但怎么都打不出去。

库尔曼别克低头看了一下手机：（俄语）"手机根本就没有信号，这里应该是手机信号盲区！"

岳立汉顿觉不安，一丝不祥涌上心头：（俄语）"走，库尔曼别克，咱们去找她们去！"

两个人迅速起身，朝着郑小妹和古丽米拉离开的方向跑了过去。

＊＊＊

兴致勃勃的郑小妹和古丽米拉在山谷中的树林中和草地上游玩拍照，时而相互追逐嬉耍。不知不觉她们离岳立汉和库尔曼别克的休息地越来越远。

郑小妹举起相机，对着前方突出的一个小山包构图，说道：（俄语）"古丽米拉，前方的小山包光线特别好，咱们去那里照几张相？"

（俄语）"Давай！[1] 阿尼娅姐！"

两个人兴奋地朝那个小山包跑去。快跑到的时候，郑小妹习惯性地举起相机选景，但透过相机看到的景象让她大惊失色。

只见小山包朝阳的平地上，搭了一顶能容纳五六个人的简易帐篷。外边的草地上和树枝上，晾晒着男人的衣服。隐约可以看到帐篷里面有几个男人围坐在一起，他们每个人身旁都放着枪支。

郑小妹见状，轻声地喊了一下：（俄语）"古丽米拉，别往前跑了！"

---

〔1〕 俄语，此处意为：走吧！

242

此时，古丽米拉也发现了前面突然冒出来的那顶帐篷，惊愕地站在原地向那里张望。

郑小妹立即跑上前，一把拉着古丽米拉：（俄语）"古丽米拉，快走！这些人不像是好人！"

两个姑娘掉头迅速向回跑。帐篷里的人显然也发现了她们，两个持枪的壮汉飞快地向她们追来。郑小妹和古丽米拉跑了没多远，就被不知从哪里冒出来的握着手枪的恶汉挡住了去路。他和后面两个追来的持枪壮汉一起，一前一后把郑小妹和古丽米拉逼到了一个角落。几个留着络腮胡子的男人眼中透着凶狠和邪淫。

凶汉甲说：（突厥语）"真不错！来了两个这么漂亮的姑娘！我们在这里等待，就不寂寞了！"

古丽米拉吓得浑身颤抖，用突厥语说："我们不知道你们是谁，我们也不会给别人说你们在这里。我们还有好几个朋友就在下面，我们现在就回家。请你们放过我们吧！我的爸爸会给你们很多钱。"

凶汉甲狞笑着说：（突厥语）"听到了没有？这个姑娘的爸爸是个大富翁，可以给我们很多钱！怎么样伙计们？咱们是要姑娘还是要钱？哈哈哈！"

另外几个凶汉一起怪声怪气地叫道：（突厥语）"我们是姑娘也要，钱也要！哈哈哈哈！"

古丽米拉鼓起勇气说：（突厥语）"你们放尊重些！不要乱来！就在离这里不到 1000 米的地方，十几个男人都在等我们呢，还有几个警察朋友，他们都带着枪！如果等不到我们回去，他们会通知警方立即把这座山的入口、出口全部封锁！你们跑不掉的！"

几个凶汉警觉地交换了一下眼神，领头的抬手看了一眼手表：（突厥语）"时间差不多了，我们需要马上离开，尽快地赶到第二个集中地，再乘坐汽车赶往第三个集中地！这两个姑娘的同伴如果长时间等不到她们，肯定会马上采取行动赶过来，到时候我们和我们这个集中地都会暴露！"

（突厥语）"现在需要马上撤退！你们两个迅速收拾行李，把帐篷拆掉！

你们把这两个姑娘捆起来，把她们的嘴堵上，带着她们一起走，不能杀她们！咱们想办法尽快到第三个集中地。"一个骨瘦如柴长相猥琐的凶汉说。

两个凶汉饿狼一般扑向郑小妹和古丽米拉，不费吹灰之力就将她们控制住，并用塑料绳反绑她们的双手。另一个凶汉从背包里取出一些绷带，揉成团塞进了郑小妹和古丽米拉的口里。郑小妹和古丽米拉拼命挣扎，口中发出呜呜的叫声。

匪徒们迅速拆除帐篷，装入行李包，然后拖着郑小妹和古丽米拉，顺着右前方的一条山道向前走，慢慢隐入崇山峻岭中。

凶恶的匪徒头子突然停下，指着郑小妹和古丽米拉，对一个年轻一些的匪徒说：（突厥语）"把你背包里的两个长袍给她们套上，再给她们头上戴两顶帽子，嘴巴用围巾围上！这样走在路上会安全些，不会轻易被别人发现。我们还有差不多一小时的山路，那里有一辆中型面包车等着我们，坐上车就好了！"

年轻的匪徒迅速从背包里取出两个长袍，和另一个匪徒一起，强行给郑小妹和古丽米拉套在身上，然后又拿出两个脏乎乎的黑色针织毛线帽套在她们脑袋上，又取出两条脏乎乎的围巾迅速缠在她们的脖子上。

然后，五名匪徒押着郑小妹和古丽米拉继续赶路。

山谷中，岳立汉和库尔曼别克心急如焚，发疯一样地到处寻找。他们不停地大声喊着："小妹、小妹，古丽米拉，你们在哪里？"

巨大的喊声在山谷里回荡，惊起了一群群林中的飞鸟。

岳立汉平复了一下情绪，招手示意库尔曼别克过来。

（俄语）"库尔曼别克兄弟，阿尼娅和古丽米拉都是聪明的姑娘，她们不可能孤身离我们太远，就是离开我们也不会超出 1000 米，而我们的寻找范围已经超出了 1000 米。你看，左右两侧是悬崖峭壁，根本没有路。小溪的水虽然流速很快，但是水不深也不大，所以我们的呼叫声至少可以传出两百米。我们没有收到回应，在这个范围内也没有找到她们两个人遗落的任何物品。所以说，兄弟，她们两个应该是出事了，而且肯定是在超出1000 米的前方位置。我们再到前面找找，肯定会有发现！"

焦急万分的库尔曼别克连连点头，只说了一句：（俄语）"Давай！[1]大哥，往前走！"

两个人来到了郑小妹和古丽米拉出事的小山包跟前。岳立汉仔细观察了小山包平地上原本扎帐篷的地方，草被踩平了，后面的碎石堆里还扔着几个人啃过的苹果核。

库尔曼别克在不远处的小树林里也发现了人脚踩过的痕迹。突然，他在地上发现了一个亮晶晶的东西，捡起来一看，原来是一只蓝色的有机玻璃纽扣。他瞬间认出，这是古丽米拉身上套的薄毛衣上面的扣子。

在右侧不远处一片阴暗的潮湿地上，岳立汉发现了郑小妹脚上穿的旅行鞋的花脚印。他顺着脚尖的方向往前跑了几步，拨开荆棘，发现了一条羊肠小道，通向另一个方向。

库尔曼别克气喘吁吁跑过来说：（俄语）"大哥，这是古丽米拉毛衣上的纽扣，我在左边的小树林里边发现的！"

岳立汉指着地上的脚印对库尔曼别克说：（俄语）"我也发现了阿尼娅的脚印，还有一条通往山外的小路！这说明她们两个不是被野兽伤了，而是被坏人绑架了！而且坏人进山的路不是咱们走的这一条，还有另一条路通往山外。"

库里曼别克急道：（俄语）"大哥，我们怎么办？追过去吗？"

岳立汉定了定神：（俄语）"为了争取时间，我一个人顺着小道追过去，然后每半个小时咱们用手机联系一下，万一冒出信号，我们也好交流我们的位置。这里离阿列克谢大叔家大概有十公里左右，你要用最快的速度跑出峡谷，到手机有信号的地方，向你们内务部的102匪警指挥中心报案！让伊塞克湖南岸、北岸的警局迅速在公路设卡，检查来往车辆。同时请他们查一下，除了这些国道，还有没有便道通往外面的路！"

库尔曼别克干练地答道：（俄语）"好的，大哥，我记住了！大哥，距离伊塞克湖州最近的是纳伦州，从雷巴奇耶往纳伦方向走，沿着公路直接

---

〔1〕俄语，此处意为：快！

通向我们国家南部的巴特肯州和奥什州。"

岳立汉说：（俄语）"明白了，这条路可是防范重点！我们首先到达出山口，看能不能把这帮混账的人拦截住！行动吧，兄弟，时间就是生命！"

库尔曼别克背上背包，刚往前跑了两步，又返回来，从背包里掏出一把水果刀，递给岳立汉，说：（俄语）"大哥，你一个人追过去要小心！这把刀，也许会有用！"

岳立汉接过刀，背上背包，顺着小道追了过去。

在崇山峻岭中的羊肠小道上，五名匪徒拖着乔装的古丽米拉和郑小妹，快速在山路上行走着。

山谷中，库尔曼别克自上而下迅速奔跑。为了提高速度，他把肩上的背包扔到一边，在石头路上跳跃着，向前飞奔，一边跑一边看手机有没有信号。

在长满荆棘和杂草的小路上，岳立汉满头大汗地边跑边拨开杂树枝。他的脸上已被小路旁边的荆棘刺刮了两道小口子，裤子也被树枝划破了一个口子。

岳立汉一边跑一边警惕地观察着前方道路两旁，跑到小路的拐角旁停下来，用力地吸了一下鼻子。他嗅到了一丝淡淡的烟草味，便仔细搜寻周边。果然，在小路旁边的杂草中发现了一个烟头。岳立汉蹲下身捡起烟头，闻了一下，然后从口袋里掏出一张纸，把烟头包上装在口袋里，继续追击。一边追，一边掏出手机查看是否有信号。

半个小时后，快跑出山谷的库尔曼别克喘息着掏出手机，眼睛一亮，手机有信号了！

他赶紧给岳立汉打电话，但没有打通，手机传来无人接听的声音。

接下来，他拨打了吉尔吉斯斯坦内务部 102 指挥中心的报警电话，言语急促地向值班警察讲述了郑小妹和古丽米拉在巴尔斯科恩大峡谷中被人绑架的情况，请求联系并指挥伊塞克湖南北岸的警方在公路上设卡拦截。

值班警察说：（俄语）"我需要请示上级，才能决定能否在公路上设卡。"

库尔曼别克心急如焚，拨通了一位好朋友的电话，这是在内务部工作的中校。库尔曼别克重新给朋友讲述了发生的一切，朋友马上告诉他："不要着急！我会直接请示主管刑侦的副部长，我们会安排好！你等我消息！"

山谷出口，距离郑小妹和古丽米拉被劫持已经过去了 1 小时 26 分。

五名匪徒押着郑小妹和古丽米拉已经走出了山谷，来到他们的第二个集合点。他们尽量地躲避着远处行人的视线，避免被远处公路上过往的车辆看到。

一行人来到中巴车前，一个匪徒推搡着郑小妹和古丽米拉上车，郑小妹故意反抗，不上车。两个匪徒上前，不由分说地把郑小妹抬起来塞进了车里。

而这一幕，被不远处路边一位卖蜂蜜的老奶奶看得清清楚楚。老奶奶眼神诧异地目睹了这一切。

匪徒开着中巴车，沿伊塞克湖南岸的公路一路向西。

岳立汉一边跑一边看着手机，终于有了信号！

他马上打给库尔曼别克：（俄语）"喂，库尔曼别克兄弟，你到阿列克谢大叔家了吗？和伊塞克湖的警方联系上了吗？他们安排设卡了吗？请你转告伊万和左丽马上收拾行李，向阿列克谢老两口告个别，咱们到雷巴奇耶会合！"

（俄语）"好的，大哥！"

***

狗子和左丽神情沮丧地开着车驶离巴尔斯科恩村，阿列克谢和克谢尼娅老两口神情凝重地向渐行渐远的狗子和库尔曼别克的车挥手告别。

刚一上国道，库尔曼别克立即换挡，将油门踩到最低，飞一般地向前冲去！此时，另一边极度疲劳的岳立汉跟跟跄跄地跑到了卖蜂蜜的老奶奶面前。

岳立汉恳求道：（俄语）"您好，老奶奶，能给我一口水喝吗？我可以付钱。"

老奶奶慈祥地看着他：（俄语）"年轻人，我只卖蜂蜜，不卖水，我这里有水，你随便喝。"

岳立汉端起老奶奶递过来的大水杯，咕嘟咕嘟一口气喝光。然后，岳立汉右手抚心，向老奶奶鞠躬感谢！

准备离去的岳立汉被老奶奶叫住：（俄语）"小伙子，我看你也是从那个山口里跑出来的，你是不是在追赶什么人？"

（俄语）"对呀，老奶奶，请问您有没有看到什么人从这个山口里出来？"

老奶奶说：（俄语）"我看到了，从山口里出来了七个人，有一辆面包车在等他们，其中有个人好像不愿意上车，是被另外两个人强行抬上车的。"

岳立汉急切地问：（俄语）"他们几时离开的，老奶奶？往哪个方向走了？您有没有看清那个被抬上车的人穿的什么衣服？"

（俄语）"他们大概 40 多分钟前上的车，沿着公路往西去了。被抬上车的那个人穿着长袍，长袍很大，好像不是他的，戴着帽，还捂着脸，其他几个人都没有捂脸。"

（俄语）"知道啦，老奶奶，非常感谢您！"

岳立汉一边在公路上向前跑，一边掏出手机给库尔曼别克打电话。

（俄语）"库尔曼别克兄弟，我已经出山，来到公路上。我发现了古丽米拉和阿尼娅的行踪，她们真是被人绑架了！对方有五个人，他们开了一辆中巴车，现在正往雷巴奇耶方向跑。请你赶紧联系警方，在雷巴奇耶和纳伦的交叉口设卡拦截。你现在在哪个位置？狗子和你在一起吗？我先搭乘别人的车往前赶，每十分钟咱们通次电话，你赶上来的时候，我再乘你们的车！"

（俄语）"好的，大哥，我知道了！"

岳立汉站在路边，向朝西边行驶的车辆招手，但所有的车都没有减速，飞驰而过。岳立汉想了想，伸手从口袋里掏出了一张 500 索姆的钞票，举在手上拦车。

果然起到了立竿见影的效果，一辆宝马轿车减速停靠到路边。岳立汉开门上车，将 500 索姆递给司机。

岳立汉说：（俄语）"Давай！〔1〕雷巴奇耶和纳伦交叉路口，要快！"

司机点点头，换挡、踩油门，提速飞奔而去！

匪徒的中巴车已驶过雷巴奇耶市的西出口，左转飞速驶往纳伦州方向。

匪徒甲说：（突厥语）"我们是在和警察赛跑，这两个女人的同伴一定报了警，可能现在大量的警察都在路上往这里赶呢！"

匪徒乙好奇地问：（突厥语）"你怎么知道他们会报警？你怎么知道大量的警察正在赶来？"

（突厥语）"是直觉，我的直觉从来没出过错。"匪徒甲自信满满地说。

突然匪徒甲又说：（突厥语）"将车开到左侧的一个旧厂区里！"

开车的匪徒一脸迷茫，但还是把车开进了旧厂区，远远看到两辆丰田小吉普停在那里。

匪徒甲催促道：（突厥语）"快下车，快下车！把车上的东西全部拿下来，装在小吉普车上！我们马上换车继续走！"

匪徒们手忙脚乱地把东西往丰田小吉普上搬，两名匪徒把郑小妹和古丽米拉从中巴车上拉出来，塞到了吉普车内。几分钟后，匪徒们驾驶着两辆小吉普，开始快马加鞭赶路，行驶到雷巴奇耶和纳伦的交叉路口时，警察还没有来得及在这里设卡。两辆车飞驰而过，车内的匪徒们各个神色得意。

此时，两辆闪着警灯的警车正从雷巴奇耶警察局的大门驶出，往西行进，匆匆赶往通往纳伦的路口。

在通往托克马克—克明—比什凯克的路上，几辆警车停靠在路边，持枪警察正拦截过往车辆进行检查。

库尔曼别克的车此时已经载着岳立汉，来到了去往纳伦的路口。

---

〔1〕 俄语，此处意为：快！

第二十七章

下午四点，雷巴奇耶去往纳伦州的路口，库尔曼别克和赶过来设卡的警察负责人不停交流着。两名背着 AK-47 长枪的警察在拦截可疑车辆进行检查。

岳立汉神情焦灼地看着手表，心里默默地计算着时间。他把库尔曼别克叫到跟前：（俄语）"不能再等了，库尔曼别克兄弟！根据我计算的时间，恐怕在半个小时前匪徒们就已经通过了这个路口，如果从这里走的话。"

（俄语）"难道他们不会往比什凯克方向走吗？"

岳立汉若有所思道：（俄语）"他们很有可能不会往比什凯克方向走，因为他们肯定带有武器和其他危险物品。如果他们准备去比什凯克，就没有必要待在山谷里。所以，我判断他们肯定会走纳伦，然后从纳伦转往巴特肯的吉塔边境方向！"

（俄语）"我也在想这个问题，他们可能不是一般的强盗，应该是暴徒！"

（俄语）"所以，我们两个必须做出决定，是继续在这里等，还是直接跟踪追击。"

库尔曼别克说道：（俄语）"如果我们判断这些匪徒是从这里改道的，那就别等了，直接追过去！"

两个人迅速上车启动，朝着纳伦方向飞奔而去。

沿途的盘山公路上，库尔曼别克开着车，岳立汉睁大双眼，仔细搜寻着公路两边的一切物体。

匪徒驾驶着两辆小吉普，同样飞速地行驶在蜿蜒曲折的公路上。车上的古丽米拉突然拼命扭动身体，撞击坐在她两侧的匪徒。

匪徒甲说：（突厥语）"把她嘴巴里的布拿出来，问她想干什么！"

年轻的匪徒伸手把古丽米拉嘴巴里的布拿了出来，古丽米拉大口大口地喘着气：（突厥语）"停车！马上停车！我要去厕所！"

年轻的匪徒说：（突厥语）"头儿，让她去厕所吧，不要拉在车上！我也想去厕所！"

匪徒甲不耐烦地说：（突厥语）"那就到右前方那个土墙后面解手吧，只给她们五分钟时间！"

扬着灰尘的两辆小吉普靠着路边破败的土墙停了下来，五个匪徒全部下车，郑小妹和古丽米拉也被拉下车。

古丽米拉叫喊着：（突厥语）"把我们的绳子解开吧，不解开我们怎么解手？你们五个大男人拿着枪看着我们，你们怕什么？"

匪徒甲说：（突厥语）"把她们两个的绳子解开，嘴巴里的布拿出来，让她们先去解手！回来以后也不用再绑她们啦！你们两个一人一个看着她们，拿出刀，如果她们敢叫喊或者反抗，就用刀把她们的喉咙割掉！你们几个先到土墙后面解手，你们出来以后再让她们过去！"

五个匪徒轮换着到土墙后面解手。

被解开绳子的郑小妹和古丽米拉相互搀扶着，走到土墙后面。她们蹲在地上悄悄地说话。

郑小妹小声说道：（俄语）"瓦西里和库尔曼别克一定在拼命地找我们，他们应该已经报警了。现在，我们也不知道他们要把我们带到哪里去。"

古丽米拉回应：（俄语）"这是往南方去的路，平时的行人和车辆都很少，通往巴特肯路上的人就更少了。也不知道库尔曼别克能不能找到这个地方。"

一个匪徒隔着土墙喊着：（突厥语）"快点快点！我们要走了！"

郑小妹趁机从口袋里掏出了一块她平时最喜欢吃的中国产大白兔奶糖，故意扔在土墙左侧一个不起眼的墙角。

两个人起身走出来，再次被押上车，车子继续行进。

匪徒甲凶狠地说道：（突厥语）"你们两个看好她们，只要不听话就直接割喉！"

郑小妹和古丽米拉愤怒地瞪着他们。

天色将晚，库尔曼别克的吉普车也来到了去往巴特肯的路口。一个牧羊人正赶着羊群沿着公路从远处走来。

库尔曼别克停下车，快步上前问候：（俄语）"大哥，这个是往巴特肯和奥什走的路吗？"

（俄语）"是的。"

库尔曼别克问："我向您打听一下，您一直就在这附近放羊吗？"

（俄语）"是的，我是从后面的这个山坡上下来的。"放羊大哥说。

库尔曼别克问：（俄语）"您有没有注意在一个小时内，有多少车从这里过去了？"

放羊大哥疑惑地回答：（俄语）"今天不知道怎么了，从南方过来的车特别多，但从这里过去的车比较少。好像往南方去的车只有三辆，有两辆小吉普和一辆黑色的轿车。"

库尔曼别克有些失望地对岳立汉说：（俄语）"大哥，没有面包车。"

突然，库尔曼别克的手机响起，是内务部的那位中校朋友打来的电话。

（俄语）"库尔曼别克你在哪里？我刚才接到一个信息，雷巴奇耶警察局的人告诉我，在雷巴奇耶市郊的一个旧厂房里发现了一辆被丢弃的中型面包车，车牌照是假的。我怀疑与你说的那个绑架案有关系。现场没发现什么人，但是地上有两辆车的轮胎印子，根据初步判断，应该是日产小吉普。这种车现在到处都是，真不知道上哪儿去查，但你放心，我们一定会追查到底的！"

库尔曼别克道谢后挂上电话：（俄语）"有新线索了，大哥！内务部的朋友告诉我，他们发现了那辆绑架古丽米拉和阿尼娅的中巴车，但已经被丢弃在一个旧厂房里。他们肯定是换乘两辆小吉普车逃走的。根据放羊大哥看到的，开往南方去的三辆车中间有两辆是小吉普。这就对上号了！我们的方向没错！大哥，快走！"

库尔曼别克的吉普车加速向前赶路，坐在副驾驶座上的岳立汉说：（俄语）"兄弟，咱们折腾了快一天了，到前面找一个地方方便一下。"

库尔曼别克说：（俄语）"好！前面右边有一个小土墙，就到那儿吧。"

吉普车靠右侧停下，岳立汉和库尔曼别克下车，来到土墙后面正准备方便。库尔曼别克突然喊道：（俄语）"大哥，你看！这是不是阿尼娅的脚印？"

只见浅黄色的沙土地上，残留了一个半截脚印，正是郑小妹脚上穿的旅游鞋的鞋底花纹。矮墙后面的地上还残留着几道湿湿的尿痕。

岳立汉突然眼睛一亮，快步走到墙角，从地上捡起一块大白兔奶糖。

（俄语）"你看，这是阿尼娅故意留下的，就是这条路线！兄弟，我们的方向没错，很快就能找到她们！"

黄昏中，库尔曼别克的吉普车飞速行进着。突然，车子越走越慢，最后彻底停了下来。库尔曼别克看了看油表：（俄语）"糟糕！大哥，车里一点油都没了！"

岳立汉无可奈何地说道：（俄语）"库尔曼别克兄弟，这前不着村后不着店的，也没有加油的地方呀！得赶紧想个办法。"

焦急万分的库尔曼别克走来走去，拿着手机四处给朋友打电话。

库尔曼别克：（俄语）"大哥，我给这个地区的所有朋友们都打了电话，离我最近的也有 300 多公里。他们赶过来起码需要好几个小时，我们可能什么都耽误了！怎么办？"

正在两个人一筹莫展的时候，远处忽然传来一阵阵隆隆的马蹄声，半空中扬起的尘土遮天蔽日。两个戴着白色毡帽的牧马青年骑着马，正赶着几十匹马回他们的住地。

库尔曼别克眼睛一亮，连忙上前拦住两个青年：（吉语）"兄弟，我叫库尔曼别克，那个是我的中国大哥瓦西里。我们的姑娘被一伙匪徒绑架了，他们正沿着这条公路往南方去，我们一路追踪到这里。姑娘们的处境十分危险，我们已经报了警，警察也在想办法。现在关键是我们要赶紧追上去，可是我的车没油了。能不能把你们的马借给我？我把我的吉普车押在这里，还会付钱给你们！"他边说边从兜里掏出一沓索姆，准备递给两个小伙子。

两个小伙子翻身下马，把钱推开。

小伙子甲一脸坦诚地说：（吉语）"巴依盖，互相帮助是我们吉尔吉斯民族的传统！你们碰到了这么大的麻烦，我们就应该帮助你们。别说给钱，也别说押车！我们现在把两匹马给你们，它们都吃得饱饱的，不用再喂了。我告诉你们一条近路，你们抄近路一定可以跑到他们前面！前面 20 公里处有个小村子，叫阿拉尔，那个村庄人很少，你们骑马走小路会比走公路快一个小时左右。"

库尔曼别克上前与两个小伙子拥抱：（吉语）"太好了，我的兄弟，愿安拉赐福给你们！"

说罢，库尔曼别克牵着两匹马朝岳立汉走过来，把一匹马交给岳立汉。两个人翻身上马，右手抚心，向两个年轻人道了谢，然后扬鞭策马，向前方飞去。

两匹马在不太宽的小路奔跑，夜越来越黑，但明月高挂。

***

匪徒已驱车来到他们的第三集中地。

只见黑暗中，一个不知名的小村落闪烁着几盏灯光。在距村庄很远的一个破旧的小院落，匪徒直接将两辆小吉普开进来，熄火停车。

院子里站了一个膘肥体壮的凶汉，几名匪徒分别上前与凶汉拥抱。

（突厥语）"你们的运气不错，算是正点到达，没遇到什么麻烦吧？"

匪徒甲得意地说：（突厥语）"运气当然不错！还顺手捉了两个漂亮的姑娘！有一些小麻烦，但是已经甩掉了，这里安全吗？"

凶汉自信地说：（突厥语）"我这里很安全，平时连根人毛都看不到！我给你们准备了抓肉和馕饼，你们好好吃一顿休息一下，咱们凌晨五点出发！前面第四集中地有人接应！你们先进屋吃饭，休息，我到门口看着点。"

凶汉转身来到大门口，拉开一辆报废卡玛斯的驾驶室门上车，瞪着一双小眼睛警惕地看着周围。

屋内，五名匪徒坐在脏乎乎的地毯上，开始大吃大嚼。地毯中间一个铝制的盆里装满了带骨头的羊肉，地毯上还放了一沓馕饼。郑小妹和古丽米拉缩在屋子里的一个墙角。

匪徒甲命令道：（突厥语）"去！把那两个姑娘拉过来，让她们也吃点东西！吃饱了，晚上好陪陪我们！"

几名匪徒发出淫邪的笑声。年轻的匪徒走向郑小妹和古丽米拉，伸出油乎乎的脏手企图拉她们过去。

古丽米拉厉声喝道：（突厥语）"别动我们，我们不饿！"

年轻的匪徒拉了几次没拉动。

匪徒甲满脸堆笑说：（突厥语）"吃不吃饭，晚上都是我们的！"

郑小妹和古丽米拉神情惊恐万分。

一阵急促的马蹄声传来，岳立汉和库尔曼别克骑着马由远而近，二人停下马观察。

（俄语）"大哥，前面小山包上有个小院子，窗户里还透着灯光。一定有人，要不我们过去打听一下？"

（俄语）"现在是晚上，看东西都不清楚，什么情况都可能存在。那个小院子地势不太高，你去找个地势高的位置，尽量靠近小院子看看院子里都有什么，然后我们再决定去还是不去。"岳立汉交代道。

（俄语）"好的，大哥！我不骑马，骑马动静大，我会把院子里的情况搞清楚后马上回来！"

夜幕中，岳立汉将两匹马拴在小路旁边的一棵小树上，隐约看见库尔曼别克在月光下弯腰快速朝一个地势高的山坡跑去。他趴在距离那个小院落不到100米的距离，瞪大双眼努力地观察院中的动静，可以模糊地看到院子里停了两辆小汽车，屋里开着门亮着灯，还有不少人。库尔曼别克转身飞速跑回岳立汉身边。

气喘吁吁的库尔曼别克说：（俄语）"大哥，找到了！找到了！他们可能在房子里，我看到了两辆小汽车停在院子里。"

（俄语）"你观察的位置距离房子还是有点远，现在我们还不能最终确定是不是他们。咱们把马留在这里，隐蔽地接近那个院子再看看。如果是他们，匪徒们一定在门口或房子周围留有暗哨，我们把屋里的情况搞清楚后才能采取行动。注意安全！"

库尔曼别克回应道：（俄语）"这帮坏人手中一定有武器，我们两个什么也没有，所以必须用最狠最快速的方法，把他们一个个解决掉！"

月光下，传来阵阵夜鸟啼叫声，岳立汉和库尔曼别克像在部队侦察敌情一样，弯着腰隐蔽地接近那个院子。

坐在门口报废卡玛斯上的凶汉点了一支烟抽，一明一暗的光映照着他的一脸横肉。他不时地向外张望几眼。

岳立汉和库尔曼别克已经接近小院围墙边，卧倒在地仔细查看周边环境。他们首先来到小院落靠近外面的窗前，慢慢地抬起头，向屋内张望。屋内昏暗的灯光下，五个匪徒坐在地上吃喝谈笑，地毯上铺的餐布上一片狼藉。郑小妹和古丽米拉二人抱在一起缩在角落里。

库尔曼别克忍不住想看得再仔细一点，被岳立汉示意安静。俩人蹲在地上，岳立汉压低声音：（俄语）"兄弟，根据我们刚才的观察，门口那个破车上有一个他们的暗哨，房子里五个匪徒都在，都有手枪，可能还有刀和其他武器。我判断，应该还有其他同伙接应他们。你现在要赶紧与内务部的朋友联系，告诉我们现在的位置和发现的情况，请他们从纳伦、巴特肯派出特警支援我们。"

（俄语）"好的，大哥，我马上联系！但是从纳伦和巴特肯两地开车过来，最少也得几个小时，如果能动用直升机就更好了。关键是我们要准备随时行动，因为我担心那几个匪徒会对阿尼娅和古丽米拉下手。"库尔曼别克回答说。

（俄语）"你赶紧先与警方联系，不用担心！面对这样的案件，你们的警方会做出快速反应的。咱们先把门口的这个暗哨解决掉！"

库尔曼别克打完电话，给岳立汉做了一个合围的手势，两个人蹑手蹑脚地向卡玛斯车靠近。岳立汉蹲在车门旁的地上，库尔曼别克侧着身子靠在车身上，用手轻敲了一下车门。驾驶室里正在想心事的凶汉顿时一惊，马上四处观看，但什么也没发现。他想了想，还是不放心，决定下车看看。只见他从腰间拔出一把手枪，推弹上膛，打开车门轻跳到地上。

蹲在地上的岳立汉和藏在车身的库尔曼别克以迅雷不及掩耳之势将凶汉扑倒在地。库尔曼别克迅速地扼住凶汉的脖子，岳立汉接着一记重拳将凶汉砸晕，随手将手枪夺过来。然后，二人迅速抽掉恶汉的腰带，将两条胳膊反绑起来，又在地上捡了一根铁丝，将凶汉的两个脚脖子捆在一起。两个人合力将凶汉拖到墙角，库尔曼别克在地上扯了两把草，抓起恶汉的头，捏着凶汉的下巴，将草塞入他的口中。

库尔曼别克对岳立汉说：（俄语）"我怕这个流氓待会儿醒来乱叫，所以给他嘴里塞点草！再说了，这些人根本不是人，不配吃馕，只配吃草！"

两个人向院内的房屋慢慢靠近，屋内的匪徒们已经吃饱喝足。

匪徒甲说：（突厥语）"你到外面替下胖子，让他回来收拾一下！"

说罢，用手指着古丽米拉邪恶地说：（突厥语）"这个姑娘是我的，那个姑娘是你们大家的！"

匪徒甲色眯眯地向古丽米拉伸出了肮脏的爪子。

刚走到院子里的年轻匪徒还来不及吱声，就被岳立汉和库尔曼别克悄无声息地解决掉了，他们又缴获了一把手枪。接下来，两人来到房子的门两边，准备攻进去。

屋子里匪徒甲正强行把古丽米拉拖往一个房间，剩下两个匪徒一左一右地架着郑小妹往另一间卧室拖。

两个女人拼命地喊着：（俄语）"放开我！救命啊！"

匪徒甲邪恶地大笑：（突厥语）"哈哈哈，喊吧！在这里，再喊也没有人听得到！"

这时，在门外早已按捺不住的岳立汉和库尔曼别克几步冲进房子，对着这些为非作歹的匪徒痛下了杀手。

库尔曼别克直接冲到匪徒甲面前，一拳砸在他的脸上，只听一声闷响，疼得匪徒哎哟一声倒在了一边。岳立汉使出八极拳的狠招死招，暴风骤雨般打向抓郑小妹的两个匪徒。两个匪徒被打得东倒西歪，毫无还手之力。屋子里的一些物品在打斗中被砸得稀巴烂。

一个匪徒冲上来想帮匪徒甲，被库尔曼别克飞身一踢，直接从窗户飞到了院内。匪徒甲这才清醒过来，迅速调整了姿态，从腰里拔出一把短刀，和库尔曼别克你来我往打在了一起。

另一个匪徒从墙角拿出一根有茶杯粗的木棍，从背后向岳立汉砸了过来。岳立汉也不躲避，运足内功抬起臂膀硬将木棍断成两截。满脸惊愕的匪徒还没来得及再次动手，岳立汉腾空跃起一脚踢在匪徒的脑袋上。只听匪徒惨叫一声，倒在地上一动不动了。

库尔曼别克此时已将匪徒甲手中的短刀打飞。他发疯一样将匪徒甲顶在墙上，雨点般的拳头砸在匪徒甲的身上。先前被踢出去的匪徒见状慌忙举起手枪，对着库尔曼别克连开了几枪，库尔曼别克一闪身，匪徒甲趁机跑到了院子里。

正在与岳立汉纠缠的另一个匪徒见状也狼狈地跑到院子里。三名匪徒掏出手枪，对准房子里的岳立汉和库尔曼别克疯狂射击。

岳立汉和库尔曼别克迅速将郑小妹和古丽米拉拉到一个射击死角，让她们蹲下来。然后，他们掏出缴获的手枪，各自抢占了一个有利地形，对外面的匪徒进行还击。暂时脱离险境的郑小妹和古丽米拉几把脱掉了肮脏的长袍。

在对射过程中，岳立汉将藏在院子里草垛后面的一个匪徒的胳膊击伤。

匪徒甲气急败坏地打着电话：（突厥语）"你们在哪儿？我们被袭击了！赶紧开车过来帮助我们，带几把长枪长家伙！攻进来的这俩小子很能打！一个小时内能到？好的，我们先拖住他们！"

一个匪徒不知什么时候爬上了一辆小吉普，点火发动，向后急速倒退。他边倒退边喊：（突厥语）"头儿，你们赶紧上车，咱们在外面圈住他们！"

两个匪徒闻言连滚带爬地上车，三个匪徒逃了出去。

两个姑娘满脸泪水，各自扑向自己的男人。岳立汉和库尔曼别克上前紧紧抱住吓得瑟瑟发抖的郑小妹和古丽米拉，不断地安慰："不用怕，没事了，现在好了。"

古丽米拉说：（俄语）"我刚刚听到那个拉我的匪徒打电话，让他们的同伙来帮忙，还说一个小时左右就能赶过来！"

岳立汉说：（俄语）"来了就是一场恶战！现在是凌晨 3 点 50 分，库尔曼别克兄弟，你再和内务部的朋友联系，实实在在地告诉他们，我们这里已经交上了火，被绑架的人质暂时安全，但是在一个小时之内会有不少匪徒过来向我们进攻，我们怕顶不了多长时间！"

库尔曼别克抽出手枪的弹匣看了看：（俄语）"我还有两发子弹，我马上联系警方！"

岳立汉也抽出弹匣看了一下，发现子弹已经打没了。他瞟了一眼地上匪徒留下来的行囊，快步走过去，蹲下来，把背包里的物品全部倒出来。里面有食品、药品、宣扬暴力的光碟，还有一个布兜。

岳立汉打开布兜，心中窃喜道：（俄语）"兄弟，不要为子弹发愁了，这里最少有 100 发子弹！"

库尔曼别克说：（俄语）"大哥，怎么办？咱们带着姑娘们冲出去吧！他们还剩了一辆车，正好咱们开着他们的车原路返回！"

说罢，库尔曼别克跑到院子里，发动匪徒丢弃的另一辆小吉普。岳立汉快步赶到大门口内侧藏起来，密切观察大门外的动向。

库尔曼别克不停地打火、踩油门，但是小吉普毫无反应。

库尔曼别克失望地说：（俄语）"大哥，看来这些匪徒的车是烂车，走不了啦！咱们四个人两把枪，能够冲出去，这里离咱们拴马的地方就几百米远！"

岳立汉急切道：（俄语）"不行，兄弟！现在几个匪徒藏在暗处，我们在明处。我们两个好说，跑得动，但这两个丫头被折腾了一天水米未进，根本跑不动，很容易被他们打中。"

库尔曼别克对古丽米拉说：（俄语）"你们两个找点东西吃。"

古丽米拉说：（俄语）"我们宁愿饿死，也不吃他们的脏东西！"

郑小妹也点点头。

岳立汉问道：（俄语）"与警方联系得怎么样了？他们最快什么时候能赶过来？"

库尔曼别克说：（俄语）"已经联系上了，他们说争取在一个小时内赶到。这半夜三更枪声一片，早就把附近村庄里边的老百姓惊醒了，他们也都在跟警方联系。"

岳立汉说：（俄语）"我感觉这几个匪徒好像比较重要，沿途有人接有人送的，还有人准备拼死来救。咱们也做好准备应对吧！"

岳立汉和库尔曼别克小心翼翼地查看着周边的地形。他们搬了几包院子里的苜蓿草堵在了门口，并在房子里找到了一壶汽油，浇在了草垛上。

库尔曼别克说：（俄语）"如果门口守不住时就点着，至少可以延迟一下他们攻进房子的时间！"

二人从房子里拿出一些木板和肮脏的被子，堵在了围墙的缺口，并浇上了水。

岳立汉从房子里找出了二十几个酒瓶子，和库尔曼别克一起将壶里剩下的汽油灌入瓶中，又找来一些绳子，用刀一截一截斩断，然后塞入瓶口，做成了燃烧瓶。

岳立汉说：（俄语）"这些东西在关键的时候也是很顶用的！现在主要是担心这两个丫头，已经担惊受怕一回了，待会儿又要进行一场恶战。真不知道怎么安排你们呀！"

郑小妹说："不用担心我，我和你生死都要在一起！"

古丽米拉说：（俄语）"库尔曼别克，只要和你在一起，死都值了！"

库尔曼别克脸上露出坏坏的笑容，对着郑小妹和古丽米拉伸出了大拇指，然后拍了拍古丽米拉：（俄语）"还没到那个时候，丫头，咱们都得好好活着！我还指望你给我生上一堆的孩子呢，哈哈哈哈！"

库尔曼别克找出了三个馕饼和一些水，说道：（俄语）"都一整天没吃什么了，好歹吃点，打仗好有力气！"

岳立汉和库尔曼别克吃着馕饼，喝着水。古丽米拉掰开一块馕饼塞到嘴里，刚嚼了几下，一阵恶心马上吐了出来。郑小妹见状，直接把馕饼扔下不再吃了。

岳立汉看了看手表，指针指向 4 点 40 分。

他抬头对库尔曼别克说：（俄语）"他们该来了，咱们到院子里去！"

又转向两个姑娘说：（俄语）"你们两个在房子里别出来，帮我们看着后墙这个小窗户！"

二人来到院子里。

库尔曼别克趴在地上，用耳朵对着地面听，边听边说：（俄语）"他们来了，大概80米的距离。"

岳立汉从自己的背包里掏出望远镜，趴在围墙上向土路方向张望。在望远镜的视野里，远处开来了三辆车，大概有十几个人的样子。

天已蒙蒙亮，视野比较远，但三辆车依然开着大灯急速朝院落冲过来。在距小院子30米的位置，三辆车突然停下，先前逃走的三个匪徒从道路两旁的巨石后面跳出来。远远看去，他们在急促地交流着。

岳立汉暗暗庆幸，幸亏没带着郑小妹她们出去，否则就会变成这些匪徒的活靶子。

库尔曼别克说道：（俄语）"他们上来了！"

十几名匪徒手持着两支AK-47长枪和各式短枪，正弯着腰摸了上来，从距离小院30米的位置慢慢地形成了包围。他们在距小院25米的距离停下来，蹲在地上疯狂地射击。密集的子弹打得土墙上尘土乱飞，开枪的匪徒们穷凶极恶、面目狰狞。

岳立汉说：（俄语）"等他们距我们差不多20米的时候，我们再开枪、扔燃烧瓶。"

匪徒们边开枪边向前小心地移动。

躲在墙后面的岳立汉和库尔曼别克突然起身，举起手枪向外面的匪徒射击。二人运用在军队里学习的战术，边打边变换位置，匪徒们射来的子弹在他们身边溅起一阵阵尘烟。

他们不时用打火机点燃燃烧瓶，奋力向外面的匪徒投出去。燃烧瓶落地后腾起一片片火花，匪徒们纷纷逃散躲避。

激烈的枪战中，进攻的匪徒被岳立汉和库尔曼别克击中了三个。

第二十八章

天越来越亮，对峙现场出现了短暂的宁静。

匪徒们趴在距离院子外墙约 30 米的一个小山包上朝小土屋张望着。他们已把激战中被击中的同伙拖离战场，装到皮卡车厢里运走了。

院子里的岳立汉和库尔曼别克在清点着子弹和燃烧瓶。

库尔曼别克说：（俄语）"大哥，燃烧瓶还有五个，子弹不足 30 发了。如果这帮混蛋再一次冲锋，我们的这些东西都要消耗完了。"

岳立汉镇静地说：（俄语）"我们要做好最坏的打算，你与警方朋友联系了吗？"

库尔曼别克回答：（俄语）"刚联系，他说增援的警察在路上，正往这儿赶呢。我们再顶一会儿，我想他们也快到了。"

岳立汉说：（俄语）"我刚才在院墙的左侧发现了两块木板下面隐藏着一个地窖，不知道能不能通到外面。"

库尔曼别克马上直起身问道：（俄语）"在哪儿？我去看看！"

库尔曼别克跑过去，掀开两块木板，跳进地窖，几分钟后爬了上来。

（俄语）"大哥，这个地窖有另一个出口，正朝着房子后墙的方向，但是外面是一片平地，恐怕古丽米拉和阿尼娅跑不了几十米就会被匪徒发现。"

岳立汉说：（俄语）"你提醒了我。这一次匪徒们恐怕要对我们进行前后包围夹击了，他们那两支 AK-47 冲锋枪会完全压制我们。所以这一次恐怕要更加凶险！"

库尔曼别克不屑道：（俄语）"没关系，大哥！燃烧瓶用完，子弹打完，咱们就放他们进来，与他们近身肉搏。我们每个人对他们三五个人没问题！到时候把阿尼娅和古丽米拉藏到地窖里，我们没有后顾之忧了，就可以放手一搏！"

岳立汉说：（俄语）"现在时间紧急！小妹，你和古丽米拉马上进入地窖，不管外面发生什么，都不要出来，我们不要做无谓的牺牲！"

库尔曼别克不容分说，把郑小妹和古丽米拉拉过来，放入地窖，然后盖上木板，对木板上面进行了伪装。

然后对她们说：（俄语）"如果外边枪声停了，你们就从另一个出口出去，出洞口就拼命地向右前方跑！那里有棵树，树上栓了两匹马，你们骑着马尽快逃走！"

哒哒哒……啪啪啪……

外面的匪徒开始进攻了。他们兵分两路，一路继续进攻院子的正门口，另一路绕到院子的后方进攻。两名匪徒端着两支 AK-47 冲锋枪疯狂地扫射着，将岳立汉和库尔曼别克死死地压制住，其他匪徒趁机迅速地向院子靠近。

岳立汉和库尔曼别克十分灵活机警地变换着位置，一边躲避冲锋枪的扫射，一边向匪徒投掷燃烧瓶，不时举起手枪还击。

（俄语）"兄弟，后墙危险了，我现在过去！"岳立汉说完就冲了过去。

岳立汉趴在后墙刚露头向外张望，AK-47 一个长点射就打了过来，只打得围墙缺口处木屑乱飞。岳立汉一个侧翻躲到一边。一名匪徒刚翻上墙头，就被岳立汉拎着木棒一棍打中头部，匪徒哎呀一声倒在地上。

岳立汉和库尔曼别克瞅准时机，不断与匪徒对射，不断有匪徒被击中的惨叫声传来。但这些疯狂的匪徒始终没有退却的意思，眼看他们就要从前后两边硬生生地冲进院子。这时候的岳立汉和库尔曼别克已经用尽最后的子弹，他们手握缴获的短刀，贴墙隐藏，准备等匪徒冲进来后进行肉搏。

突然，一阵轰隆隆的马达声从天空传来，一架涂有吉尔吉斯斯坦内务部标志的武装直升机飞了过来。

直升机上的重机枪对着朝院子大门进攻的匪徒一顿扫射，只打得地面尘土乱飞，匪徒们抱头鼠窜。随后，直升机又掉头折到后面，对着那里试图逃跑的匪徒又一番密集扫射，当场击毙四名匪徒。有三名匪徒拼命跑向远处的汽车，企图逃跑。

库尔曼别克激动地说：（俄语）"大哥快看，内务部的援军到了！"

岳立汉也万分激动道：（俄语）"他们来的是真是时候！快把阿尼娅和古丽米拉接出来！我们配合特警队追击匪徒，把他们消灭！"

三名匪徒启动汽车迅速掉头，加足油门逃跑，但还没跑出 50 米，就被武装直升机追上。只见机关炮一阵扫射，飞驰的汽车被击中爆炸，燃起熊熊大火。后面四个匪徒见状马上倒地装死，其中就有那个匪徒甲。

武装直升机返回，在一处稍微平坦的空地开始降落，巨大的螺旋桨搅起漫天灰尘遮天蔽日。十几名全副武装、手握新型冲锋枪的武装特警从飞机上快速跳下来，将倒在地上的受伤匪徒们一一抓住，并收押到一起。其余特警开始对场地进行搜寻清理。

这时，趴在地上装死的几个匪徒突然一跃而起，飞身跳上一辆停在路边的小汽车，发动后快速逃离。正在协助警方清理现场的岳立汉不假思索地迅速追了过去，他跳上路边的另一辆汽车，掉头猛追。

直升机的驾驶员见状准备再次升空，但被领队制止住。

（俄语）"匪徒逃跑的那条路只有一个出口，没有其他出路。前方五公里处，巴特肯警局已经设卡。我现在马上通知他们准备拦截，匪徒过去就是自投罗网！"

说着，领队拿起直升机里面的电台开始呼叫：（俄语）"071，071，我是 021，听到请回答！"

电台中回应：（俄语）"021，021，我是 071！"

（俄语）"有三名持枪匪徒从 15 号区域沿公路逃向你方向，请你们设置路障，进行拦截。尽量抓活的，如果活捉不成，就地击毙！"

（俄语）"收到，执行！"

***

不太宽的盘山公路上，岳立汉驾驶着小汽车，飞速追赶着前面匪徒们的车。两车之间的距离越来越近。

发现有车在追他们，两名匪徒立即拔出手枪，分别从左右两个车窗向岳立汉的汽车进行射击。岳立汉一边开车，一边躲避着子弹。追击过程中，车的右后视镜还是被匪徒的子弹打掉了。

由于岳立汉手中没有枪，只能加速，打算将匪徒的车逼停。但面对三名持枪匪徒，这几乎是行不通的。无奈的岳立汉突然加速，将油门踩到了最低，汽车像发疯的公牛一样撞向前面匪徒的车。

哐当一声巨响，匪徒的车晃了晃，差点侧翻，但仍继续往前开着。

已经将前引擎盖撞飞的岳立汉又一次加速，在匪徒的车减速拐弯时，憋足了劲，猛烈地撞了过去。只听又一声巨响，匪徒的车翻滚着掉进了山沟。而岳立汉的车，也随之翻滚，掉进了旁边的一个浅沟里。

这一切都被站在不远处高坡上的库尔曼别克和郑小妹看得真真切切。

郑小妹一声凄厉的叫声："啊！岳哥！"

声音久久在长空中回荡。

几辆车停在岳立汉所坠山沟的拐弯处，十几名全副武装的武装特警在四周警戒，几名法医和一群警察在山沟里找到几名匪徒的尸体，装入裹尸袋，放在担架上抬走。

在浅沟里，救护队七手八脚地把血肉模糊的岳立汉从报废的车里掏出。他们把他放在地上，简单地处理了一下流血的伤口。此时的岳立汉已经深度昏迷。

带队的警察向一位穿着制服、佩戴少将警衔的中年人报告：（俄语）"报告将军，掉入深沟里的三名匪徒，全部毙命！是这个中国男人在追逐他们的过程中，将他们撞下山的！"

另外一个特警队的中校报告：（俄语）"这个中国男人很猛，他和一个叫库尔曼别克的男人一起，在我们赶到之前，就已经与匪徒交上了火。据了解，这两个家伙以前都在自己国家的军队里当过特种兵。他们没带任何武器，就敢闯入匪巢、白手夺枪，与近 20 个匪徒进行枪战。我们介入时，他们已经击伤匪徒四人，活捉了两人！"

将军说：（俄语）"我知道这个中国人，他的武功非常好！尽快把他送上直升机，运到比什凯克抢救！"

警察少校疑惑道：（俄语）"将军！维护社会治安，是我们强力部门的职责，但一个外国公民在我们的国土上，使枪动刀行为激烈，是不是有些不妥？"

将军正色道：（俄语）"有什么不妥？在自己的妻子被匪徒劫持后，作为一个男人，就应该挺身而出打击匪徒，将自己的女人夺回！何况他是在协助我们反恐！我们警察要不怕流血牺牲，坚决打击这帮亡命匪徒！他的勇敢，值得我们学习！他是真正的勇士，真正的男人！你们把这些匪徒押送内务部看守所！你们回头把战斗经过写一份详细的报告，报给我！"

警察少将和特警队中校共同向将军敬礼道：（俄语）"是，将军！"

古丽米拉搀扶着郑小妹上了直升机。

库尔曼别克指了指 500 米开外拴在树上的两匹马，说："这两匹马的主人是两个吉尔吉斯小伙子，希望你们能帮忙把马给他们送回去。等我在比什凯克把事情处理完以后，会亲自去向那两个小伙子道谢，再把自己的车开回。"

直升机螺旋桨不断地加速旋转，慢慢升空，扬起冲天灰尘。直升机在空中掉头，向比什凯克方向飞去。

岳立汉身上绑满了绷带，双目紧闭躺在机舱地板上的担架内。将军及随行人员、库尔曼别克、古丽米拉、郑小妹分别坐在机舱两侧的座位上。

郑小妹紧闭双眼，泪流满面。

在阳光的照射下，草绿色的武装直升机在马达轰鸣声中飞速前行。

***

比什凯克市创伤医院急救室内，医生和护士紧急地抢救昏迷中的岳立汉。

手术室外面的走廊上，郑小妹、古丽米拉、库尔曼别克和中国商会的几个负责人神情凝重，焦急地等待。

一阵手机铃响起，陈总掏出电话一看，对众人说："哦，是我们大使馆的薛领事！他已经打了好几次电话了，非常关注岳总的情况。"

陈总接听电话："喂，薛领事您好！岳总还在抢救。手术结束后，我会第一时间向您汇报！"

急救室门打开了，一名主治医生走出来，问道：（俄语）"谁是伤者家属？"

郑小妹上前说道：（俄语）"我是！"

（俄语）"您到我的办公室来，我给您讲一下他的情况。"

医生办公室，主治医生将一张 CT 影像片放在灯箱上，给郑小妹讲解。

（俄语）"看得见的伤都是皮肉伤，都已经处理过了，虽然流了很多血，但是不要紧。但是，这里是最严重的，他的左腿大腿股骨骨折了，腰椎也是粉碎性骨折，已经伤到了里面的脊髓神经。所以，很遗憾地告诉您，他的下肢恐怕要瘫痪。这种外科神经手术比较复杂，我还是建议你们把他送回中国，找专家给他做吧。越快越好！再有两天他的神智就会恢复，这种手术还是早一点做比较好。"

郑小妹说：（俄语）"谢谢您，医生！真的非常感谢你们的医护人员！我知道，你们已经尽力了。谢谢您的建议，我会尽量联系中国的医院和中国的航空公司，尽快把我丈夫送回国治疗。"

办公室内、住所内、马路上……郑小妹强忍住悲伤，一一打电话联系送岳立汉回国事宜。

商会负责人陈总打来电话："嫂子，航空公司给回话了！他们一定会全力协助把岳总送回国内！为了便于安放担架，他们把前面商务舱的一排座位拆掉了，这样放置担架会更稳一些！"

"嗯嗯，陈总，替我好好谢谢他们！"

正在中国的冯总也与郑小妹通电话："小郑，不用担心！这种骨伤在国内神经外科医院很普遍，如果手术及时，就可以恢复如初。我已经联系了乌鲁木齐的医院，他们会派出救护车在机场等候，小岳一下飞机就直奔医院，做完相关检查就给他做手术。你放心！我会全程关注。不要过于伤心，小岳是当过兵的人，他的体质和意志我是清楚的。咱们要多鼓励他！"

郑小妹双手合十，默默地祈祷着。

一辆面包车载着躺在担架上的岳立汉，准备前往玛纳斯国际机场。

库尔曼别克、古丽米拉、维克多、哈米萨、玛丽亚和阿曼等吉国朋友，都手捧鲜花前来送行。他们纷纷拉着岳立汉的手，与他贴脸，说着祝福的话。

库尔曼别克从挎包里拿出一瓶伏特加和两个杯子，满满地倒上两杯，并把一杯递到了岳立汉手上。

他泪光闪烁地对岳立汉说：（俄语）"大哥，兄弟我给你送行，我等着你回来！你要是不回来，我会到中国找你去！你不能把我们撇开！我奶奶说了，你是个好人，你会好的！"

说完与岳立汉碰了一下杯，一饮而尽。

面包车关门慢慢启动，岳立汉在车里轻轻地挥手，与众人告别，泪水夺眶而出。坐在他旁边的郑小妹掏出纸巾，轻轻擦去他的眼泪，温柔地说："闭上眼睛休息会儿吧，一会儿到机场，咱们会先上飞机，航空公司都安排好了。再有不到两个小时，就回到祖国了，一切都会好的！"

面包车向机场驶去。

飞机滑行起飞，冲向云霄。

第二十九章

深秋，天高云淡，连绵的群山被一片金黄色染透。群山怀抱中，一座座小山村炊烟袅袅，美得像一幅油画。

河南豫北太行山某村落。

在一个平坦的打麦场，坐在轮椅上的岳立汉面容消瘦。为了起居方便，他让人理掉了茂密的满头黑发，成了光头。脖子上围着郑小妹给他留下来的围巾，热切的眼神中充满渴求，凝视着远方。

天空中偶尔飞来一只苍鹰，迎着山风上下翻飞，引来岳立汉满是羡慕的目光。

在乌鲁木齐做完手术的岳立汉，经专家会诊，被告知他的腰脊髓神经已经严重损伤，预后不佳，几乎没有再站起来的可能，他的后半生或许将在轮椅上度过。手术一个月后，他被亲友接回河南老家养病康复，心力交瘁的郑小妹陷入极度悲伤中，忍受着心灵和肉体双重打击的岳立汉好言劝郑小妹返回比什凯克。岳立汉非常清楚自己的病情，他不想拖累这个美丽善良的姑娘，尽管他与郑小妹生生死死的情感难以割舍，但他必须这样做。

不远处，照顾岳立汉起居的远房亲戚对走过来的姥爷说："吃完饭以后，他就坐在这里，几乎每天都是这样。我已经好几个月没听见他好好讲句话了，也没见他笑过。他总是盯着一个方向看。不知道他在看什么，不会是把脑子也撞出问题了吧？"

岳立汉的姥爷，身材高大、满面红光、留着长胡须，是一位精神矍铄的老人。他满眼疼爱地从后面看着自己的外孙。

姥爷语重心长地说："这娃从小就是一个很有骨气的人，他现在不愿意和他的父母亲住在一起，是因为他爸爸身体也不好，他妈妈要照顾他爸爸。他说，他现在这样了，让父母亲看着心里添堵。所以，我就把他接到这里。

这是他小时候生长的地方，对他的心理调整会有好处。辛苦你了，你受累了！"

远房亲戚说："这娃志气大着呢！凡是他手能够着的事，他都不让我动手，他穿的袜子和衣服都是他自己来洗。"

姥爷说："他做完手术已经快三个月了。满三个月后，我会叫上他的几个堂兄弟给他做一些训练器械，每天逼着他进行功能锻炼。关键是他自己，身体倒下了，心一定要站起来。"

比什凯克，忙忙碌碌的城市，川流不息的车流，行色匆匆的行人。

郑小妹带着公司员工在公司处理业务。稍微有些空闲，她就赶紧拨通岳立汉的手机。

"喂，岳哥，你好吗？我和公司都好着呢，狗子和左丽都很努力地在工作，公司的业绩还不错。你不在，肯定会受些影响，所以你每天都要想着赶紧康复，早点回到比什凯克。我现在一空下来就想你，我一看到你住的房间和你用过的物品，我就想哭。跟朋友坐在一起的时候，只要提到你我就流泪，我真的无法控制我自己。有些朋友觉得我成天哭兮兮的，不愿意和我交往了，还有几个坏客户故意找碴。"

岳立汉坐在轮椅上，目光坚定。

"你再坚持一下吧，我会过去的。昨天，一个在德国科隆的老大姐和我通电话谈起你，她说她可以安排你到德国去留学。如果你愿意，我们现在就要做准备。"

郑小妹固执道："我哪儿也不会去，你别给我耍花招！在你受伤的这段日子，香港来的黄师母一直关心着我，照顾着我。我计划 11 月份去河南找你！"

"你怎么一根筋啊！傻丫头，我跟你讲的都是认真的。"

"我给你讲的也是认真的！"

说罢，郑小妹就把电话挂了。

***

岳立汉在几个人的搀扶下奋力地站起。冬天，室外已经很冷了，但是大颗大颗的汗水从他蜡黄的脸上淌下来。

岳立汉转动着轮椅来到院里的一副双杠前，双手撑着双杠想努力站起。但由于腿上无力，一个趔趄差点摔倒。他紧咬着牙齿，又一次撑起站直，在双杠中间一点点挪动。

岳立汉和姥爷坐在床上，盘腿运气练习吐纳之功。

姥爷说："你受伤后，又做了几次大手术，元气已经大伤。除了补充营养，更重要的是每天要加强锻炼，进行气息调整，你的身体就会慢慢地恢复。孩子别着急，人的潜能都是很大的，通过练气和锻炼都有可能重新激发出来。你说的那个重庆的姑娘，那是一个难得的好姑娘，咱不要拖累人家，你的决定是对的。咱们家的男人，任何时候都是顶天立地，响当当的！"

岳立汉说："我记住了，姥爷。她说她年前要过来找我，所以那段时间我想搬到别的地方去静养。她如果来了，姥爷，您知道该怎么说。她是个好姑娘，可以找到一个好人家的。"

老家的乡村里，岳立汉躺在卧室，手拿遥控器，对着电视机不断地变换频道，辗转难眠。

与此同时，在比什凯克的郑小妹同样也是辗转反侧。实在睡不着，她起身做祈祷。

在姥爷家的院子里，几个堂兄弟保护扶着双拐慢慢挪步的岳立汉锻炼，突然他腿一软倒在地上。几个人七手八脚地把他扶起来，让他坐在轮椅上，岳立汉示意他们回家去。

大门外，几个堂兄弟一边走一边议论。

"咋回事，二哥锻炼了这么久了，咋看不到进步？"

"这已经不错了！要不是二哥体质好，那么重的伤，早没命了！"

"可惜二哥一条汉子，就这样给放倒了。"

"谁说放倒了？闭上你的臭嘴！"

岳立汉静静地坐着，听着外面堂兄弟们的议论。满心的苦楚刚涌上来，就被他坚韧的毅力压下。他不止一次地对自己说：活下来，不拖累任何人，到比什凯克，重新开始。

＊＊＊

重庆，高楼林立，山城繁华。

飞机有序起降，机场一片繁忙。

郑小妹拖着行李箱从到达口走出来，郑小妹的表弟和一个戴着眼镜的斯文男青年早已在此等候。

表弟说："出来了！出来了！那个长发披肩、不施粉黛、素颜朝天的姑娘，就是我表姐！怎么样？有气质吧？"

男青年说："嗯，还挺漂亮的，是我喜欢的类型。"

"那就好好地交往交往啦！我大姨家都是高知，很挑剔的。我表姐是家里独生女，你能入人家的眼，是你的荣幸！"

"那是那是！我会好好表现的！"

表弟上前接过郑小妹的行李箱，用重庆话说道："表姐，辛苦啦！这是我的朋友小胡，年纪轻轻就成了大学的副教授！我专门让他开车过来接你！"

郑小妹说："麻烦您啦，谢谢！"

小轿车在重庆市区行进，掠过嘉陵江、解放碑、洪崖洞、穿楼轻轨、长江大桥……

郑小妹问道："我老爸的病情怎么样了？接到妈妈的电话，我工作都没有好好交接就跑回来了。"

"我大姨父好多了！还是老毛病，心脏的问题。老两口就你一个独生女，还跑了那么远。你回来了，就好好陪陪老两口，他们不想让你再出国了，你在外面经历的事吓死人了！"表弟回答说。

"我大学主修的是俄语专业，我要是待在家里就废了，只能去俄语国家历练。经历的是挺多，生生死死的，可这都是我人生的阅历。回过头来看看，还是挺丰富的，虽然比不上在我们这美丽的山城安逸！这么多年没尽过孝，对父母亲挺愧疚的，无以报答，只能当一个听话的乖女儿了。"

表弟赞许道："对头！"

轿车减速进入一个高档小区。

郑小妹的父母家宽大的客厅布置得十分雅致，各色花卉植物娇艳欲滴，墙上挂着字画，醒目的位置摆放着一架德国钢琴。

一位气度不凡、满头银发、戴着金丝边眼镜的长者坐在沙发上，与刚进门的郑小妹及其表弟，还有那个男青年交流着。

郑小妹的母亲，一位皮肤白皙，高挽着花白头发，同样戴着眼镜的知识女性，正在给来客倒茶水。

郑父说："丫头，假如这次不是你爸爸病危，你是不是还不打算回来？唉！丫头大了，就是留不住了！"

郑母说："老郑，咱娃刚进家门，让孩子喘口气，喝点水！"

男青年说道："伯父、伯母，我在附近的一家大酒店订了个包房，晚上咱们去那里共进晚餐，给小妹接风！"

郑母欣慰地说："哎哟，这小胡真是善解人意呀！"

郑父稍显矜持地点点头。

郑小妹说："今天已经麻烦人家接我了，晚上怎么好意思让人家破费给我接风呢？"

表弟说："这有啥子？大家耍个朋友嘛！"

郑小妹眨巴眨巴双眼，打量着每一个人，似乎明白了什么。

第二天上午十点，郑小妹的卧室。

卧室干净又温馨，充满了童趣，桌子上的几个芭比娃娃调皮地眨着双眼。白色的梳妆台前，郑小妹正在化妆打扮。

郑母坐在旁边温和地跟女儿讲话。

郑母慈爱地对郑小妹说：“丫头啊！我和你爸爸一天比一天老了，你爸爸的身体也一天不如一天，我们就你一个孩子，真的不想让你再到独联体那种可怕的地方去闯荡了。你要有什么三长两短，我们老两口该怎么办？所以我和你爸爸再三商量，还是希望你留在重庆，留在我们身边。工作的问题你不用担心，咱们这儿也有学校缺俄文老师。还有啊，你岁数也不小了，那个小胡的家庭条件和他的人品学识都是百里挑一的。我看你们两个挺般配的，就先处一处朋友吧。如果合适，我们希望你赶紧成家，希望在我们有生之年能够抱上外孙。”

郑小妹认真回应道：“妈妈，我知道天下最心疼我的是您和爸爸。我这么多年在外边闯荡，也没有对你们老两口尽孝，我非常理解你们是为了我好，才让我回来，我不埋怨你们。我在外面闯荡了这么多年，也遇到了我人生中的真爱。我们的爱情生生死死、轰轰烈烈，我们都把对方当成自己的生命，彼此心里面再也装不下其他人了。我观察了那个姓胡的小伙子，也是一个非常优秀的人，我也在心里边把他和岳立汉比较了无数次。最后，我发现我所需要的东西，他那里没有，而在岳立汉身上全都有。妈妈，我知道我这样会惹您和爸爸生气，但我希望你们能够理解你们的女儿。这一辈子的婚姻大事，难道让你们女儿和一个她没有感觉的男人生活在一起吗？”

郑母叹了一口气说：“从你那里，我已经多次听说这个叫岳立汉的年轻人，优秀、能吃苦、才貌双全。但可惜呀，他这次受的伤太重，我们不知道他以后能恢复得怎么样。孩子，对婚姻和家庭，我们还是要现实一点，不能太理想化。如果他真的一辈子站不起来了，就你这小身板，娇生惯养的，你能照顾他一辈子吗？你受得了吗？”

郑小妹顿时泪流满面地说：“妈妈，别提我的伤痛。给我一段时间，让我静静好吗？您的女儿已经是成年人了，她有自己的思想和选择。我们大家都给对方一点时间好吗？”

郑母上前心疼地抱着女儿，慈祥地抚摸着她的头：“我娃不急，妈妈、爸爸不逼你。只要你能好好的，爸爸妈妈死也能闭上眼了。不要太伤心，孩子，小岳这孩子吉人自有天相，上天给他关上了一扇门，就会给他开一扇窗的。洗洗脸，化化妆，高高兴兴地去找朋友们玩吧！"

重庆街头小公园，行人来来往往。

郑小妹独自坐在休息椅上，目光茫然地看着行人。她掏出手机，不断地拨出岳立汉的手机号码，手机里传来"您拨打的电话已关机，请稍后再拨"，然后就是长久的嘟嘟声。

这几天，郑小妹无数次给岳立汉打电话，等到的都是这种声音。她无奈地给在比什凯克的狗子打电话："狗子，你岳哥是不是换手机号了？"

在比什凯克办公室的狗子："小妹姐，大哥好像没换手机号，但不知什么原因，他最近老关机。我也不想打搅他，惹他心烦。"

郑小妹愣了一会儿说："好吧，狗子，如果你们联系上，让他给我打电话，就说我找他。"

"一定！一定！"

挂掉电话，狗子不知所措地对左丽说："咋办？大哥让我不要给小妹姐说他的下落，可小妹姐跟丢了魂似的找他！唉，真是一对苦命鸳鸯！"

***

重庆市人民医院的特护病房里。

郑小妹的爸爸又一次住进了医院，一直盘算着要到河南找岳立汉的郑小妹，只好暂时放下这个想法，全身心地和妈妈在医院照顾着爸爸。

郑父躺在病床上，郑小妹坐在旁边，双手轻轻地给爸爸按摩胳膊和腿。

郑母中午带饭进来，郑小妹打开饭盒盛好饭，轻轻叫醒爸爸，扶着他坐起，小心翼翼地给爸爸喂饭。

一会儿，她又出去打了一盆温水，给郑父洗脚。

医生和护士投来赞许的目光。

同病房的患者家属对郑母说："真是一个孝顺的闺女！"

三月，春天，中原大地已是杨柳万千条。豫北的太行山上，一夜春风绿了群山，万紫千红竞相争春。

郑州新郑国际机场，岳立汉坐在轮椅上正与送行的亲友话别。

"你们回去吧，我该走了。"

"二哥，你才休息了半年多，身体还弱得很，再休息半年吧，非要急着走吗？"

"我这个病一时半会儿也不会有啥变化，我回比什凯克一边工作一边养病吧。狗子一个人人手不够，我动不了别的，动动嘴就行了。我这两个朋友专门向单位请假，一定要送我去比什凯克，你们放心吧！回去吧兄弟们，走啦！"

岳立汉的两个朋友背着背包，推着轮椅上的岳立汉走进安检通道。

飞机在云层中穿行，机舱内的岳立汉看着窗外的蓝天白云，心里感慨万千。他闭上眼睛，郑小妹的一颦一笑浮现在他的脑海里，令他无法忘怀。

失去了行走能力、坐在轮椅上的岳立汉，万万没想到，他会以这种方式回到比什凯克。巨大的心理落差在蚕食着他的自尊，但他明白，他必须学会面对，学会承受，学会重新生活。他也清楚地意识到，他的未来充满很多的不确定，所以，他无法给郑小妹——他的爱人，像正常人一样安稳的生活。这种断舍离，一定会让他和郑小妹的心灵忍受别人无法理解的痛苦，但他别无选择。

第三十章

七月，烈日炎炎，中原大地满是等待收割的金黄色麦田。田地里，联合收割机在辛勤地劳作。

开往豫北山区的长途公共汽车上，穿着夏装、戴着墨镜的郑小妹坐在汽车的后排。公共汽车不时停下，等待旅客上下车，然后不紧不慢地继续行驶在盘山公路上。车厢里充斥着汗水的味道。

郑小妹终于做通了爸爸妈妈的思想工作，告别家乡，告别疼爱她的爸爸妈妈，独自一人到河南去寻找岳立汉。她根本无法忘却她与岳立汉的生死恋情，她要不顾一切守护这份珍贵的情感，此刻，她并不知道岳立汉已经回到了比什凯克，只是满心带着希望，想象着他们两个见面时的情景。

公共汽车在一个半山腰上的小镇停下，郑小妹提着行李包下车，先到路边买了两瓶矿泉水，迫不及待打开一瓶，一口气喝了半瓶。然后，她向卖饮料的小贩打听岳立汉姥爷住的那个村庄。

"阿姨，请问有一个叫后寨村的地方怎么走？"

"离这里不远，大概五里地，每天有中巴车去那里。姑娘，你去走亲戚？"

郑小妹答道："是的，阿姨，走亲戚，谢谢您阿姨！"

说罢，她背着行李，径直朝卖水阿姨指引的方向走去。行至半道上，一辆中巴车从后面开过来，又热又累的郑小妹叫停中巴车，开门上车。中巴车继续前行。

远处路边立了一块用铁板焊接的牌子，蓝底白字写着：后寨村。

郑小妹背着行李下车，放眼一望翠绿笼罩的群山，便向村里走去。村东头一棵大槐树下，岳立汉的姥爷身穿白色练功服，一副仙风道骨的模样，正在教几个孩童练站桩，并未察觉正向他走近的郑小妹。

郑小妹上前问安道："老人家，您好！如果我没猜错，您就是岳立汉的姥爷吧？"

姥爷和善地看着郑小妹："姑娘，你是小妹吧，从重庆来的？"

几个孩童顽皮地围着郑小妹看着。

郑小妹回答："是的，姥爷，我是小妹。我过来找岳哥，他几个月不接我的电话了。他现在在哪儿？我想见他。"

姥爷面露难色道："唉，难为你了，姑娘，你真是个有情有义的好姑娘。可惜我这个外孙受伤太重，没福和你在一起啊，所以他一直躲着你。我们家虽然是普通人家，但我们也知道仁义礼智信，让你这么好的姑娘去承受今后生活带来的不便，我们是万万做不出来的。姑娘，咱们到家去，慢慢聊。天气太热，咱这里凉快，好好休息几天，不要再找他了。他说了，如果他有好转，自己会去找你。这孩子倔得很！走走走，咱们回家去！"

郑小妹就这样背着行李，随着姥爷去了家里。

……

***

清晨六点，比什凯克，天气比较凉爽。

公司院子里，岳立汉坐在轮椅上练太极桩功。他微闭双目，调整气息。

再次回到比什凯克的岳立汉，逼着自己重新适应这个环境。他深居简出，平日除了在办公室与当地客户谈生意，很少与外界互动。但他依然领导着中国商会，不断为在吉尔吉斯斯坦的中资企业和华人华侨排忧解难，更没有忘记带领大家做公益事业。

他在吉尔吉斯斯坦的好朋友、好兄弟们，也从未忘记他。

伊利达尔的妈妈哈米萨专门派人把岳立汉拉到卡拉科尔的大山里，这里有一处神秘的温泉，哈米萨指挥两个小伙子把岳立汉抬进温泉里。

哈米萨说："瓦西里，这个温泉非常神奇！有很多不会走路的人泡了一段时间以后，又重新开始走路了！所以我相信，这个温泉也能把你的病治好！"

库尔曼别克更是三天两头地与岳立汉联系，带他出去游玩、喝酒。

上午十点，岳立汉坐车途经比什凯克文化艺术展览中心。放眼望去，只见门口墙上悬挂着巨幅海报，上面的画像是一位气质不凡的中年女性，海报标题用中、俄两种文字书写：中国著名画家柏兰女士个人画展。

这时，中国驻吉尔吉斯斯坦大使夫人何女士给岳立汉打来电话。

"小岳啊，听说你回来了！我们非常敬佩你的精神和毅力，身体这么不方便，还仍然在为中资企业、华人华侨做好事做实事。我想邀请你明天参加一个个人画展活动，中国著名的当代画家柏兰女士受中国文化部派遣和中国驻吉使馆的邀请，前来举办个人画展。这也是中国与'一带一路'沿线国家和地区的文化交流的一部分。柏兰女士和你一样，也是坐在轮椅上的人，但她非常了不起，在全世界几十个国家举办过个人画展。要知道，这一切的成就都是在她受伤之后取得的。你们两个在这方面有相似之处，所以我想介绍你们认识一下，让你们面对面交流。我想，她或许能够帮助你克服身体上的不便，成为精神上的强者。"

岳立汉感激地说道："感谢您的邀请和这么细致的安排！我真的特别需要精神方面的鼓励。我也看到了这个画展的宣传海报，还专门上网查过柏兰大姐的相关事迹，她的确很了不起。这可能是上帝安排她与我见面吧，明天我一定去！我要向柏兰大姐请教，她是我的榜样。"

第二天，比什凯克文化艺术展览中心大厅的墙上挂满了一幅幅画作，中国古代仕女、传奇女子形象在柏兰笔下惟妙惟肖。中国历史上杰出女性的秀美端庄以画作的形式，展现在吉尔吉斯斯坦百姓眼前。

前来参观的人络绎不绝，人们禁不住在每一幅作品前驻足，赞叹不已。

一个参观者评论说："画得太美了，人也美，服装也漂亮！"

"你看，她们的眼睛那么传神，活灵活现的！"另一个参观者指着一幅作品对他的同伴说。

"这些中国画焕发出强烈的艺术创造力和生命力，都是收藏级别的。"

"我刚刚看到了这些画的作者，是一位坐在轮椅上的女画家。听说，她到过全世界 50 多个国家举办个人画展，很多国家的领导人都前去观赏，对她的作品给予很高的评价。这个女人虽然坐在那里，但她是一位巨人！"

几个参观者不停地交流着观赏印象。

狗子推着岳立汉的轮椅，慢慢地欣赏着每一幅画作。

岳立汉一边欣赏一遍赞叹："每一幅都是珍品，这位老大姐不是凡人！"

他看了看时间，扭头对狗子说："见面的时间差不多了，就在前面的休息室。咱们现在过去与这位老大姐见见面！"

狗子推着岳立汉的轮椅步入大厅一侧的休息室。一进门，岳立汉就看见一位坐在轮椅上的精神饱满的女性，何女士看到岳立汉进来后，站起身来介绍。

"小岳来了。来，我给你介绍一下，这位就是我跟你说的柏兰大姐。柏大姐，这就是我给您说过的岳立汉。"

岳立汉滚动着轮椅向前，双手紧紧地握住柏兰大姐伸过来的手。

柏兰深情地看着岳立汉说道："我从何老师这里了解了你的事迹。小岳，你也很了不起，你是个英雄，也是一个真男人！我一看到你，就感到似曾相识，咱们两个就算是惺惺相惜吧！上天，真的是关上了我们的一扇门，可又非常怜悯地给我们开了一扇窗。世界吻我们以痛，我们要报之以歌呀。"

岳立汉说："柏兰大姐，您是我的榜样！您在很年轻的时候，就失去了行走的能力，上天神奇地给了您一支画笔，您也由此画出了多彩人生，成为代表中国当代画家与世界友好交流的使者。真了不起！刚受伤的那几个月，是我人生最低落最黑暗的时期。我甚至想到过死，因为我不想就这样苟且地活着，也不想拖累任何人。但是上天眷顾我，给了我活下去的精神、希望、勇气和爱，让我浴火重生。今天看到您，我更要感谢上天给予的缘分和祝福，这种榜样引领的力量会让我一生受用不尽。"

"立汉兄弟，从今以后我认下你这个兄弟了。来，让老姐给你画一张素描，留个纪念！"

柏兰快速地画了一张惟妙惟肖的人物素描，送给岳立汉。围观的中吉两国画家和学者一起鼓掌。

从此，岳立汉与柏兰大姐的友谊，开启了长达十几年的往来而从未间断。

***

九月份，初秋，比什凯克南郊距市区 40 公里的一座山上，十二壁炉度假区喜气洋洋。

进山公路蜿蜒曲折，两侧山谷幽深宁静，散发着迷人的魅力。隐藏在绿树丛中的小山村美丽迷人，山涧清澈见底的溪水欢喜雀跃地奔向远方。

十二壁炉度假区的停车场上停满了各式汽车。横跨溪水两岸的木桥上，来来往往的人们在拍照，对岸是一排精致的木质别墅。

毡房式特色酒店被装点得格外喜庆，一群群身着盛装的男女手捧着鲜花走进酒店大厅。

身穿正装的岳立汉从吉普车上下来，狗子推着轮椅，左丽拎着花篮，三人一起向大毡房走去。打扮帅气的新郎库尔曼别克和一袭白纱的古丽米拉快步迎了过来，上前与岳立汉拥抱。

库尔曼别克兴奋地说道：（俄语）"瓦西里大哥，你终于来了！我还以为你不方便来了！"

岳立汉回答：（俄语）"兄弟，今天是你大婚的日子，我们朋友这么多年，共同经过了生生死死，就像亲兄弟一样！我能不来吗？"

古丽米拉嘀咕道：（俄语）"唯一遗憾的是阿尼娅姐没有来。"

库尔曼别克看了古丽米拉一眼。

岳立汉说道：（俄语）"阿尼娅即使来不了，也会在远方深深地祝福你们。我代表她啦！"

库尔曼别克笑言：（俄语）"走，大哥！今天的饭菜非常丰盛，我要兑现我的诺言，陪你好好地喝几杯！"

岳立汉边走边调侃：（俄语）"恐怕今天你陪不了我了吧？你要陪大家，你的肚子里能装多少伏特加，兄弟？哈哈哈！"

这是一场在大型毡房内举行的极具吉尔吉斯民族特色的婚礼，一个口才极好的小伙子诙谐幽默地主持着。

相貌英武的库尔曼别克和俏丽迷人的古丽米拉在亲友的簇拥下，在隆重的《婚礼进行曲》伴奏下步入婚礼现场，接受着大家的祝福。

左丽羡慕地说："古丽米拉今天真漂亮。"

"女人到这一天都漂亮，你要是穿上婚纱，也漂亮！"狗子调侃道。

左丽立即反问："啥时候让穿呀？要等到啥时候？"

狗子一本正经地说："如果你愿意，明天咱就让你穿！"

左丽轻拍了一下狗子："咱可是要明媒正娶的！"

"必须的，再加八抬大轿！"

岳立汉看着幸福满满的库尔曼别克和古丽米拉，又看看喜笑颜开的狗子和左丽，突然一阵酸楚涌上心头。郑小妹委屈而渴望的眼神不断在他脑海里浮现。他轻摇了一下头，把思绪拉回婚礼现场。

此时的婚礼进入载歌载舞的阶段。一队队身着吉尔吉斯民族服装的专业舞者和着音乐，跳着欢快的舞蹈，令人赏心悦目。拉着手风琴、弹着库姆孜的民间艺人，唱着古老的爱情民歌。突然，震耳欲聋的劲爆音乐响起，几乎所有参加婚礼的男男女女都来到了大厅正中间，自由自在地手舞足蹈。吉尔吉斯民族的结婚盛典总是那么热闹、奔放、自由自在。

岳立汉向狗子使了个眼色，三人悄悄地离开了现场。

坐在车上的岳立汉对狗子说："今天来的客人这么多，够库尔曼别克和古丽米拉忙的了。我在这儿他就得牵挂着，所以咱走吧，不给他添麻烦。"

"哥，您是讲究人！"

岳立汉又说："狗子，你明天带人到吉尔吉斯斯坦国家交响乐团，看咱们交给他们的曲目排练得怎么样了。马上到中国的国庆节了，咱们几个华人社团组织联合起来，要在爱乐音乐厅办一场歌舞庆祝晚会。其他几个社团都在紧锣密鼓地排练节目，咱们商会就来一曲交响乐《红旗颂》吧。这是著名的红色经典曲目，难度比较大，但吉尔吉斯斯坦交响乐团也是非常有水准的，完全有实力演绎好这首乐曲。但是不去看看，我还是有点不放心呀。"

狗子安慰道："哥，放心吧！我已经把《红旗颂》五线谱的总谱和乐器分谱都交给了他们，我明天抽时间过去，看看他们排练得怎么样了。"

"你过去后,还要与乐队指挥谈一下,在正式演奏那一天,我来做指挥。"岳立汉又说。

"啥?我没听错吧?哥,你来指挥?"

岳立汉微笑着说道:"怎么?信不过哥?你就等着看好吧!"

比什凯克岳立汉居所里,桌子上的手机正在播放由中国爱乐乐团演奏的交响乐《红旗颂》。岳立汉右手拿着一根筷子做指挥棒,正对着镜子,和着乐曲忘情地挥舞着。狗子呆呆地望着他,不解地摇摇头。

吉尔吉斯斯坦交响乐团正在排练,乐队指挥指导着坐在轮椅上的岳立汉进行指挥排练。岳立汉非常用心地学着每一个动作。

乐队指挥拍拍手:"各位,肃静,我们再演奏一遍!"说完示意岳立汉开始。

岳立汉抬手举起指挥棒,猛一挥手,大厅内响起了《红旗颂》激越高昂的旋律。乐手们认真演奏,第一次彩排,大家配合得非常默契。

***

10月1日19时,吉尔吉斯斯坦爱乐音乐厅内座无虚席,中资企业代表、华人华侨、留学生,以及一些当地民众饶有兴趣地观看着精彩节目,不时报以热烈掌声。

舞台被装点得五彩缤纷,聚光灯下,统一着黑色晚礼服的吉尔吉斯斯坦国家交响乐团的乐手们正激情演奏中国红色经典乐曲《红旗颂》,坐在轮椅上的岳立汉卖力地挥舞着手中的指挥棒。他全身心投入旋律中,忘情指挥。

狗子、左丽、库尔曼别克、古丽米拉等人坐在观众席上,全神贯注地观看演出。一个漂亮姑娘独自坐在观众席一个不起眼的位置,她身穿米杏色套裙,上衣领口露出白色的丝巾,很是雅致。这是郑小妹。

郑小妹是昨天下午悄悄回到比什凯克的。左丽实在不忍心看这个痴情的姑娘为了寻找岳立汉而痛苦不堪,才偷偷告诉她岳立汉在比什凯克,但嘱咐她一定保密。所以,郑小妹回来以后,并没有回居所,也没有去公司,而是暂住在朋友家里。

左丽还告诉她，10 月 1 日中国国庆节这一天的演出活动是由岳立汉牵头发起的，并且他也会亲自上场指挥。所以，郑小妹暗自前来观看。她含情脉脉地注视着正在台上指挥的岳立汉，泪如泉涌。

岳立汉手中的指挥棒把旋律推向高潮，气势恢宏，在乐手们的动情演绎下，全场形成共鸣。但接下来的一幕让人目瞪口呆。

只见坐在轮椅上卖力挥动指挥棒的岳立汉竟不知不觉地站了起来，但他丝毫没察觉，依然按照乐谱上的节奏节拍慷慨激昂地挥舞着指挥棒。

眼前这一幕让郑小妹惊愕不已，她不由得张开嘴巴，瞪大双眼。

左丽拍了拍身边的狗子，狗子也怔在了那里。

认识岳立汉的中国人都激动地小声议论："站起来了！""他站起来啦！"

乐曲跟随着岳立汉的指挥棒戛然而止，岳立汉在观众的鼓掌声欢呼声中向观众鞠躬致谢。观众席上的狗子欣喜若狂地高声呼喊："哥，你站起来啦！你自己看看！站起来了！"

岳立汉这才发现，自己是站在那里的。他一激动，身体一歪，重重坐在了轮椅上，两名乐手赶紧上前扶住他。

狗子又惊又喜，快步跑上舞台，又把岳立汉重新扶起，两个人紧紧地拥抱在一起。不知什么时候，库尔曼别克也跑到了台上，三兄弟紧紧相拥，喜极而泣。

台下的郑小妹泪如泉涌，身旁的一位中国阿姨不解地看着她，递给她一包纸巾。

微微隆起小腹的左丽也频频抹眼泪。全场观众站起来热情鼓掌。

***

一年以后。比什凯克，又一个秋天，园子里的苹果树果实累累，压弯了树枝。

比什凯克市妇产科医院，躺在病床上神情疲惫的郑小妹怀里抱着一个刚出生的婴儿，婴儿一双乌黑的大眼睛好奇地看着这个陌生的世界。

一场意外的邂逅，就这样成就了岳立汉和郑小妹之间生死相许、忠贞不渝的爱情，二人婚后一年生下一子，岳立汉给孩子取名叫郑铭恩，让孩子随郑小妹姓。他说，一个人只有心怀感恩，才会有爱。小妹为了爱，倾尽了所有，她完美诠释了平凡人的伟大母性。库尔曼别克又给孩子取了一个吉尔吉斯名字"阿尔泰"，以纪念国家、民族、朋友、恋人之间金子般的爱和友谊。

岳立汉经过了多日的酝酿提笔写下了歌词《爱在比什凯克》：

> 西域的风告诉我，
> 前面有座城，叫比什凯克，
> 那里有伊塞克湖，还有碎叶古城奔腾的楚河。
> 老骆驼告诉我，
> 前方有个驿站，叫比什凯克，
> 那里的库姆孜在讲述丝绸之路上的美丽传说。
> 鸿雁告诉我，
> 天山这边有座城，叫比什凯克，
> 它历经风雨沧桑，留不住的岁月悄悄地流过。
>
> 啊，比什凯克，
> 我心中的城，
> 这里有我的恋人、我的朋友，还有我心中的歌，
> 我在这里成长，我在这里收获，
> 我行走在这条古道上，从不畏惧艰难与险恶。
> 远方传来故乡的呼唤，
> 耳边响起母亲的嘱托，
> 我要张开双臂拥抱你们，
> 我的故乡，我的恋人，我的比什凯克。

后记

吉尔吉斯共和国曾是苏联在中亚地区的一个加盟共和国，1991年8月31日宣布独立，1992年1月5日与中国正式建立外交关系。吉尔吉斯斯坦是"一带一路"沿线的重要国家，与中国山水相连，首都比什凯克是吉尔吉斯斯坦的政治、经济、交通、科教及文化中心。

1991年12月25日，苏联最后一任领导人戈尔巴乔夫宣布辞去总统职务。12月26日，苏联最高苏维埃宣布苏联停止存在，苏联正式解体。印有镰刀、锤子的苏联国旗从克里姆林宫楼顶的旗杆缓缓降下，俄罗斯联邦的白蓝红三色国旗升起。莫斯科红场上，一群群身穿挂满勋章的苏联军服的"二战"老兵默默注视苏联国旗的落下，个个泪流满面。甚至有个别老英雄因无法接受苏联解体的现实而举枪自杀。

强大的苏维埃社会主义共和国联盟的解体，让15个加盟共和国立刻陷入通货膨胀、物价飞涨、争权夺利、社会动荡、黑恶势力大行其道的时代。其中，1991年8月31日宣布独立的吉尔吉斯斯坦，也进入百废待兴、艰难痛苦的调整时期。生活物资短缺形成的巨大市场空间，吸引着成千上万的外国商人前来打拼。在投资环境建设不完善、投资者权益保护机制不健全的历史背景下，一群中国商人在异国他乡开启了各自充满艰辛的创业历程。

1997年初，吉尔吉斯斯坦虽然已经独立了五年多，但从苏联的计划经济过渡到市场经济，改革的阵痛严重地影响着经济发展，本书中的主人公岳立汉和发小狗子就是在这种特殊背景下来到了这个陌生的国度，在这片土地上开启了不一样的人生。

本书通过诸多场景的设定，艺术化地展现了吉尔吉斯斯坦的壮丽河山和名胜古迹，并以此向中国乃至全世界推介吉尔吉斯斯坦的优质旅游资源，如伊塞克湖、阿拉阿查国家自然公园、碎叶城遗址、十二壁炉度假区、奥什苏莱曼圣山等。

男主人公在吉尔吉斯斯坦结交了多民族的朋友、伙伴，大家相互帮助、相互理解、相互祝福，并共渡难关、共同维护人间正道。本书表达出中吉两国民众惩恶扬善、以爱治愈伤痛、弘扬人间真情的美好愿望。

男主人公与以库尔曼别克和伊利达尔为代表的吉国普通民众建立了真挚的友情，彼此坦诚相待，本书以民相交、心相通映射国之亲。

超越跨国题材文艺作品的传统创作思维，本书并未设定异国男女之爱情，而是颂扬两国传统婚姻观和家庭观，让非凡的爱情在各自的族群中产生。这并非保守，而是一种尊重。

书中再现了吉尔吉斯斯坦三次骚乱，让世人明白吉尔吉斯斯坦如今的良好局面是在怎样的时代背景下艰难发轫的。今昔对比，可见现任政府如何立足国家利益和人民利益，变革创新，使吉尔吉斯斯坦步入发展进步的轨道，国民生活得到改善。

通过对多位侨居吉国半个世纪的老华侨个人经历的叙述，反映出传统中国人渴望叶落归根而不得的痛苦。书中重现2010年6月奥什大骚乱事件后中国政府大撤侨行动，其力度之大、行动之迅速，充分反映了中国政府对海外同胞和海外侨胞的关爱。其中，中国维吾尔族同胞和柯尔克孜族同胞与汉族同胞勠力同心、舍生忘死，配合中国驻吉大使馆在炮火连天中创造了无一人伤亡的撤侨奇迹，可歌可泣。

男主人公号召在吉中资企业共同构建的"春苗慈善"公益组织不断壮大，反映了旅吉华人华侨、中国商人积极参与公益活动、帮助弱势群体、回馈吉国社会的奉献精神。

通过呈现中国政府对吉尔吉斯斯坦在基础设施建设、医疗卫生事业、农业生产等领域的一系列援助项目，集中表现了好邻居、好朋友、好伙伴、好兄弟的中吉关系。

　　根据故事情节和场景需要，本书充分展示了吉尔吉斯斯坦极具魅力的民族歌舞等璀璨的民族文化艺术，展现吉尔吉斯斯坦独特的民族性格，并向世人介绍吉尔吉斯民族特色美食，传播吉尔吉斯民族饮食文化。

▲ 比什凯克和远处的雪山（视觉中国供图）

▲ 比什凯克，阿拉套广场

▲ 比什凯克，玛纳斯雕像

◀ 胜利广场上，小朋友
们向长明火敬献鲜花

▲ 独立日阅兵

▲ 比什凯克，国家历史博物馆

▲ 美丽的山谷（视觉中国供图）

◀ 草原上的猎鹰人（视觉中国供图）

托克马克，布拉纳斜塔 ▶

▲ 伊塞克湖

▲ 伊塞克湖湖畔风光

▲ 塔拉斯草原上的毡房

▲ 伊塞克湖南岸，李白诗歌朗诵会上的表演

▲ 伊塞克湖南岸，太极拳协会营地（赵树林供图）

伊塞克湖南岸，太极拳协会营帅观日落（赵树林供图）

◀ 卡拉科尔，加加林疗养院标志

▼ 草原石人雕像（赵树林供图）

▲ 伊万诺夫卡村，东干人婚礼，院子门口唱喜庆歌曲迎接宾朋

▲ 卡拉巴达，国家孤儿院（赵树林供图）

▲ 2018 年，"春苗慈善"公益活动现场

▲ 2019 年，"春苗慈善"公益活动现场

▲ 2023 年，"春苗慈善"公益活动现场

奥什，苏莱曼圣山

◀ 奥什，苏莱曼圣山上的苏莱曼
国家历史考古博物馆

奥什，中国援建医院 ▶

▲ 吉尔吉斯斯坦国立民族大学

▲ 吉尔吉斯斯坦国立民族大学孔子学院"汉语桥"

▲ 吉尔吉斯斯坦国立民族大学孔子学院"汉语桥"

图书在版编目（CIP）数据

爱在比什凯克 / 李全军著 . —济南：山东文艺出版
社，2024.4

ISBN 978-7-5329-7143-5

Ⅰ . ①爱… Ⅱ . ①李… Ⅲ . ①长篇小说—中国—
当代 Ⅳ . ① I247.5

中国国家版本馆 CIP 数据核字（2024）第 052662 号

爱在比什凯克
AI ZAI BISHIKAIKE

李全军　著

主管单位	山东出版传媒股份有限公司
出版发行	山东文艺出版社
社　　址	山东省济南市英雄山路 189 号
邮　　编	250002
网　　址	www.sdwypress.com
读者服务	0531-82098776（总编室）
	0531-82098775（市场营销部）
电子邮箱	sdwy@sd.press.com.cn
印　　刷	山东临沂新华印刷物流集团有限责任公司
开　　本	880 毫米 × 1230 毫米　1 / 32
印　　张	9　插页　8
字　　数	258 千
版　　次	2024 年 4 月第 1 版
印　　次	2024 年 8 月第 2 次印刷
书　　号	ISBN 978-7-5329-7143-5
定　　价	86.00 元